ASESINATOS, DINERO Y CAOS

LOS MISTERIOS DE LUCA

DAN PETROSINI

DAN PETROSINI

Puedes mantenerte al tanto de mis escritos y tener acceso a libros sin descuento uniéndote a mi boletín. Normalmente se publica una vez al mes y también contiene notas sobre autoestima, artículos motivadores y artículos sobre vinos. Es gratis. Ver abajo de mi sitio web:

www.danpetrosini.com

ISBN impreso: 978-1-960286-74-1
Naples, FL, USA

AGRADECIMIENTOS

Agradezco el amor y el apoyo de mi esposa, Julie, y de nuestras hijas, Stephanie y Jennifer.

Un agradecimiento especial a mi colega escritor y amigo especial, Bud Willis. Bud me contó la historia real sobre el dinero oculto de la droga y los agentes de la DEA.

Hablábamos a menudo sobre esta increíble serie de circunstancias, y él me animó a escribir sobre ellas.

1

Derrick estaba detrás de su escritorio, tecleando en su computadora.

—Buen día, Frank.

—Buen día.

Cerré la puerta de la oficina.

—¿Qué pasa? —dijo Derrick.

—Nada. Quería contarte algo; suena a locura, pero ¿recuerdas que te hablé de ese amigo de Bilotti, John Coburn, el que estuvo en la boda?

—¿El tipo que te preguntó si podía confiar en ti?

—Sí. Sufrió un derrame cerebral.

—Ay, Dios. ¿Fue grave?

—Eso parece. Bueno, el caso es que Coburn hizo que su enfermera me llamara y ella me dio el nombre de un agente de la DEA.

—¿Qué? Esto se está poniendo raro.

—El nombre del agente es Gabe Withers. Estuve averiguando anoche y se suicidó.

—Maldita sea, qué terrible.

—Lo sé, pero lo interesante es que Coburn dijo algo sobre encontrar un montón de dinero escondido.

—No entiendo. ¿Cuál es la conexión?

—El compañero de Withers era primo de Coburn y a los dos agentes de la DEA les asignaron el caso de un narco importante que estaba conectado con un cártel mexicano.

—Sigo sin entender.

—Al traficante, Julio Cabrerra, lo asesinaron y lo interesante fue que no pudieron encontrar nada de su dinero.

—El cártel probablemente se lo quedó.

—Ellos también lo estaban buscando. Los informantes que trabajaban para la DEA les dijeron que nadie podía encontrar el botín de Cabrerra.

—¿De cuánto estamos hablando?

—Entre cien y trescientos millones.

—¡Carajo!

—En efectivo.

—¿El primo de Coburn sabe dónde está?

—Según él.

—¿Y le dijo a Coburn dónde está?

—No estoy seguro, pero presume que lo sabe.

—Hombre, eso sería un hallazgo. ¿Pero podría alguien quedárselo?

—Casi seguro. Mary Ann dijo algo sobre una ley de «quien lo encuentra se lo queda», que si lo encontrabas, podías quedártelo.

Derrick tomó el teléfono de su escritorio que sonaba. —Homicidios, habla el detective Dickson.

Colgó. —Tenemos un cuerpo en Lowdermilk Beach Park. El oficial que acudió al llamado cree que es un homicidio.

———

Salimos de la Ruta 41 y entramos en Banyan Boulevard. Dijo Derrick: —¿Ese nuevo Four Seasons que están construyendo no está cerca de Lowdermilk Beach?

—Justo al sur.

—Por cierto, ¿de dónde sacaron ese nombre?

—Se llama así por Fred Lowdermilk, el primer administrador municipal de Naples. Es una historia interesante: el parque fue donado por un desarrollador. En lugar de proporcionar acceso a la playa en cada calle, como en el resto del centro, les dio un parque.

—Un parque es mucho mejor.

—Definitivamente. El espacio abierto es agradable, al igual que el estacionamiento.

Nos acercamos a la entrada de Lowdermilk. Había más policías que en un desfile del Día de San Patricio.

Una multitud de gente estaba detrás de la cinta amarilla, que se extendía a lo largo del estacionamiento. Mientras nos poníamos guantes y protectores para los zapatos, recorrí la zona con la vista. Una cancha de voleibol, un parque infantil y dos glorietas, a las que se llegaba por senderos de adoquines, dominaban el área verde.

Nos dirigimos a una pasarela de madera que se arqueaba hacia la playa. Varios pares de calzado estaban alineados cerca de la entrada. Señalando los botes de basura del lado del césped, dije: —Asegúrense de que tomemos todo lo que haya dentro. Nunca se sabe lo que podemos encontrar.

—Los asesinos cometen errores, como el resto de nosotros.

—Gracias a Dios que sí.

Dos oficiales, de espaldas al Golfo de México, conversaban junto a una de las sombrillas de paja que bordeaban la playa. Detrás de los patrulleros, yacía un cadáver.

—Hola, Frank, Derrick.

—Hola, McQuire, Finley.

—¿Qué tenemos?

Se volvió hacia el cuerpo. —Hombre, de unos treinta y tantos años. Diría que parece—

Levanté una mano. —¿Algún testigo?

—Que sepamos, no.

—¿Quién encontró el cuerpo?

—Mario Vigo vive al otro lado de la calle. En ese edificio de condominios blanco. —El oficial señaló un conjunto de tres edificios idénticos.

—¿Dónde está?

—Tomando un café en el Beach Café.

—Asegúrense de que se quede por aquí; necesitamos hablar con él.

—Entendido.

Nos acercamos al cuerpo. Un hematoma delgado y rojo se extendía por su cuello. Derrick dijo: —Lo estrangularon.

—Tenemos que asegurarnos de que registren bien las dunas y los manglares. Quienquiera que haya hecho esto podría haberse deshecho de lo que usó.

—Claro.

Me ajusté el dorso del guante, me arrodillé y puse una mano contra su mejilla. Estaba fría y se estaba endureciendo. —Mi conjetura es que ocurrió hace unas ocho o diez horas.

—Eso lo situaría alrededor de la medianoche.

—Parece de menos de cuarenta años. Bien vestido. —Me puse de pie—. ¿Qué hacía por aquí?

—¿Se iba a encontrar con alguien? ¿Salió a caminar?

—Necesitamos que Bilotti nos dé la hora de la muerte.

Derrick miró por encima del hombro. —Está entrando en el estacionamiento. Él y una camioneta de forenses.

—Bien. Ayúdame a levantarle las caderas. Quiero ver si tiene la billetera y el teléfono.

—El teléfono, tal vez, pero los tipos de su edad no usan billetera.

No lo hacía a propósito, pero continuamente hacía comentarios que me hacían sentir viejo. Metí la mano por debajo y le revisé los dos bolsillos traseros. —Nada.

—¿No tenía teléfono?

Le palpé los bolsillos delanteros. —Parece que no. Pero aquí hay algo. —Metí la mano y saqué una delgada funda de plástico envuelta en un billete de cien dólares. Desdoblé el billete de cien y dos de cincuenta. En el centro había una tarjeta Amex plateada y una licencia de conducir.

—David Beas. Nacido en 1989.

—Treinta y cuatro.

—La dirección que figura es 1910 Monte Rosso Lane, Naples.

—Eso queda en Mediterra. Lynn tiene una amiga que vive en uno de esos condominios.

Cargando un maletín grande, el Dr. Bilotti encabezaba el equipo de forenses. —Hola, Doc.

—Hola, caballeros. No tuvimos mucho descanso, ¿verdad?

—Es como si los dioses de los homicidios supieran que acabábamos de entregar nuestro último informe.

—¿Los dioses de los homicidios? Nos enfrentamos a más de lo que imaginaba.

—Quizá no a un dios, pero algo está torciendo las mentes de la gente.

Dijo Derrick: —Es la cultura o la falta de ella.

Dijo Bilotti: —Puede ser. Pero esa es una conversación para otro día. Déjenme empezar.

—Vamos a necesitar la hora de la muerte, Doc.

—En cuanto fotografiemos la escena, veré qué se puede estimar.

—Todavía no puedo creer que hayan despedido a Gianelli.

—Todo por los recortes de presupuesto. Los contadores dijeron que, como ya estábamos en la escena del crimen, nosotros debíamos tomar las fotos.

Dijo Derrick: —Es una mierda. Deberían poner los pies en

la tierra, llevarlos a las escenas del crimen. Si no vomitaran, verían la necesidad.

Bilotti se puso un guante. —Quizás deberíamos hacer que asistan a una autopsia.

Dijo Derrick: —Eso funcionaría.

Intervine: —Llámenme loco, pero si todos los mayores de dieciséis años tuvieran que presenciar la autopsia de una víctima de asesinato, apostaría a que la violencia disminuiría.

—Y el apoyo a lo que enfrentamos aumentaría.

—Basta de quejarse por ahora. Hablemos con el hombre que encontró a este pobre tipo.

2

Mario Vigo tenía un bronceado de cáncer. De mirada clara y bien conservado, Vigo rondaba los setenta y tantos. Nos presentamos y nos dimos la mano.

—¿Puede decirnos cómo encontró el cuerpo?

—Salí a mi caminata. Llueva o truene, no importa. Cumplo con mis pasos. Ya venía de regreso cuando lo vi. Al principio, pensé que estaba ahí tirado, ¿sabe? Estaba vestido y todo, y me imaginé que, ya sabe, estaba durmiendo la mona.

—¿A qué hora fue eso?

—Como a las nueve menos cuarto.

—¿Vio a alguien o algo sospechoso?

—No, nada. Era otra mañana agradable y solo estábamos yo y los de siempre, cumpliendo con lo nuestro.

—¿Había otras personas caminando por la playa?

—Claro. Si lo vieron, probablemente pensaron que estaba durmiendo, como yo al principio.

—¿Ha visto a este hombre antes?

—¿Al muerto?

—Sí.

—No. Es la primera vez.

—¿Estaba el cuerpo ahí cuando usted empezó su caminata?

—No sabría decirle. Cuando empiezo, siempre voy hacia el sur y no doy la vuelta hasta que llego a la Decimocuarta Avenida Sur.

—Es una caminata larga.

—Ocho kilómetros, ida y vuelta, sin contar el trayecto desde y hacia el condominio.

—¿Lo hace todos los días?

—Seis días a la semana. El domingo es mi día de descanso.

—Bien por usted. Ahora, cuando se acercó al cuerpo, ¿lo tocó?

—No. Estaba tan gris que supe que ya estaba muerto. Llamé al novecientos once y esperé a la policía.

—¿Vio a alguien acercarse al cuerpo mientras usted caminaba?

—No. Como le digo, parecía alguien durmiendo la borrachera de una noche de fiesta.

Le tomamos sus datos de contacto y regresamos a la escena. Dije:

—Ese tipo está en una forma increíble para tener setenta y tantos años.

—¿Y qué me dices de su apretón de manos? Era como una tenaza.

—Dicen que un apretón de manos es un buen indicador de la salud y la fuerza generales, y que las personas que lo tienen fuerte suelen vivir más tiempo.

—Tiene sentido.

Bilotti estaba inclinado sobre el cuerpo.

—¿Cómo vamos, doctor?

—Bien.

El doctor le había puesto manoplas de plástico en las manos a la víctima para proteger alguna posible evidencia.

—¿Alguna novedad sobre la hora de la muerte?

—Basándonos solo en la temperatura corporal, la víctima falleció entre las once de anoche y la una de esta madrugada.

Mi suposición parecía correcta.

—Gracias. Eso nos da algo por donde empezar.

———

DESDE MI ESCRITORIO, dije:

—David Beas no tiene antecedentes. Figura como socio en una firma de diseño llamada Magnet Design.

Derrick dijo:

—Creo que oí hablar de ellos.

—Tienen una oficina en la calle Diez. En el distrito de diseño.

—Hay un par de edificios geniales por ahí.

—Está pasando de todo en esa zona. Quién sabe cómo se verá en cinco o diez años.

—Algunos de esos centros comerciales son horribles. Tienen que desaparecer.

—Estoy seguro de que quieren un dineral por ellos. No encuentro nada sobre la familia de Beas.

—Yo tampoco. Solo encuentro que viene de Misuri.

—No quiero que se divulgue el nombre de Beas hasta que tengamos la oportunidad de avisar a la familia.

—Sería una forma terrible de enterarse de que alguien cercano murió.

—Voy a ir hasta su negocio, a ver qué averiguo de sus parientes. ¿Quieres venir?

—No. Voy a revisar las redes sociales, a ver qué hay por ahí.

—Bien. Si tienes tiempo, ¿puedes tramitar una orden judicial para entrar a la casa de Beas?

—Me encargo.

———

MAGNET DESIGN OCUPABA el segundo piso de un elegante edificio de cristal. Los vidrios polarizados realzaban su aire moderno. La estructura de al lado tenía el mismo estilo, pero las demás en la calle podrían haber estado en cualquier ciudad estadounidense en decadencia.

Una mujer detrás de un mostrador de recepción de acero inoxidable me dedicó una sonrisa. Se bajó los audífonos.

—¿Puedo ayudarlo?

—Detective Luca, de la Oficina del Sheriff del Condado de Collier. ¿Quién está a cargo aquí?

—Cindy es la gerente de la oficina.

—¿Y los socios? ¿Están aquí?

—Solo Will Sanchez. David no ha llegado todavía.

—¿Puedo hablar con el señor Sanchez?

Se puso de pie.

—Espere un momento. Le avisaré que está aquí.

Inspeccioné el área. Había unas dos docenas de puestos de trabajo, cada uno con dos monitores. Una sala de conferencias de cristal entre dos oficinas privadas dominaba la parte trasera del espacio. El bullicio del lugar estaba a punto de cesar.

La recepcionista dijo:

—Está bien, pase. Lo atenderá enseguida.

Will Sanchez estaba tecleando en su computadora. Levantó un dedo y continuó escribiendo por diez segundos.

—Disculpe. Sanchez se puso de pie, abotonándose el saco sport. —Era un correo electrónico urgente. ¿En qué puedo ayudarlo?

Sanchez estaba arreglado como para salir en televisión. —¿David Beas, el que vive en Mediterra, es su socio?

—Sí. ¿Por qué?

—Me temo que le tengo malas noticias.

—Oh, no. ¿Le pasó algo?

—Lo encontraron muerto esta mañana en la playa Lowdermilk.

Sanchez se desplomó en su silla. —¡Oh, Dios mío! ¿Fue un infarto?

—No. Fue asesinado.

—¿Asesinado? ¿Por quién?

—No lo sabemos en este momento.

—No lo puedo creer. No tiene sentido. Dave era un encanto de persona. No le haría daño a nadie. ¿Por qué alguien querría matarlo?

—Puesto que ustedes eran socios, nos vendría bien algo de ayuda para identificar a su familia. Necesitamos notificar al pariente más cercano.

Sanchez frunció el ceño. —David no tenía familia, que yo sepa. Sus padres están muertos y no tenía hermanos.

—¿Algún pariente en Missouri?

—David se fue de Missouri hace mucho tiempo y creó una nueva vida aquí. Nunca regresó. Todavía no puedo creer que se haya ido. ¿Qué voy a hacer sin él? Era una pieza fundamental de esta firma.

—Lo siento. ¿Conoce a alguien que califique como pariente más cercano?

—Yo... yo... no puedo pensar ahora mismo. Necesito procesar esto.

—Comprendo.

—Se suponía que debía estar aquí. Tenemos una reunión importante en una hora. Quizás pueda cancelarla, pero no, están en la ciudad solo por hoy.

—¿Quién diría usted que era su amigo más cercano?

—Yo. Bueno, quiero decir, solía ser muy amigo de Linda Peters. Quizás ella sepa de algún pariente lejano.

Tomé sus datos de contacto y le dije a Sanchez que hablaríamos en uno o dos días.

3

LA ZONA DE LA CALLE DOCE ERA UNA MEZCLA DE CASAS construidas en los sesenta y setenta y de estructuras modernas demasiado grandes para sus terrenos. Linda Peters vivía en el centro, en un edificio de condominios verde. El terreno valía más que la construcción.

Con el pelo recogido en una cola de caballo, Peters tenía una sonrisa que gritaba *blanqueador dental*. —Señora, soy el detective Luca, de la Oficina del Alguacil del condado de Collier.

—¿Qué sucede?

—¿Me permite pasar? Es en relación con David Beas.

Ella se hizo a un lado. —¿Él está bien?

El interior del apartamento de Peters era oscuro, pero tenía muebles elegantes. Se oía el traqueteo de un lavavajillas. —¿Por qué no nos sentamos?

—Claro —dijo ella, señalando un sofá azul.

Me hundí en él, preguntándome si sería de cuero de verdad. Ella se sentó en el borde de un sillón gris. —¿Qué pasó con David?

—Me temo que fue asesinado anoche.

—¿Qué? ¿Esto es una especie de broma de mal gusto?

—No, señora. Lo encontraron muerto esta mañana en el parque Lowdermilk.

Se llevó la mano a la boca y murmuró: —Oh, Dios mío.

—Tengo entendido que usted era cercana al señor Beas.

—Sí, aunque menos en el último año; es que no puedo creerlo. Era un buen tipo; nunca le haría daño a nadie.

—Me gustaría saber sobre su familia para notificarles debidamente.

Ella frunció el ceño. —La verdad es que no se mantenía en contacto con nadie de Misuri. Cuando su padre falleció, ni siquiera volvió para el funeral.

—¿Por qué fue eso?

—Bueno, dijo que todo empezó cuando salió del clóset, justo antes de que muriera su madre.

—¿El señor Beas era gay?

—Sí. Vino a Florida para empezar una nueva vida.

—¿Cuándo fue eso?

—Creo que fue hace unos diez años.

—¿Hay alguien en su... pasado, digamos, un pariente, a quien podamos avisar?

—Mencionó un par de veces a una prima, Madeline. Vivía en Kansas City; estoy casi segura.

—¿De apellido Beas?

—Nunca lo dijo.

—¿Y qué hay de otros amigos del señor Beas?

—David solía andar con un tal Judd Rollins. Pero eso terminó hace unos ocho meses.

—¿Sabe cómo puedo ponerme en contacto con el señor Rollins?

—Trabaja en Hadinger's, la tienda de pisos que está en Airport Pulling.

—Gracias. Ahora bien, ¿conoce a alguien que pudiera haberle hecho esto al señor Beas?

—No, la verdad es que no; como le dije, era una buena persona. David era más bien reservado. Si no estaba trabajando, estaba en casa.

—¿Sabe si tenía alguna relación difícil, personal o laboral?

—No, pero David era un poco reservado.

Me puse de pie y le entregué mi tarjeta. —Si recuerda algo, no importa si le parece irrelevante, por favor, avíseme.

———

HADINGER'S ESTABA PINTADO de un feo color rojo parduzco. Eso nos había impedido comprar allí hasta que un amigo nos dijo que teníamos que ir cuando buscábamos una alfombra. Mientras caminaba hacia la entrada, sonó mi celular. Era Coburn.

No era momento para hablar de una búsqueda del tesoro. Rechacé la llamada y entré en la tienda de pisos.

Dos hombres musculosos estaban volteando una pila de alfombras que les llegaba a la cintura. Pregunté por Judd Rollins y me indicaron que fuera al departamento de alfombras colgantes. Un hombre con vaqueros azul real y una camisa de lino las estaba hojeando.

—Disculpe. ¿Señor Rollins?

—Soy yo. ¿En qué puedo ayudarlo?

Rollins, unos centímetros más alto que yo, llevaba unas gafas de montura ancha que hacían juego con sus pantalones. —Detective Luca, de la Oficina del Alguacil del condado de Collier.

—¿Pudo recuperar la alfombra turca? Era la de seda más hermosa que habíamos tenido.

—Estoy aquí por algo diferente, pero ¿qué pasó con la alfombra?

—Permitimos que los clientes se lleven una alfombra a casa para ver cómo queda en su propio espacio. Es raro, pero cada par de años, alguien abusa de la política. ¿Qué lo trae por aquí?

—¿Hay algún lugar privado?

—Por aquí. —Lo seguí hacia el interior de la tienda, hasta una esquina con un escritorio—. Todo esto es muy misterioso.

—David Beas fue encontrado asesinado esta mañana.

Su rostro se desencajó. —Oh, no. ¿Cómo? ¿Qué? ¿Está seguro?

—Sí. ¿Qué puede decirme que pueda llevarnos hasta quien hizo esto?

—David y yo nos separamos hace meses, pero seguíamos en contacto. Oh, Dios, no puedo creer que esto haya pasado de verdad. Es surrealista.

—¿Cuándo fue la última vez que habló con él?

—Nos llamábamos cada dos semanas más o menos. La última vez que hablamos fue hace unos diez días. Estaba entusiasmado con un nuevo cliente que su empresa había conseguido. Dijo que era algo muy importante y que duplicaría el tamaño de la firma.

—¿Y su socio, Will Sanchez? ¿Se llevaban bien?

—David tenía una relación de amor y odio con él. Un día Will era el mejor, y al siguiente, no soportaba estar cerca de él.

—¿Y su vida personal?

Rollins hizo una mueca de desdén. —Acababa de terminar una relación con Barry Schwartz. ¿Sabe? A él deberían investigarlo.

—¿Qué le hace decir eso?

—Nunca me agradó y no me cuadraba que David estuviera con él. Es simplemente un tipo cruel. Usted sabe, se rumorea en la comunidad que le va el rollo de la dominación.

Cuando estuve de año sabático, trabajé como investigador privado en un caso que involucraba BDSM. —¿Sabe usted si alguna de esas, eh, interacciones se puso violenta?

—Me gusta divertirme, ¿sabe?, pero para mí, todo ese ambiente es enfermizo.

Nadie podía estar menos sano que David Beas. —¿Está al

tanto de algún incidente específico que involucre al señor Schwartz?

—Podrían ser puros chismes y, de hecho, terminaron siéndolo. En mi opinión, Barry no es más que un gorila, pero usted tendrá que sacar sus propias conclusiones.

Fuera una campaña de desprestigio o no, teníamos que investigar a Schwartz. —¿Hay alguien con quien el señor Beas tenga algún desacuerdo?

Hizo un puchero. —Bueno, tenía un vecino, Richard Chen. Vive en el mismo piso que David. Ese idiota es un homófobo violento. Una vez, mientras bajábamos por las escaleras, Chen apareció por detrás y embistió a David. Se cayó y se torció la rodilla. Tuvo suerte; por poco se golpeó la cabeza contra las escaleras de concreto. El imbécil dijo que se tropezó, pero yo supe que lo hizo a propósito.

—¿Presentaron una queja?

—No con la policía, pero David lo reportó a la asociación de propietarios.

—¿Por qué a la asociación de propietarios?

—Chen es inquilino, y David les contó sobre el acoso, con la esperanza de que lo echaran o al menos no le permitieran al dueño renovar el contrato.

4

———————

AL ENTRAR EN LA CASA, ME GOLPEÓ UN OLOR A TIERRA Y AZUFRE. Me dirigí al lanai, donde Mary Ann estaba poniendo la mesa.

—¿Estás preparando coles de Bruselas?

—Sí. Y compré tortitas de cangrejo en Mr. Big Fish.

Le di un piquito en la mejilla.

—Qué bien.

—Me enteré del asesinato en Lowdermilk.

—Sí, un tipo joven, socio de una empresa de diseño, estrangulado en la playa. Es un caso raro.

—¿Alguna pista?

—Estamos siguiendo un par de líneas de investigación.

Mi teléfono sonó. Era Coburn. Otra vez. Rechacé la llamada.

—¿Cuánto falta para la cena?

—Todavía no metí las tortitas de cangrejo al horno.

—De acuerdo. Necesito comprobar una cosa.

Me puse unos shorts y una camiseta de Naples Vibe y entré en el estudio. Abrí mi laptop, escribí «quien lo encuentra se lo queda en Florida» en la barra de búsqueda y empecé a leer la página de resultados.

No cuadraba con lo que había dicho Mary Ann. En Florida, tenías que entregar cualquier propiedad que encontraras y esperar un tiempo indeterminado para ver si el dueño la reclamaba.

Eso podría funcionar con joyas baratas, pero no con dinero en efectivo. Con la cantidad de dinero de la que hablaba Coburn, habría una cola de reclamantes hasta la frontera de Georgia.

No veía cómo alguien, a menos que lo contratara un cártel, podría hacer una reclamación. El dinero provenía de las drogas. Tendría que ser decomisado.

Reclinándome en mi silla, le di vueltas a varias ideas. Si lo encontrábamos, no teníamos por qué decírselo a nadie. Nos quedaríamos con el dinero y nos iríamos al Caribe o algo así. Quizá a Europa, o a Florencia, donde Jessie estudió un semestre. ¿Y Derrick? ¿Se largarían él y Lynn con nosotros?

Estaríamos viajando; no era como esconderse. ¿O sí? Negué con la cabeza; era huir, y eso iba en contra de todo lo que yo representaba.

Tecleé «recompensa por dinero de drogas» en la barra de búsqueda. La primera línea era el Programa de Recompensas por Narcóticos del Departamento de Estado. Hice clic y leí la información por encima. Ofrecían una recompensa de hasta veinticinco millones de dólares por información que llevara al arresto o condena de un narcotraficante.

Al leer la letra pequeña, se hizo evidente que estaba diseñado para incitar a extranjeros a ayudar a Estados Unidos a acabar con los grandes traficantes.

—¡Frank! La cena está lista.

Cerré la laptop.

———

—Buenos días, Derrick.

—Hola, Frank. Conseguimos la orden para el condominio de Beas.

—Bien. Hay un vecino que una ex cree que es antihomose-xual; dijo que deberíamos investigarlo. Un tipo llamado Richard Chen.

—Vi que Beas era gay en su página de Facebook. Voy a investigar a Chen.

—Incluye a Judd Rollins y a Barry Schwartz con Chen.

—Caray, estuviste ocupado.

Sonreí.

—Tengo que conservar este trabajo; no parece que podamos quedarnos con la olla de oro que mencionó Coburn.

—¿A qué te refieres?

—Mary Ann debe de haber confundido las cosas. No hay ley de «quien lo encuentra se lo queda». No para lo que estamos hablando.

Mientras tomaba un sorbo de café, él se acercó a mi escritorio.

—Si lo encontramos, deberíamos quedárnoslo y ya. Si no lo encontramos y Coburn muere, nadie lo sabrá.

—Busqué un programa de recompensas. Los federales tienen uno, pero no para este tipo de cosas.

—Tiene que haber algo. Estamos hablando de una cantidad enorme de dinero.

—Lo sé. Quizá podamos negociar algo. Tomemos una pequeña parte y entreguemos el resto.

—¿Una pequeña parte? Deberíamos quedarnos con la mayor parte.

—Mira, conseguimos, digamos, veinticinco millones, nos aseguramos de no tener que pagar impuestos y lo dividimos. Doce y pico para cada uno.

Sus ojos se abrieron como platos.

—¿Te lo imaginas?

—No. No puedo.

—Sería increíble. ¿Crees que podamos arreglar algo?

—Podríamos. El único problema es que estamos hablando de los federales. Si fuera el estado de Florida, creo que podríamos lograrlo.

—¿Por dónde vamos a empezar?

—No podemos andar negociando por ahí hasta que sepamos que esto es real.

—Cierto.

—Coburn me llamó ayer. Le devolveré la llamada y le pediré una prueba.

Derrick frunció el ceño.

—Va a querer una parte de esto. Deberíamos pedir más de veinticinco; si no, solo nos quedarán ocho millones a cada uno.

—Escucha lo que acabas de decir: «solo ocho millones».

Él sonrió.

—Lo sé. Es solo que...

—Pongámonos a trabajar en lo de Beas.

————

Después de recoger la llave, llegamos al edificio de condominios de Beas. Al bajar de la SUV, Derrick dijo:

—Estos se parecen a los de Tiburón.

—Sí, hasta del mismo color amarillo. En aquella época, WCI construía como loca y usaba los mismos planos arquitectónicos en un par de complejos.

—Si funciona, no tiene sentido cambiarlo.

—Se trata de reducir costos para ganar dinero.

La distribución era de planta abierta, con luz que inundaba el lugar desde una pared de puertas corredizas de cristal con vistas a un lago. Derrick dijo:

—Vaya, se nota que este tipo era diseñador.

—Hizo un buen trabajo. Me gusta esa pared; parece de cuero.

—Sí. Mira el techo; empapeló algunas partes.

—Tú registra su despacho. Yo me encargo del dormitorio principal.

Aunque Beas estaba muerto, un escalofrío me recorrió la espalda. Una cama tamaño gigante con un enorme cabecera acolchada dominaba la habitación. Tenía un aire elegante. Las mesitas de noche tenían un acabado satinado gris y no tenían tiradores.

Fui directo a un aparador. Estaba lleno de fotografías enmarcadas. Beas de bebé, de niño pequeño y seis fotos recientes. Ni rastro de la familia.

—Oye, Frank. Ven aquí.

—¿Qué pasa?

—Mencionaste que la empresa de diseño consiguió un nuevo cliente, ¿verdad?

—Sí. ¿Qué hay con eso?

Me entregó un documento.

—Esto estaba encima de una pila de carpetas marcadas como Astra Developers.

Lo examiné.

—Esta empresa les está dando ocho millones al año en negocios, ¿y van a sacar dos millones de beneficio neto?

—Eso parece, pero ¿ves esto?

Señaló la parte inferior de la página.

—Menos doscientos cincuenta para Damien.

—¿Quién es Damien?

—Podría ser cualquiera.

—Parece sospechoso.

Llamaron a la puerta.

—¿Hola? ¿Hola? ¿Quién está ahí? Voy a llamar a la policía.

Abrí la puerta y dije:

—Nosotros somos la policía.

Un hombre de unos treinta años, con unos lentes de sol enganchados en el cuello de una camiseta, dijo:

—Ah, pensé que alguien había entrado a robar o algo.

—¿Y usted es?

—Richard Chen. Vivo en el edificio.

No parecía asiático, pero hoy en día los apellidos no te decían mucho. Antes de que pudiera decir nada, continuó:

—Los oí caminando y, ya sabe, con lo que pasó y todo... me imaginé que alguien estaba robando el lugar.

No habíamos revelado el nombre de la víctima. ¿Cómo sabía Chen que era él?

5

Sᴇʟʟᴀᴍᴏs ʟᴀ ᴘᴜᴇʀᴛᴀ ʏ ɴᴏs ғᴜɪᴍᴏs. Vɪᴍᴏs ᴄóᴍᴏ sᴜʙíᴀɴ ᴇʟ BMW 4 de Beas a una grúa y nos metimos en nuestra camioneta. Dije:

—Necesitamos los antecedentes de Chen. ¿Viste cómo trató de hacerse el desentendido, sabiendo que a Beas lo habían asesinado?

—Se filtró el nombre.

—¿Te llama un reportero y te lo dice, pero no le pides su nombre? No me lo trago.

—Suena sospechoso.

—¿Y que haya venido al departamento? Es una táctica de distracción clásica.

—Deberíamos haberlo interrogado.

—No, siempre que podemos, nosotros marcamos la pauta. Cuando tengamos más sobre él, entonces hablaremos.

—Ojalá hubiéramos encontrado el celular de Beas en el departamento.

—¿Cuándo fue la última vez que tuvimos un caso fácil?

—Ni que lo digas. Voy a sacar una orden para sus registros telefónicos.

—Bien. Quizás saquemos algo de su auto.

—Lo dudo. Se veía impecable y Bilotti cree que lo estrangularon en Lowdermilk.

—Se vale soñar, ¿no?

Derrick se rió.

—¿Por qué no?

Sonó mi celular.

—Hola, Doc, ¿qué pasa?

—Voy a empezar la autopsia de Beas en una hora. Supongo que va a asistir.

—Espere —dije y silencié el teléfono.

—Derrick, Bilotti le va a hacer la autopsia a Beas. ¿Quieres estar ahí?

—Claro, pero tú siempre vas.

—Genial.

—Doc, Derrick va a ir para allá. Tengo un par de cosas que hacer.

———

Entregué la orden para los registros telefónicos de Beas y bajé las escaleras a mi oficina. Chen era el siguiente en la lista. Todo lo que teníamos era una mezcla de insinuaciones y la extraña sensación que Chen provocó al aparecer en la casa de Beas.

Si la ex no hubiera mencionado que Chen era un agresor de homosexuales, no le habría dado más vueltas al asunto. Me deslicé detrás de mi escritorio e introduje a Richard Chen en el sistema.

Un zumbido me recorrió la nuca cuando aparecieron dos resultados. Chen había sido arrestado dos veces: una agresión y un atropello con fuga.

Hice clic en la agresión y leí por encima el expediente. Ahí estaba: le había dado una paliza a un homosexual. Chen se había puesto violento tras un choque leve con la víctima. No había usado un arma, pero se me revolvió el estómago al ver los moretones de la víctima. ¿Por qué se retiraron los cargos?

A continuación, el atropello con fuga. Nadie había resultado herido. Chen había rozado un vehículo en la Calle Octava y se había dado a la fuga. Al día siguiente, las grabaciones de las cámaras llevaron a la policía hasta Chen. ¿Qué clase de conductor era este tipo?

¿O era un desquiciado que quería dañar el auto de una persona gay? ¿Había provocado a propósito el accidente automovilístico que llevó a la agresión?

No era algo que se pudiera inventar. La vida real era definitivamente más extraña que la ficción, porque en la ficción tenía que tener sentido. Con un par de tecleos en la base de datos del Estado de Florida, descubrí que Chen trabajaba en el CVS de la Ruta 41 con Vanderbilt Beach Road. Tomé las llaves y salí.

———

Vanderbilt Beach estaba a un minuto de distancia. Reprimí el deseo de echar un vistazo al Golfo de México y entré en el estacionamiento del CVS.

Al preguntar por Chen, me enteré de que era el farmacéutico de guardia. Caminé por el pasillo de las vitaminas. ¿Habría algún beneficio en un estante lleno de suplementos antienvejecimiento? Si pudieran retrasar el reloj unos míseros dos años, habría una fila hasta Ave Maria.

Chen estaba hablando por teléfono. Se veía raro con una bata blanca. Al colgar, Chen se sorprendió al verme.

Le dije:

—¿Por qué no se toma un descanso?

Le susurró algo a un compañero de trabajo mientras metía una receta en una bolsa.

Chen salió de detrás del mostrador y nos dirigimos hacia el sol. Chen dijo:

—¿Qué está pasando? ¿Atraparon al tipo?

—Me dijeron que a usted no le caía bien David Beas.

—¿Y qué? ¿Qué cree, que tuve algo que ver con eso?

—Usted tiene algo en contra de los gais.

—Eso no tiene nada que ver.

—¿Por qué lo empujó por las escaleras?

—Eso fue un accidente.

—Y darle una paliza al conductor del auto, que casualmente era gay, ¿qué fue eso?

—Ese idiota no sabe manejar. No me explico cómo consiguió una licencia.

Qué descaro, viniendo de un tipo que había rozado un vehículo y se había largado.

—Parece que les guarda rencor a los gais.

—Eso es una tontería. Mientras no me restrieguen sus cosas en la cara, no me importa lo que hagan.

—Y si *se lo restriegan en la cara*, ¿los ataca?

—No. No quise decir eso.

—Usted tiene un historial de agresiones hacia hombres gais, así que dígame, ¿qué quiso decir?

—Está muy equivocado. Lo que sea que haya pasado es solo una coincidencia.

La oportunidad era imposible de resistir. —Lo que usted llama una coincidencia, yo lo considero evidencia de un patrón de crímenes de odio.

—No puedo creer que esté diciendo eso. Soy la persona más justa del mundo.

—¿Dónde estuvo la noche del primero de octubre?

—¿Yo? ¿Me está acusando de lo que le pasó a David Beas?

—No lo estoy acusando de nada. ¿Dónde estuvo?

—Eso fue el martes, ¿no?

—Sí.

—Salí al Franklin Social. Paul, un amigo mío, estaba tocando el saxo en una banda allí.

—¿Hasta qué hora estuvo allí?

—No sé, alrededor de las diez.

—¿Dónde estuvo desde las diez hasta la mañana siguiente?

—En casa.

—¿Fue directo del Franklin Social a su casa en Monterosso Lane?

—Así es.

—¿Qué auto manejó esa noche?

—Mi Audi.

Las entradas con control de acceso de Mediterra tenían cámaras de calidad, dignas de una comunidad de lujo. Si mentía, lo averiguaríamos.

Chen era de los hombres más desagradables que había conocido. Mientras volvía a subir a la camioneta, me descubrí deseando que él hubiera matado a Beas. De ser así, pasaría el resto de su vida tras las rejas.

Antes de que saliera del estacionamiento, sonó mi celular. Era Coburn. —Señor Coburn, ¿cómo está?

—He estado mejor.

Arrastraba las palabras. —Supe lo del derrame cerebral. Aunque parece que se está recuperando.

—Me estoy cayendo a pedazos, eso es lo que pasa. ¿Le interesa ayudarme a encontrar lo que discutimos?

—Sí, pero —y no es que no confíe en usted— necesito pruebas de que lo que dice sobre Withers es real antes de involucrarme.

—Entiendo. Tengo pruebas más que suficientes. Deme un día para ir a mi caja de seguridad y luego puede venir. ¿De acuerdo?

—Claro. Envíeme un mensaje de texto cuando esté listo.

Salí del estacionamiento y me dirigí al norte por la Ruta 41. Mediterra estaba a veinte minutos de distancia.

6

ENTRÉ A LA OFICINA CON PASO LIGERO. MIRÉ LA HORA: SOLO faltaban quince minutos para mi cita en el campo de tiro. Era otro marcador de tiempo; cada seis meses tenía que calificar mi puntería.

Guardé bajo llave la memoria USB de Mediterra en el cajón de mi escritorio y me dirigí al baño. Con suerte, tendría el tiempo justo para sacarle unas gotas a la vejiga que los médicos me habían creado cuando perdí la mía por el cáncer. Cada vez me tomaba más y más tiempo orinar.

Sentado en el trono, repasé mentalmente una lista de pendientes. Teníamos un par de pistas que seguir en el homicidio de Beas. La grabación de la entrada de Mediterra eliminaría a Chen o centraría la atención en él.

Luego estaba Coburn. Su voz era débil, pero su determinación y su convicción de que tenía algo me daban esperanzas. ¿Era una forma legítima de asegurar nuestro futuro financiero o el equivalente de la gente que ignora las matemáticas y compra billetes de lotería?

Mientras me lavaba las manos, me pregunté qué pruebas

tendría Coburn. ¿Sería un mapa? ¿Una foto? ¿Un documento? Mi cerebro saltaba de una a otra mientras me dirigía al sótano.

———

ANIMADO por haber aprobado el examen de tiro, y con bastante margen, subí las escaleras de dos en dos. Derrick estaba detrás de su escritorio.

—Todavía tengo el toque —dije—. No había tirado tan bien desde la academia.

—A mí me toca calificar el mes que viene.

—Si quieres clases, estoy haciendo descuentos.

—¿No les dan una ventaja a los viejos como tú?

—Ja, ja. ¿Cómo fue la autopsia?

—Fue estrangulamiento, y Bilotti está seguro de que fue con una cuerda o un alambre grueso.

—¿Qué más?

—Había células de piel bajo las uñas de Beas. Las van a mandar a analizar para sacar el ADN. Probablemente arañó al asesino; tiene que ser suyo.

—No sé. Probablemente Beas se estaba clavando las uñas en su propio cuello, tratando de quitarse el alambre, o lo que fuera.

—Esperemos que no.

—¿Apareció algo en su sangre?

—No. Una baja cantidad de alcohol, pero muy por debajo del límite.

—¿Se mantiene la hora de la muerte?

—Sí, alrededor de la medianoche.

—¿Nada más?

—Eso fue todo. Bilotti está haciendo un panel toxicológico completo. Quizá saquemos algo de ahí.

—Una pista no vendría mal.

—¿Qué pasó con Chen?

Después de contarle lo que había descubierto, Derrick dijo:

—Podría ser nuestro hombre. Es un homofóbico violento.

Abrí mi cajón.

—Posiblemente. Chen dijo que estaba en casa cuando ocurrió el asesinato. Recogí la grabación de Mediterra de la hora en cuestión.

—¿Cómo actuó cuando lo viste?

—Despreciable.

Derrick sonrió.

—Buena palabra.

—¿Puedes creer que Chen es farmacéutico?

—Ese loco homofóbico probablemente les da placebos a los gais.

Mientras navegaba por la memoria USB, dije:

—Hazme un favor y averigua cuándo nos van a llegar los registros telefónicos de Beas.

—Claro. Es difícil creer que no podamos encontrar su teléfono.

—Podría estar en el fondo del Golfo.

—Cierto. El asesino probablemente lo tiró después de matarlo.

Mientras Derrick tomaba el teléfono, encontré la marca de tiempo de las 9:30 p. m. y le di al *play*. Después de cinco minutos sin que entrara ningún auto, dupliqué la velocidad de la reproducción. A las diez menos diez, un Mercedes blanco pasó por la entrada de residentes.

Naples era un lugar donde la mayoría de nosotros nos levantábamos temprano y nos acostábamos a las once. Eso hacía la vigilancia nocturna más fácil, pero aburrida. La barrera comenzó a levantarse y un Ferrari rojo pasó zumbando por debajo, librándola por un pelo.

Derrick dijo:

—La envían en menos de una hora.

Con los ojos fijos en la pantalla, dije:

—Veamos qué nos da, y quizá solicitemos una orden de geoperimetraje para ver qué otros teléfonos había en la zona.

—¿Tenemos suficiente para eso?

—No lo sé hasta que veamos cómo son los registros. Si su teléfono estaba en la escena, o cerca, creo que la concederán.

—Probablemente.

—Entonces, dependiendo de cuántos teléfonos haya alrededor, pediremos una orden para identificarlos.

—Y ahí es donde se pone peliagudo.

—Quizá. Mantén la fe, hermano.

Derrick se acercó a mi escritorio y miró por encima de mi hombro.

—Nada, ¿eh?

—No, y ya son las once y diez.

—¿Por qué la gente nos miente? ¿No sabe que vamos a verificar lo que nos dice?

—No respondo preguntas retóricas, amigo. Pero Mediterra tiene dos entradas, así que, antes de que acusemos al despreciable bastardo...

—¿Has estado leyendo el diccionario?

—Después de veinte años persiguiendo cretinos, conozco todas las palabras para describirlos.

Se rió.

—Y vaya que sí.

—Casi lo olvido... mientras miro esto, ve qué puedes encontrar sobre Astra Development y alguien llamado Damien.

—Está bien, pero con lo del estrangulamiento, no parece un asesinato relacionado con negocios.

—Un asesinato en la playa no es un golpe profesional. Pero si se trata de dinero, todo es posible.

A medianoche, cambié a la grabación de la entrada trasera

de Mediterra. Estaba en la Old 41. No tenía sentido que Chen usara esa salida, ya que su condominio estaba a un minuto de la entrada de Livingston Road.

—Esta Astra es una empresa grande; incluso tiene una sede en Miami. Construye hoteles y complejos residenciales. Unos edificios realmente geniales.

—¿Cuánto tiempo lleva?

—Desde el noventa y dos.

—¿Qué hay de la propiedad?

—Parece que son dos fundadores. Son hermanos. Robert y Eugene Evans.

La entrada trasera no tenía actividad. Tripliqué la velocidad de la cinta y pregunté:

—¿Alguien llamado Damien?

—Bingo. Damien Roth es un gerente de proyectos sénior.

—Parece que estaría involucrado en la elección de los diseñadores que utilizan.

—Tiene que estarlo. Podría haber exigido un soborno para adjudicarle el contrato a la firma de Beas.

Con los ojos en el video, dije:

—Sí, ¿pero Beas lo habría pagado por adelantado o del trabajo que obtuvieran?

—Quizá una combinación, digamos cincuenta por adelantado y un porcentaje de cada trabajo que hicieran.

—Podría ser un chanchullo de comisiones. Si lo fue, ¿Beas hizo esto por su cuenta o Sánchez estaba metido en ello? Pero, de cualquier manera, no veo qué papel jugaría en un homicidio. ¿Tú sí?

—Sí, si Beas o Sánchez estaban en contra, podían simplemente decir que no. No veo que alguien sea asesinado por eso.

—Un competidor que perdiera el negocio se molestaría por ello, con soborno o no.

—Deberíamos preguntarle a Sánchez al respecto.

—Quizá, pero... espera. Aquí está Chen, usando la entrada trasera.

—¿A qué hora?

—A la una y veinte de la mañana.

—¡Mierda! Es después de la hora de la muerte.

7

Nos subimos a la camioneta y nos dirigimos a North Naples. Derrick salió de la Ruta 41 y entró al Marketplace at Pelican Bay.

—La farmacia CVS está en la esquina del fondo, junto a Vanderbilt —dije.

—Entendido.

Se estacionó de reversa en un lugar y entramos de prisa en la farmacia. Tomé el pasillo de las tarjetas de felicitación hacia el fondo y examiné el mostrador de la farmacia. Chen no estaba a la vista.

Golpeé el plexiglás sobre el mostrador. —Disculpe, buscamos a Richard Chen.

Una mujer con una bata azul oscura dijo: —Se fue. Dijo que tuvo una emergencia familiar.

—¿Una emergencia familiar?

—Sí.

—¿Qué clase de emergencia?

Se encogió de hombros.

—¿Recibió una llamada al respecto?

—No. Quizá fue un mensaje de texto.

—¿Dijo qué era?

—No. Solo que tenía que irse y que no vendría por un tiempo.

Nos dirigimos al estacionamiento. —Vamos a Mediterra —dije—. Quizá podamos atraparlo antes de que huya.

Derrick dijo: —¿Quieres que emitamos un boletín?

—No tenemos suficiente. Si está limpio, nos demandaría.

Derrick tomó el auricular de la radio. —Voy a ver si hay unidades en la zona. Tal vez puedan llegar a la casa de Chen antes de que desaparezca.

Esa era una idea que yo debería haber tenido. —Dale.

Derrick contactó a una unidad que patrullaba en Vasari, una comunidad al otro lado de la calle de Mediterra. Le dijo que necesitábamos ver si Chen estaba en casa y pedirle que se quedara allí.

Derrick encendió las luces estroboscópicas y aceleró por Vanderbilt Beach Road hacia Livingston. Dimos vuelta a la derecha y, al acercarnos a Immokalee Road, el patrullero nos contactó por radio: —Estoy en la residencia del sujeto, pero no parece estar en casa.

Derrick preguntó: —¿Tocó el timbre?

—Sí. Nadie contesta. Miré por la ventana lateral de la puerta; no hay actividad.

—De acuerdo.

—¿Qué quiere que haga?

—Nada. Ya puede retirarse. Gracias.

Colgó el auricular de la radio. —Maldita sea.

—No te preocupes —dije—. Lo encontraremos.

—No me gusta que me vean la cara de tonto.

—Ya somos dos. No dio ninguna señal de que fuera a huir, o le habría puesto vigilancia.

—Es una víbora.

—Necesitamos poner sobre aviso a CVS. Si saben de él, tenemos que enterarnos.

—Les diré...

—No podemos arruinar a este tipo hasta que sepamos que está involucrado. Aunque parezca sospechoso, tenemos que ser cuidadosos.

—Ya se nos ocurrirá algo.

—Mientras tanto, tenemos que vigilar su casa. A menos que Chen tenga un plan detallado para desaparecer, tiene que preocuparse por su trabajo y su casa.

—Está rentando.

—Demonios. Podría simplemente irse.

—Cuando regresemos, revisaré las redes sociales, a ver si podemos localizar a Chen.

—Tenemos que reconstruir quiénes son su familia y sus amigos. Puede que los contacte para pedir ayuda.

———

MARY ANN ENTRÓ a la casa con la bolsa de Jimmy P's y dijo: —¿Qué pasa? ¿Tuviste que esperar?

Le di un beso rápido en la mejilla. —No, todo bien.

—Puse la mesa en la terraza.

La seguí por la puerta corrediza. Mientras abría la bolsa, mi teléfono sonó con un mensaje de texto. Le pasé uno de los recipientes y ella dijo: —¿Qué pasa?

—Nada.

—No me digas que no es nada. ¿Qué pasó?

—Fui a ver a un vecino de la víctima. Hay historia entre ellos. El tipo tiene antecedentes y algo en contra de los gais.

—Okey. ¿Y?

Vertí aderezo sobre mi ensalada. —Parece que huyó.

—Lo atraparás.

—Lo tenía. Debí haberlo visto venir.

—¿Qué tienes contra él?

—Nada sólido, pero es un agresor de homosexuales.

—Deja de dudar de ti mismo. Todo lo que tienes es circunstancial.

Negué con la cabeza. —Antes podía ver estas cosas. O sea, no me agradó este tipo para nada. Es un verdadero cretino, pero nunca tuve la sensación de que fuera un asesino.

—Deja de preocuparte, tómate una copa de vino.

Mi teléfono volvió a sonar. —Déjame ver quién es. Es Coburn.

—¿Qué quiere?

—Dice que tiene pruebas sobre el dinero perdido.

—¿En serio? ¿Qué tiene?

—No sé. Quiere que vaya a su casa para enseñármelo.

—¿Por qué no vas?

—¿Esta noche?

—¿Por qué no? Es mucho dinero.

—¿Te imaginas que haya una posibilidad de que lo encontremos?

—No, la verdad es que no.

—Le escribiré que voy para allá en una hora. No puedo esperar a ver qué tiene.

8

A solo unas cuadras al oeste de la Ruta 41, el ambiente comercial daba paso a un frondoso vecindario conocido como Old Naples. En un lote de esquina, la casa de Coburn en la Segunda Avenida estaba rodeada de una vegetación exuberante. Un atardecer rosado realzaba la modesta calle.

El aire estaba impregnado de sal. Una mujer robusta, con acento de Europa del Este, abrió la puerta. Vestida con un uniforme blanco, me hizo pasar. Estaba oscuro.

—Señor Coburn, ha llegado su visita.

Coburn tomó su bastón y luchó por levantarse de una silla. La enfermera se apresuró a ayudarlo y Coburn le apartó la mano de un manotazo. —No soy un inválido, Valerie. Quisiéramos algo de privacidad, por favor.

—Está bien, señor. Si me necesita, avíseme.

—Cierre la puerta, por favor.

Extendió una mano temblorosa. —Qué bueno verte, Frank.

—¿Cómo estás?

Se acomodó en una silla junto a una mesa de juegos sobre la que había una laptop. —Dicen que así de bien voy a estar. Siéntate.

Tomé asiento. —Eso no está mal. Lo principal es tener la cabeza en su sitio.

—Desde luego, pero te diré que el primer día o dos me sentí como si estuviera atrapado en mi propio cuerpo. No podía moverme ni hablar. Pero mi mente iba a toda velocidad.

—Lo lamento.

—Si hubiera tenido una pistola, le habría puesto fin.

—Bueno, menos mal que no la tenías.

Se encogió de hombros. —Lo único que me queda ahora es encontrar el dinero.

—¿Tienes algo que mostrarme?

—Querías una prueba, así que fui a mi caja de seguridad.

—Lamento haberte causado esa molestia.

—Si no me lo hubieras pedido, me habría preocupado.

—¿Qué tienes?

Coburn rebuscó en un bolsillo y levantó una memoria USB redonda. —Esto contiene un video de mi primo, Nick, el agente de la DEA.

—¿Quién grabó el video?

—Yo. Usé mi teléfono.

—¿Cuándo se grabó?

Frunció el ceño. —Un par de semanas antes de que falleciera. Nicky tenía cáncer de páncreas y, para cuando se lo diagnosticaron, ya era demasiado tarde.

—Lamento oír eso. ¿Cuándo falleció?

—Hace once meses.

—¿Él quería documentarlo?

—No, yo quería. Sabía que necesitaría una prueba o me descartarían como un viejo con demencia.

Era fácil imaginarlo. —Estoy listo para verlo si tú lo estás.

Coburn insertó la memoria en la laptop. Mientras navegaba hasta el video, acerqué mi silla.

Con el dedo suspendido sobre el teclado, dijo: —Aquí vamos.

Una imagen temblorosa de un hombre con una camisa de golf blanca llenó la pantalla. Coburn hablaba: —De acuerdo, Nicky. Puedes empezar.

La imagen se estabilizó. El hombre se inclinó hacia adelante. Tenía las mejillas hundidas y la cabeza salpicada de mechones de pelo. —Mi nombre es Nicholas Ellis. Soy un agente retirado de la DEA y vivo en Bonita Springs.

—Durante toda mi carrera, trabajé en la oficina de Miami. Por dieciocho años, Steve Withers y yo fuimos compañeros. Steve era un amigo entrañable a quien la vida le jugó una mala pasada. Su esposa e hija murieron en un accidente de auto, y la única forma en que Steve pudo lidiar con la pérdida fue bebiendo.

Ellis negó con la cabeza. —A pesar de sus problemas, Steve fue el mejor agente con el que trabajé. Quizás fueron sus problemas o su sensación de vulnerabilidad, pero los traficantes, y estoy hablando de traficantes importantes, confiaban en Steve. Le daban información, lo que nos permitió desmantelar una docena de operaciones de gran volumen.

Tosió y continuó hablando: —Uno de los traficantes a los que Steve se acercó fue Julio Cabrerra. Se le conocía en la calle como Fast Jersey y dirigía una operación que generaba sesenta millones al mes. Hay mucha información de dominio público sobre Cabrerra. Ascendió rápidamente. Cabrerra fue el primer traficante en usar lanchas de alta velocidad para mover drogas desde Key West hasta Miami.

Ellis se reclinó en su asiento. —Pero como muchos traficantes de droga, Cabrerra quería salirse, y se guardaba un millón de dólares a la semana. En efectivo. Steve se enteró por Cabrerra de que estaba buscando una salida y le habló sobre un acuerdo. Cabrerra quería mudarse a España y estaba dispuesto a proporcionar información concreta sobre su principal competidor, así como sobre los proveedores con los que trataba.

Coburn preguntó: —¿Tu compañero, Withers, llegó a un acuerdo con el narcotraficante?

—Withers estaba trabajando en ello. Aún no había sido aprobado por los jefes. No era un acuerdo de inmunidad sin más. Cabrerra temía por su vida y quería una nueva identidad y ciudadanía española para él y su familia.

—Pactar con el diablo no es algo que la agencia se tome a la ligera, así que Withers le dijo que necesitábamos algo tangible para mostrarles a los jefes, y Cabrerra nos dio la información que necesitábamos para atrapar a los Aquino Boys.

Ellis se aclaró la garganta. —Basándonos en eso, pudimos convencer al Departamento de Estado de que le diera a Cabrerra lo que quería. Se pusieron manos a la obra, pero Cabrerra sintió que estaba en peligro. Nunca supimos si los federales filtraron la información, pero la cosa empezó a ponerse peliaguda.

—Cabrerra llamó a Withers y le dijo que tenían que verse. Withers tenía un maletero lleno de papeles confidenciales e iba de camino a la oficina antes de ir al aeropuerto de Miami para una reunión con un informante. Cabrerra sonaba tan desesperado que Withers accedió a reunirse con él en Hialeah en lugar de ir primero a la oficina.

—Cabrerra le dijo que iba a desaparecer de inmediato y que necesitaría ayuda para poner a su familia a salvo. Su esposa e hijos se escondían en Orlando, y Cabrerra quería que mi compañero le diera algo a su esposa si a él le pasaba algo.

Coburn puso pausa y tomó su bastón. —Tengo que ir al baño.

—¿Qué le dio Cabrerra a tu compañero?

—Ya lo verás. Apenas vamos por la mitad.

—¿La mitad?

—Sí. Ya verás lo que pasó. Parece algo que podría haber escrito Grisham.

9

ME QUEDÉ MIRANDO LA IMAGEN CONGELADA DEL PRIMO DE
Coburn. Lo que había visto hasta ahora era algo sacado de una
película. Pero esto era real. Verificar lo del agente de la DEA,
Ellis, y el traficante Cabrerra sería fácil. Guardar un millón a la
semana parecía exagerado, pero hacía un mes, Miami-Dade
había hecho un solo arresto, incautando doscientos cincuenta
millones en drogas y dinero.

Repasando mi lista mental de contactos, busqué a alguien
que pudiera llevarme a una persona con la autoridad para
negociar un trato. Un acuerdo que nos permitiera quedarnos
con parte del dinero si lo encontrábamos.

Me levanté y empecé a caminar de un lado a otro. Cuando
estaba a punto de enviarle un mensaje a Derrick, Coburn entró
tranquilamente. —¿Necesitas usar el baño?

Sí lo necesitaba. —No. Solo estirando las piernas.

Se dejó caer en un asiento. Enganché su bastón en el brazo
de la silla y me senté. —Vaya historia.

—Si fuera una serie de Netflix, diría que se pone mejor con
cada episodio, pero... ya verás —frunció el ceño—. ¿Listo?

—Sí.

Coburn presionó Enter y el agente de la DEA, Ellis, cobró vida. —Mi compañero intentó convencer a Cabrerra de que aceptara la custodia de protección, pero Cabrerra no confiaba en el sistema.

Ellis levantó un trozo de papel. —Le dio esto a mi compañero, diciendo que era donde escondía el dinero, y desapareció. Fue la última vez que lo vimos.

Me incliné hacia la pantalla, pero Ellis bajó el documento y dijo: —Mi compañero llegaba tarde a su cita y se fue al aeropuerto.

—Steve estacionó el auto y entró a la terminal. El informante le envió un mensaje de texto diciendo que llegaría tarde y Steve se dirigió al bar. Se tomó un par de tragos y me llamó. Estaba medio borracho. Le dije que se calmara, pero se enojó y me colgó. Stevie podía ser así.

Ellis negó con la cabeza. —Debí haber ido para allá en ese mismo instante, pero tenía que informar al comisionado sobre una operación. Dos horas después, Stevie llamó y estaba consternado. Estaba borracho y dijo que no encontraba su auto. Le preocupaban los materiales confidenciales que tenía. Creía que le habían robado el auto.

—Stevie no paraba de decir que lo iban a deshonrar y a despedir. Le dije que esperara allí y me subí al auto.

Ellis exhaló. —Llegué a la terminal y, junto al área de comidas, un guardia de seguridad tenía los baños acordonados. Le mostré mi placa y le pregunté qué pasaba. Dijo que un policía se había disparado. Se me encogió el corazón. Entré... y allí estaba. Se había pegado un tiro en la cabeza.

—Estaba muerto. Y simplemente reaccioné. No quería que su reputación se manchara más de lo que ya iba a estar, así que le revisé los bolsillos buscando las llaves del auto para tomar los papeles confidenciales. Lo primero que encontré fue esto. —Levantó el papel al que se había referido antes.

—Me lo metí en el bolsillo y encontré las llaves. Localicé su vehículo, transferí los documentos clasificados a mi auto y me los llevé. Era lo único que podía hacer. Stevie ya no estaba.

Se humedeció los labios. —Guardé lo que Cabrerra le dio a Stevie, pensando que Cabrerra o su esposa se comunicarían. Pasaron dos días y recibimos una llamada; encontraron a Cabrerra, a su esposa y a sus dos hijos pequeños en un almacén en Little Haiti.

Cerró los ojos. —Los habían decapitado; sus cuerpos, metidos en barriles. Todavía podía ver a los niños. El hijo me recordaba al niño de Stevie antes del accidente. —Inhaló profundamente—. Consideré seriamente retirarme en ese mismo momento. Aunque solo me faltaban unos cinco años para la pensión completa.

—Era difícil trabajar sin Stevie. O sea, era un caso, y el alcohol era un gran problema, pero pasó por mucho y él habría hecho lo mismo por mí si fuera al revés. Y no voy a mentir, el dinero fue un factor. Sabía que se iba a saber que Cabrerra tenía dinero en efectivo guardado y, efectivamente, nos llegó la noticia de que el cártel lo estaba buscando.

—Copié las coordenadas y quemé el papel que Cabrerra le había dado a Stevie, y mantuve un perfil bajo. Mi plan era esperar diez años. Cinco años estaría trabajando, manteniéndome atento, y luego, otros cinco; planeaba ir por el dinero. Mi plan era vivir una vida discreta y viajar por Europa. No necesitaba mucho, nada ostentoso.

—Pero me aseguraría de que el hijo de Stevie estuviera bien cuidado y haría dos donaciones anónimas, una a la National Kidney Foundation, que fue una bendición cuando mi esposa, que en paz descanse, necesitó un trasplante. Y la otra a Youth Haven of Southwest Florida. Hacen un trabajo increíble, proporcionando un entorno seguro para niños traumatizados y sin hogar. Ambas necesitan toda la ayuda que puedan recibir, y yo iba a aportar mi granito de arena.

Ellis se encogió de hombros. —Luego me enfermé. De la nada, lo juro, es como si Dios la tuviera tomada conmigo. No es que fuera a comprar una casa en la playa o algo así. Estaba tratando de hacer lo correcto, ¿y de qué me sirvió? Hubiera sido mejor agarrar el dinero de inmediato y vivir la vida loca hasta que el cártel me cazara.

Sacudió la cabeza. —Es verdad lo que dicen: no hay nada más importante que la salud. Lo he aceptado, pero no quiero que el dinero se eche a perder. Puede hacer mucho bien. No quiero controlar las cosas desde la tumba, pero espero que hagan algo por las causas en las que creo. Pero si no, está bien. —Tomó el papel—. Solo quiero pasar esto y quitármelo de la cabeza.

El video terminó y Coburn cerró la computadora. —¿Qué piensas ahora?

—Es una tremenda historia.

—Es verdad. La verifiqué y estoy seguro de que tú también lo harás.

—¿Mencionó alguna vez al cártel o a alguien que buscara el dinero?

—Dijo que lo buscaron, pensando que Cabrerra había enviado el dinero a su familia en Colombia. Aparentemente, los presionaron, pero no encontraron pruebas de que tuvieran el dinero. Siguieron con eso, pero después de dos años perdieron el interés.

—¿Dos años después de que mataran a Cabrerra?

—Sí.

Eso fue hace unos siete u ocho años. Apostaría a que los vigilaron por más de dos años, pero ya debían de haber dado el dinero por perdido. —Parece que ha pasado bastante tiempo.

—Yo creo que sí. Además, ¿quién sabe cuántas de las personas que sabían de esto siguen vivas?

—Quizás. —La tasa de deserción en el negocio de las drogas era cien veces mayor que en el negocio de los techos.

—Entonces, ¿esto respondió tus preguntas?

—Creo en la historia. ¿Vas a darme las coordenadas?

Coburn sonrió. —Bien, pero antes de entregarte cualquier cosa, tenemos que llegar a un acuerdo.

10

La televisión estaba encendida. Con el iPad en la mano, Mary Ann estaba en el sofá. —¿Cómo te fue?

—Parece que esto podría ser de verdad.

Se levantó del sofá de un salto. —¿El dinero?

—Sí.

—¿Cuánto?

—No sé con exactitud, pero algo más de cien millones.

Dio unos saltitos sobre las puntas de los pies. —¡Dios mío! No me puedo imaginar cuánto es eso.

—Yo tampoco. Es mucho más que algo que te cambia la vida.

—¿Ves? Vives una buena vida y te pasan cosas buenas.

Aquello del karma chocaba de frente con mis experiencias de ver a gente que era casi santa asesinada por veinte dólares. —Si... lo encontramos, solo nos tocaría una tajada.

—¿Cuánto quiere pagar por encontrarlo?

—Tenemos que negociar eso.

—Sabes, con tanto dinero, alguien tiene que estarlo buscando.

Era un temor común. —Ha estado escondido mucho tiempo. Casi diez años.

—Mejor ten cuidado; podría ser peligroso.

No había tiempo para darle detalles de lo que le pasó a la familia Cabrerra. —No te preocupes, tengo mucho trabajo que hacer antes de que pensemos en buscarlo.

Hizo un puchero. —¿Quieres decir que todavía no puedo gastármelo?

—Sigue soñando.

Saqué el teléfono y marqué el número de Derrick. Antes de presionar «llamar», cancelé la llamada. Por mucho que quisiera darle vueltas al asunto, primero necesitaba pensarlo bien.

Aunque había pasado un tiempo considerable, seguía siendo arriesgado. El tipo de gente involucrada te cortaría el cuello por mil dólares. No sabían dónde estaba el dinero, o ya habrían ido a buscarlo. ¿O sí lo habían hecho?

¿Se lo dijo Ellis a alguien más? Si había guardado el secreto durante una década, habría desafiado la naturaleza humana. Compartir un secreto era un gen colectivo que todos en el planeta tenían. ¿Era realmente posible que Coburn fuera la única persona a la que se lo dijo?

Y Coburn: era difícil creer que yo fuera la única persona a la que se había acercado. Si no hubiera sido por la boda, ¿me habría contactado?

Marqué un número. —Hola, Doc. ¿Tienes un minuto?

—Claro, Frank. ¿Qué se te ofrece?

—Tu amigo Coburn.

—¿Qué pasa con él?

—¿Cuándo empezó a preguntar por mí?

—¿Pasa algo malo?

—No. No puedo entrar en detalles ahora. Es una posibilidad remota, pero ya me conoces, tengo que buscar hasta debajo de las piedras.

—Por eso eres tan buen detective.

—Gracias.

—En cuanto a cuándo, no recuerdo exactamente, pero cuando los muchachos nos juntamos, inevitablemente hablamos de trabajo. Siempre están interesados en los crímenes con los que lidiamos, y yo les he estado diciendo cómo persigues a los asesinos y la buena persona que eres.

—Me vas a sonrojar, Doc.

Se rió. —Es verdad. Tienes excelentes valores y una buena brújula moral.

—Gracias. Pero, ¿me puedes dar una idea de hace cuánto?

—Probablemente te he mencionado a Coburn, no directamente, pero en el curso de una conversación, hace años. Has perseguido a los asesinos de cada homicidio al que he hecho la autopsia. Le dije que eres un pitbull y que tu determinación no puede ser disuadida.

—¿Quieres dirigir mi club de fans?

—Es la verdad. Nunca te distraes.

Ocultar eso me salía natural. —Es mi trabajo, pero créeme, no soy Superman. Me tengo que ir, Doc. Mary Ann me está llamando.

––––––

—Buenos días, Derrick. —Le di el último sorbo a mi café, lo tiré a la basura y tomé el que me había traído.

—Hola, Frank. Acabo de recibir los registros telefónicos. Nunca adivinarás con quién habló Beas esa noche.

Aunque era temprano para juegos, dije: —¿Con quién?

—Adivina.

Si nos lanzábamos a la caza del dinero perdido, él iba a estar en el paraíso. —¿Con Mickey Mouse?

Puso los ojos en blanco. —Con Barry Schwartz y Will Sanchez.

—Lo de Sanchez probablemente esté relacionado con el

trabajo, pero lo de Schwartz es interesante. Tenemos que verlo de todos modos.

—Sí, y podemos rastrear los movimientos de Beas desde las torres de telefonía. La última señal se ubica cerca de Lowdermilk. Quienquiera que lo haya matado probablemente arrojó su teléfono al golfo de México.

—Sí. ¿Tenemos algo sobre Schwartz?

—Dos llamadas por peleas, pero sin arrestos.

—Es agresivo. ¿Dónde trabaja?

—En Steinway.

—¿La tienda de pianos?

—Sí.

La imagen de una cuerda de piano enrollada en el cuello de Beas apareció en mi cabeza. Me puse de pie. —Vamos a verlo ahora.

————

Hicimos una vuelta en U junto a Trader Joe's y tres cuadras más adelante, giramos a la derecha en la calle 104. Derrick dijo: —Steinway antes estaba en Bonita, ¿verdad?

—Sí, se mudaron hace un tiempo.

Nos bajamos del auto y Derrick dijo: —No puedo creer que puedan ganar dinero vendiendo pianos.

—Espera a que veas los precios. Cuando Jessie tenía unos nueve años, tomó algunas clases y pensamos en comprarle uno, pero se nos iba completamente del presupuesto. Le compramos un teclado barato para ver si le agarraba el gusto, pero la etapa del piano le duró menos de un año.

Al entrar por las puertas, dijo:

—Mira este. Vaya, qué hermosura.

No sabría decir si el reluciente instrumento blanco era un piano de cola o de media cola. —Sí que lo es. Apuesto a que cuesta más de diez mil.

Derrick fue directo hacia el piano y levantó la etiqueta del precio. —¡No puede ser! ¿Ochenta mil? ¿Por un piano? ¿Estás bromeando?

Estaba a punto de decirle que no lo tocara cuando Schwartz se acercó con aire despreocupado. A pesar de estar fornido como un bloque de granito, se movía como un bailarín. La perilla pulcramente recortada no aparecía en la foto de su licencia de manejo. —Caballeros. Este Modelo A es uno de mis favoritos. Ofrece el sonido de un piano de cola en un instrumento de tamaño mediano.

¿Tamaño mediano? Ocuparía un cuarto de nuestra sala de estar. —Es hermoso.

El rostro de Schwartz estaba marcado por cicatrices de acné. —¿Quién es el pianista?

—Ninguno.

Se deslizó sobre el banco del piano. —¿Es un regalo?

Era difícil creer que esa música clásica proviniera de un hombre tan musculoso. Se dio la vuelta. —¿A que es maravilloso el tono tan rico que tiene?

Mientras Derrick decía: —Es hermoso—, yo saqué mi placa.

—¿De qué se trata esto?

—David Beas. ¿Quiere que salgamos?

—No es necesario. No tenemos mucho movimiento por la mañana.

—Tenemos entendido que usted y el señor Beas tenían una relación.

—Terminó hace meses.

—Hemos oído que no fue en buenos términos.

—¿Qué ruptura lo es?

—¿Por qué terminaron?

—Nunca hay una sola razón, ¿o sí?

Tenía razón. —Deme un par.

—Él era monógamo y yo no creo en eso. La vida es demasiado corta.

—¿Le gustan las interacciones sexuales bruscas?

—Todos tenemos nuestros fetiches.

—Oímos que le gusta ponerles collares a sus… eh, parejas.

Él sonrió. —¿A ustedes les va el BDSM?

—No. Usted tiene un historial de violencia.

—Yo no lo llamaría violento. Todo es por diversión.

—¿Incluyendo las peleas? Tuvimos que intervenir en dos peleas en las que usted estuvo involucrado en el Bambusa Bar and Grill.

—Algunas de las *drag queens* que frecuentan el lugar son problemáticas.

—¿Dónde estaba usted la noche del primero de octubre, entre las nueve de la noche y la una de la madrugada?

—En casa.

—¿Había alguien con usted?

—No.

—Usted llamó al señor Beas esa noche, el primero de octubre a las siete cuarenta y cinco. ¿Cuál fue el motivo de la llamada?

—Buscaba compañía. Me dijo que estaba ocupado y eso fue todo.

—Estuvo al teléfono once minutos. ¿De qué hablaron?

—Solo nos pusimos al día, eso es todo.

—De acuerdo. Gracias por su tiempo.

—Ha sido un placer.

—Debo decir que esta es una tienda bonita. ¿Cómo les va en este local?

—Bien. Hay mucho dinero en esta ciudad. La mitad de los que compran pianos de cola en realidad buscan un mueble que declare su estatus y tenemos un salón de exposición lleno. La otra mitad los compra para sus nietos.

—Se lo creo. ¿Hacen reparaciones? Ya sabe, si a alguien se le rompe una cuerda o lo que sea en estos pianos.

—Sí, ofrecemos una gama completa de servicios, reparaciones y repuestos. Empecé reparando y me pasé a ventas hace menos de un año.

¿Sería una cuerda de piano el arma homicida?

11

De vuelta en el auto, Derrick dijo:

—Vaya si es presumido.

Era la palabra justa. —Me pregunto si, digamos, una de las cuerdas gruesas de un piano...

—Como las de la octava más baja.

—¿Tocabas?

—No. Toqué la guitarra hace años; las cuerdas más gruesas producían tonos más graves y potentes.

—Genial. Tenemos que averiguar a qué cuerdas tiene acceso Schwartz. Bilotti podría decirnos si alguna de ellas pudo haber sido el arma homicida.

—¿Crees que Schwartz es tan estúpido?

—No. Es astuto, pero todo el mundo comete errores. Si fue él y usó una cuerda de piano, fue premeditado.

—Cierto, pero si lo del sexo de dominación se le hubiera salido de control, habría ocurrido en su casa.

—Pero quizás Schwartz sufre de alzhéimer ruso.

—¿Y qué diablos es eso?

—Que lo único que recuerda son los rencores.

Me dio un puñetazo en el hombro. —Muy gracioso.

—A mí me lo pareció. Se lo oí a un comediante en algún programa de medianoche.

—¿Un viejo como tú se queda despierto viendo la tele a esas horas?

—Nunca. Veo los clips en YouTube.

—Todo está en YouTube.

—Ya lo creo. Volviendo a Schwartz, podría ser un rencoroso que eliminó a Beas. Es una posibilidad remota, pero es un exnovio con un historial de violencia y le va el BDSM.

—Podría ser algo pasional. Cuando volvamos, revisaré las redes sociales y escarbaré un poco. A ver qué puedo descubrir sobre él.

—De acuerdo. Quiero ver de qué se trata ese nuevo negocio con Astra Development. Daré una vuelta después de que te deje.

—Muy bien.

—Oye, anoche fui a ver a Coburn y esto del dinero escondido parece real.

—Mierda. ¿En serio?

Le conté lo del video.

—No puedo creerlo. ¿Cuánto dijo que hay?

—No está seguro, pero podrían ser cien millones.

—No puede ser.

—Eso fue lo que dijo.

—Carajo, eso es mucho para esconderlo. Ocuparía mucho espacio...

—Lo busqué; si está en billetes de cien, pesaría poco más de novecientos kilos.

—¿Y cuánto espacio ocuparía?

—Un maletín normal. ¿Recuerdas cómo son, no?

Se rió. —La verdad es que no.

—Bueno, en uno de ellos cabe alrededor de un millón. Así que, si es cierto, estaríamos hablando de cien de ellos.

—Probablemente usaron maletines de acero inoxidable. Los hacen a prueba de agua.

—Si hubiera sido yo, los habría empacado tres veces.

—¿Te imaginas tener esa cantidad de dinero y verte obligado a esconderlo?

—Estamos hablando de narcotraficantes; el efectivo es un problema mayúsculo para ellos.

—Eso y seguir con vida. Entonces, ¿cuál es el siguiente paso?

—Llegar a un acuerdo sobre cómo repartir el dinero, si lo encontramos.

—Deberíamos quedarnos con al menos la mitad.

—No te pongas codicioso...

—No lo estoy. Nos necesita para encontrarlo. Ahora mismo, no tiene nada.

—Y nosotros tampoco. Esto es más complicado de lo que parece. Le dije a Coburn que no lo haría sin llegar a un acuerdo con el gobierno...

Mi teléfono sonó mientras Derrick decía: —No tenemos por qué; nos van a joder. Deberíamos quedárnoslo todo y mantener un perfil bajo, no decir nada al respecto.

Respondí: —Detective Luca.

—Hola, habla Mario Vigo, el tipo que encontró el cuerpo en Lowdermilk.

—Hola, señor Vigo. ¿Qué puedo hacer por usted?

—Bueno, usted dijo que le avisara si se me ocurría algo.

—Por supuesto, ¿de qué se trata?

—Verá, he estado saliendo a caminar todos los días, y casi todo el mundo deja sus zapatos junto al paseo, ya sabe, para no llenarlos de arena.

—Entiendo.

—Hay un par de zapatillas deportivas allí desde el día en que encontré ese cuerpo. Han estado en el mismo lugar exacto. Sé que el muerto llevaba zapatos, pero quizá sean del asesino.

—¿Son zapatillas de hombre?

—Sí, de lona. No sé la marca, pero no son Converse.

—¿Las tocó?

—No. ¿Por qué haría eso?

Había llovido dos noches seguidas. —¿De lona o de cuero?

—Definitivamente de tela.

—¿Puede reunirse conmigo allí?

—Claro. Estoy justo al otro lado de la calle.

—Gracias. Si no es mucha molestia, ¿puede ir ahora y vigilarlas hasta que lleguemos?

—Salgo para allá ahora mismo.

Colgué. —Era el tipo que encontró el cuerpo. Dice que hay un par de zapatillas deportivas junto al paseo desde que ocurrió todo.

—¿Quizá las dejó el asesino?

—Podría ser, pero eso sería bastante descuidado para alguien que no dejó pistas.

—Como dijiste, todo el mundo comete errores.

—No dejas tus zapatos atrás a menos que tengas que irte a toda prisa.

—Definitivamente. Estrangula a Beas, luego tira su teléfono. Tal vez vio a alguien cuando se acercaba al agua.

—Podría ser. Te dejo, luego paso a recoger las zapatillas. Quizá el laboratorio pueda sacar algo de ellas.

—Llovió a cántaros las últimas dos noches.

—Lo sé, pero si están conectadas con el asesinato, al menos obtendremos la talla del zapato y quién sabe qué más.

12

DESPUÉS DE DEJAR LOS TENIS EN EL LABORATORIO, ME DIRIGÍ A Astra Development. Como eran clientes nuevos de la firma de Beas, no estaba seguro de qué información de fondo tenían sobre él.

El dinero era el principal móvil en la mayoría de los homicidios. Quizá era por el trato que intentaba cerrar con Coburn, pero me interesaba el cuarto de millón de dólares destinado a Damien. Tal vez había una lección que aprender.

Astra se encontraba en un parque industrial, entre Livingston y Airport Pulling. Justo cuando iba a girar en Progress Avenue, sonó mi teléfono.

—Detective Luca.

—Eh, señor, eh, detective Luca. Habla Marjorie, de CVS.

—Hola. ¿Llama por Richard Chen?

—Sí, acabo de enterarme de que llamó esta mañana. Va a venir a trabajar en el turno de la noche.

—¿Cuándo empieza?

—En quince minutos.

—De acuerdo. Hágame un favor y no le mencione esta llamada.

—Claro. ¿Está todo bien con él?

—Sí. No se preocupe, solo necesitamos hablar con él sobre uno de sus vecinos.

Di una vuelta en U y arranqué hacia North Naples.

Pasé el CVS, estacioné cerca de un Publix y me dirigí a la farmacia. Me deslicé dentro de la tienda y fui por el pasillo de los cosméticos. Chen estaba detrás del plexiglás, hablando con un compañero de trabajo. No podía escapar.

Caminé directo al mostrador. Chen frunció el ceño al verme. Lo señalé con el dedo e indiqué la entrada con el pulgar. Chen rodeó el mostrador y me siguió afuera.

—¿Dónde estaba usted?

—Fui a ver a mi hermana a Jacksonville. Tuvo un accidente de auto grave.

—¿Está bien?

—Se fracturó las dos piernas y tiene una conmoción cerebral.

—Lo lamento por ella, pero me sentiría mucho mejor si supiera que no está mintiendo al respecto.

—¿Mentir? ¿Por qué mentiría sobre su accidente?

—Quizá por la misma razón que mintió sobre haberse ido a casa la noche del primero de octubre.

Sacó su teléfono. —Mire, aquí. ¿Ve el mensaje de mi sobrino? ¿Qué dice?

Parecía real. —De acuerdo, pero ¿y qué hay de que me dijo que estaba en casa alrededor de las diez esa noche, después de ir al Franklin Social?

—Fui al club. Puede verificarlo. Había treinta, cuarenta personas allí.

—Me interesa lo que pasó después de eso. Después de las diez de esa noche.

—Me fui a casa.

—¿En su Audi?

—Sí.

—¿Acaso vuela?

—¿Qué?

—Las cámaras de Mediterra no tienen ningún registro de que usted entrara por ninguna de las dos puertas.

Suavizó la voz. —Mire, estaba con una mujer. No dije nada porque está casada con mi jefe.

Chen rompió la regla de no comer donde se caga. —¿A qué hora fue?

—Nos vimos como a las diez y media.

—¿Cuánto tiempo estuvieron juntos?

—Hasta la una, más o menos, o un poco más tarde.

—¿Cómo se llama esa mujer?

—Por favor, ¿tiene que hablar con ella?

—Sí. Seremos discretos.

—Podría perder mi trabajo.

Debería haber pensado en eso antes. —Deme su información de contacto.

—Se llama Jenny. Jenny Morrow. ¿Puedo llamarla primero, para avisarle que quiere hablar con ella?

—No. ¿Trabaja?

—Sí. Trabaja en ese lugar de audio, Epic Sound, en Pine Ridge y la 41.

—¿Está trabajando ahora?

—No, ella y mi jefe se fueron a Sanibel por un par de días.

—¿Cuándo regresa?

—Pasado mañana.

—Si me entero, y lo haré, de que llamó a la señora Morrow, lo arrestaré por obstrucción.

—No lo haré. No se preocupe.

Tomé los datos de contacto de Jenny Morrow y me fui.

———

UNA VALLA de tela metálica rodeaba la propiedad que albergaba Astra Development. Nada en el lugar llamaba la atención. Era un nivel por debajo de lo discreto. Ninguno de los autos en el estacionamiento correspondía a la gente de alto nivel asociada con Naples.

Toqué el timbre y puse mi placa contra la puerta de cristal. Sonó un zumbido antes de que la puerta se desbloqueara. Un veinteañero en jeans y camiseta de golf me recibió.

—¿En qué puedo ayudarlo, señor?

—Me gustaría hablar con cualquiera de los hermanos Evans.

—Gene está aquí. Déjeme llamarlo.

Se acercó un hombre alto, con pelo rubio cenizo y lentes. —Hola, soy Eugene Evans. ¿Hay algún problema, señor?

—Soy el detective Luca. Estoy investigando el asesinato de David Beas.

Evans frunció el ceño. —Todos quedamos impactados. Tenía muchas buenas ideas y estábamos deseando trabajar con él.

—¿Desde cuándo lo conoce?

—Unos diez años. El gremio de la construcción no es tan grande, aunque ciertamente ha crecido. Hace años, ni siquiera usábamos diseñadores. Es decir, teníamos decoradores, pero no diseñadores. De todos modos, elevaron el nivel. David nos hacía propuestas cada seis meses más o menos. Pero teníamos una larga relación con la firma que usan nuestros arquitectos.

—¿Por qué hicieron el cambio?

—Nuestro gerente de proyectos, Damien Roth, dijo que era hora de un cambio y mi hermano y yo estuvimos de acuerdo. Ya sabe, hoy en día tenemos muchos competidores regionales e incluso nacionales en nuestro mercado. Es una opción más cara, pero esperamos mantener nuestros márgenes subiendo un poco más de categoría.

—Ustedes firmaron un contrato importante con Magnet Design.

—Es una suma de dinero considerable y, como le dije, planeamos recuperar la, eh, inversión elevando nuestro perfil para participar en proyectos para los que no nos consideraban.

—¿Qué puede decirme sobre Will Sánchez?

—Usted cree que... No, no puede ser...

—Es solo para recabar información, y como era el socio del señor Beas, tenemos que investigar si estuvo relacionado con el negocio que poseen.

—Ah. Will es un buen tipo, trabajador y persistente. Creo que él es realmente el que opera Magnet. David era más la fuerza creativa, y Will era el de los números y el que llevaba las riendas.

—¿Se llevaban bien?

Hizo una mueca. —Mire, si Bobby no fuera mi hermano, probablemente nos habríamos separado hace años.

—¿Está diciendo que Sánchez y Beas no se ponían de acuerdo?

—Son personas totalmente diferentes. Trabajar con gente creativa puede ser difícil para cualquiera.

—¿En qué sentido?

Evans sonrió. —Will me dijo un par de veces que tenía que mantener a David con los pies en la tierra o acabaría enchapando los inodoros en oro.

—Puedo imaginarlo.

—Eso frustraba a Will. Incluso estaba pensando en separarse de David.

—¿Ah, sí?

—Sí, me preguntó si, en caso de que él y David tomaran caminos distintos, nosotros seguiríamos con Magnet.

—¿Qué le dijo usted?

—Que teníamos un contrato con Magnet y que lo respetaríamos. Sí le dejé claro que tendría que asegurarse de que la parte creativa estuviera cubierta.

—¿Cuándo fue eso?

—Hace un mes, más o menos. Me preocupó un poco porque fue poco después de que firmamos con ellos.

13

El sol se escondió tras una nube mientras cruzaba el estacionamiento de la oficina. Me subí al auto y encendí el aire acondicionado. Respiré hondo y llamé a la oficina del FBI de Fort Myers.

—Quisiera hablar con el agente Haines.

—¿De parte de quién?

—Frank Luca.

—Un momento, señor.

—Frank, ¿cómo está?

—Bien, ¿y usted?

—Todo bien. ¿Cómo está Mary Ann?

—Está bien.

—¿Y su esclerosis múltiple?

—Bastante bien. Le dan brotes de vez en cuando, pero tenemos suerte.

—Me alegra oírlo. ¿Qué sucede?

—Sé que trabajó en DC y que trató con el Departamento de Estado.

—Escapé de ese infierno después de diez años. ¿Qué necesita?

—Si no le importa, no puedo compartir nada por ahora, pero busco un contacto en el Departamento de Estado. Alguien que sepa sobre los programas para llevar a los narcotraficantes ante la justicia.

—Suena peligroso, Frank. ¿Está seguro de que no quiere compartir los detalles?

—Todavía no, pero quería hablar con alguien, ver si hay algo de cierto en lo que me dijo el amigo de un amigo.

—Entiendo. Hay una mujer, Carla Jefferson, con la que trabajé; quizá ella pueda orientarlo en la dirección correcta. Puede usar mi nombre, pero debo advertirle que no es la persona más amable.

—No hay problema. Se lo agradezco.

—Este es su número directo. ¿Listo?

Lo anoté y colgué.

Mientras miraba el contacto, sonó mi celular. Era Derrick.

—No sacaron mucho del par de zapatillas que encontraron en Lowdermilk. Dijeron que es un par caro de Allbirds, talla diez.

—¿Alguna pista sobre dónde las venden?

—Busqué en internet; se pueden conseguir en cualquier lado.

—Me lo imaginaba. Tenemos que ver qué talla de zapato usan Chen y Schwartz.

—Tendremos que ser creativos.

—No hay problema. Mira, vuelvo en un minuto.

Marqué el número que Haines me dio. Sonó cinco veces.

—Carla Jefferson.

—Hola, Sra. Jefferson. Mi nombre es Frank Luca.

—Es señora Jefferson.

—Disculpe, señora. El señor Haines, del FBI, me dijo que usted sería un buen punto de partida con respecto a una recompensa por información sobre una situación de drogas. ¿Con quién me recomienda hablar?

—¿Situación? Si espera ayuda, necesito detalles.

—Un contacto mío cree que ha localizado un gran escondite de dinero del narcotráfico.

—¿Y dónde se encuentra?

—Al sur de Atlanta.

—Eso está bajo la jurisdicción de la DEA.

—Ellos no tienen un programa para recompensar a quien lo encuentre.

—Nuestro programa está diseñado para llevar a narcotraficantes extranjeros ante la justicia. No podemos ayudarlo.

—Estamos hablando de un par de cientos de millones de dólares.

Hizo una pausa.

—Deme su información. Veré si hay algún interés.

Después de darle mi número, volví a entrar. Derrick estaba tecleando en su computadora. Cerré la puerta.

—¿Qué pasa?

—Me comuniqué con el Departamento de Estado sobre su programa de recompensas.

—¿Qué dijeron?

—No creo que vaya a funcionar.

—¿Por qué no?

—Dijeron que era para atrapar a narcotraficantes.

—¿Les dijiste de cuánto dinero estamos hablando?

—Sí, pero un par de cientos de millones es una gota en el océano. Los federales gastan ochocientos millones cada hora.

—¿Tanto?

—Sí.

—¡Qué barbaridad! ¿Qué vamos a hacer?

—Veamos si me devuelven la llamada, pero mientras tanto, empieza a pensar en alternativas.

—Voy a contactar a unos tipos que conocí en Baltimore. Quizá puedan ayudar.

—No des demasiada información.

—Apenas sé nada de todos modos. Nunca me diste las coordenadas.

—No las tengo. Coburn las retiene hasta que lleguemos a un acuerdo.

Era parcialmente cierto. Él quería que las tomara, pero yo no quería ninguna conexión hasta que se viera un camino claro.

—Pensé que las habías visto.

—Me las mostró rápidamente, pero no las memoricé.

—Ah.

—Tenemos tiempo. Algo podría surgir a nuestro favor. Mientras tanto, atrapemos al malnacido que mató a Beas. Creo que tenemos que ver qué podemos sacar de los registros telefónicos.

—¿Quieres pedir una orden de geoperimetraje?

—Sí, intentemos conseguir el Sensorvault de Google. Si mantenemos el área objetivo centrada en Lowdermilk, un juez probablemente la concederá, y sabremos todos los teléfonos que había en la zona en ese momento.

—Redactaré la solicitud. Cerraremos el área alrededor del cuerpo, ¿digamos cien yardas?

—Prueba con doscientos. El responsable pudo haber dejado su teléfono en el auto, estacionado en la calle.

—De acuerdo.

—Y no centres el círculo; si no, vamos a agarrar la playa y el agua. Usa la ubicación del cuerpo como el extremo inferior del círculo.

—Estoy en eso.

—Gracias. Voy a ver a Will Sanchez.

———

Sanchez estaba hablando con la mujer que me recibió la primera vez. Se quedó helado al verme; esbozó una sonrisa y levantó un dedo.

Con pantalones grises oscuros y una camisa impecable de color hueso, Sánchez se acercó. —Detective Luca. ¿Encontró al responsable?

—Todavía no. ¿Tiene unos minutos?

—Claro. Lo seguí a una sala de conferencias con paredes de cristal. Él se sentó en la cabecera de una mesa con cubierta de piedra y yo tomé una silla frente a la suya.

—Entiendo que estaba considerando disolver su sociedad con el señor Beas.

—Para tener éxito, uno tiene que mantener abiertas sus opciones.

—¿Hubo alguna razón en particular que lo llevara a considerarlo?

—David era un buen diseñador, pero los mejores no siempre recurren por defecto a las opciones más caras. Perdimos demasiadas licitaciones por los precios.

—Pero él fue clave para conseguir la cuenta de Astra Development.

—Fue un trabajo en equipo.

—Me dijeron que el contrato con Astra es muy rentable.

—No más que cualquier otro trabajo que hacemos.

—Pero es mucho más grande.

—Es considerable, pero no veo qué tiene que ver eso con la muerte de David.

—Tenemos que explorar toda posible vía de motivación.

—Bueno, no está relacionado con Magnet Design.

—¿Quién es Damien Roth?

Parpadeó. —Damien es un gerente de proyectos de Astra.

—Él fue influyente para que consiguieran el contrato.

—A Damien le gusta nuestro trabajo, pero no diría que fue influyente. Cuando le preguntaron, nos recomendó a los hermanos Evans.

—¿Tuvo tiempo para pensar en quién pudo haber matado al señor Beas? ¿Hay alguien a quien debamos investigar?

—Nadie en particular, pero tiene que ser de su vida personal. Parecía que corría riesgos con algunos de los sitios de citas que usaba. Un par de veces me contó sobre los locos con los que se había topado.

—¿Algún sitio en particular?

—Nunca le pregunté. Puede revisar su teléfono. Estoy seguro de que las aplicaciones están ahí.

Le di las gracias y me fui. Las redes sociales eran el área de Derrick; él se encargaría de las aplicaciones mientras veíamos cómo iban las cosas con Chen y Schwartz. Yo investigaría más a fondo a Sánchez. La inconsistencia entre lo que dijo sobre separarse de Beas y su comentario de que estaría perdido sin él cuando le informé de su muerte no cuadraba.

Fue la razón por la que retuve la información sobre el pago de doscientos cincuenta mil dólares a Damien Roth.

Si llegábamos a un callejón sin salida con Schwartz y Chen, hablaríamos con otro empleado o dos para hacernos una idea del negocio y de la relación entre Sánchez y Beas.

14

ENTRÉ EN LA OFICINA A TODA PRISA. DERRICK DIJO:

—El juez aprobó la orden de geolocalización. Se la envié a Google.

—Genial. Espero que se apuren con eso.

—Normalmente les toma tiempo consultarlo con sus abogados.

—Uf, los abogados. Dominan el mundo. Casi todos los políticos son abogados.

—Por eso no se hace nada en Washington.

Mi celular vibró. —Es asqueroso. Ni me busques la lengua. Lo saqué del bolsillo. Era del código de área 202, de Washington D. C.

Me levanté de la silla y contesté:

—¿Aló?

—¿Hablo con Frank Luca?

Cerré la puerta de la oficina. —¿Sí? ¿Quién habla?

—Espere en línea para el señor Davis.

—¿Quién?

—Byron Davis. El subsecretario de Estado para Asuntos Internacionales de Narcóticos.

—Claro —le hice un gesto a Derrick y levanté el pulgar.

—Habla Byron Davis.

—Hola, gracias por llamar.

—Entiendo que está interesado en un acceso poco convencional a nuestro programa de recompensas.

—Sí, señor. Hace más de diez años, el traficante de un cártel que fue asesinado ocultó una gran suma de dinero.

—¿Qué cártel?

Soltar esa información podría ponernos en peligro. —Uno mediterráneo que operaba desde Marsella.

—¿Marsella? Hace diez años no era una fuerza importante. ¿Cuál es la magnitud del botín?

—Al menos doscientos millones.

—¿Y cómo sabe eso?

Derrick me seguía con la mirada mientras yo caminaba de un lado a otro de la habitación. —Por la persona que escondió el dinero.

—¿Y de dónde obtuvo el dinero?

—Trabajaba con el traficante.

—Esto no se ajusta a los parámetros de nuestro programa, pero podríamos hacer una excepción y modificarlo.

—Es bueno oír eso. ¿Qué obtendríamos por entregar el dinero?

—Tendríamos que negociarlo, pero creo que podemos arreglar una recompensa de un millón, quizá dos.

—Eso no es interesante.

—¿Qué esperaba usted?

—Cincuenta millones.

Davis se burló. —Eso no va a pasar.

—¿Cuál es su mejor oferta?

—Cinco millones.

—Eso no se acerca ni de lejos a lo que buscamos. Nos dejaría con dos millones a cada uno.

—Es libre de impuestos.

—Eso lo supuse.

—Es todo lo que podemos hacer.

—¿Me está diciendo que le entregamos doscientos, trescientos millones de dólares y nos dan unos míseros cinco millones? Eso es como el dos por ciento.

—Dos millones por persona le cambian la vida...

—Hicimos un acuerdo con la persona que nos pidió donar parte del dinero a organizaciones benéficas que quiere apoyar. No sería una diferencia significativa.

—Dígales que no puede hacerlo.

—No faltaré a mi palabra.

—Podríamos endulzarlo con un millón más. Digamos seis millones. ¿De acuerdo?

—No. No vale la pena el riesgo. Mejor lo dejamos donde está.

—Piénselo. Es una oferta generosa.

—No tengo que hacerlo. Gracias por su tiempo.

Colgué violentamente el teléfono.

—Ese era alguien de D. C., ¿verdad? ¿Qué te dijeron?

Le conté los detalles, y dijo: —¿Cinco millones? ¿Por qué diablos son tan avaros?

—Tampoco lo entiendo. Según tengo entendido, cuando confiscan dinero o bienes, se quedan con el dinero en el departamento.

—Un puto fondo para chanchullos para ellos.

Era la razón por la que las incautaciones ocurrían a un ritmo alarmante, a veces con pruebas escasas o nulas. —Tienen un descaro. Te demuestra lo poco que les importa el dinero.

—¿Qué vamos a hacer?

—Lo dejaremos en espera. Consideraremos nuestras opciones.

—Deberíamos buscar otro contacto en el Departamento de Estado.

—Este tipo era el subsecretario de su programa antidrogas.

—Maldito, probablemente nunca tuvo un trabajo en el mundo real.

Mi teléfono sonó mientras yo decía: —Probablemente. Pero volvamos a nuestro mundo real: encontrar a quien mató a David Beas.

—Homicidios, detective Luca.

—Hola, eh, usted no me conoce, pero lo vi dos veces cuando vino a Magnet Design. Fui yo quien llamó a Will.

—Claro. ¿En qué puedo ayudarla?

—Bueno, podría no ser nada, pero David y Will habían estado discutiendo mucho en los últimos dos meses, más o menos.

—¿Por negocios?

—Sí. Y una noche, yo fui la última en irme. Ellos dos todavía estaban allí y bajé a mi carro, y tan pronto como tomé la 41, me di cuenta de que había olvidado mi teléfono. Así que di la vuelta y regresé.

—¿De vuelta a la oficina?

—Sí, y los dos se estaban gritando. No supe qué hacer. Fui a mi escritorio y vi a Will lanzarle una muestra de granito a David. Por poco le da. Will dijo algo como: «La próxima vez no tendrás tanta suerte. Me "encargaré" de tu trasero para siempre». Hizo hincapié en las palabras «me encargaré».

—¿Usted cree que fue una amenaza contra la vida del señor Beas?

—Estaba confundida y no sabía qué pensar. O sea, fue la peor pelea que les vi tener, pero no pensé que fuera a pasar a mayores.

—¿Y ahora sí lo cree?

—No lo sé, pero es posible.

—¿Qué la hizo llamar?

—Bueno, después de que David murió, me quedé pensando en la pelea. No quería reportar nada, porque si me equivocaba, perdería mi trabajo.

Si era Sanchez y lo arrestaban, ella probablemente perdería el trabajo si la compañía cerraba. —¿Qué la hizo cambiar de opinión?

—Will ha estado actuando extraño. No ha sido el mismo.

Perder a alguien cercano, en especial si te estabas peleando con esa persona, pasa factura. —¿Algo en específico?

—Bueno, el día que usted vino, la primera vez, Will fue a la oficina de David y empezó a vaciarla. Le preguntamos si la compañía iba a estar bien y si conseguiría un nuevo socio, ya sabe, para comprar la parte de David, y dijo que no. Que su acuerdo de sociedad le daba al socio sobreviviente el cien por ciento de la compañía.

Eso era suficiente para marcar la casilla de la motivación. Pero ¿tenía Sánchez los medios y la oportunidad para cometer un asesinato? ¿Había contratado a alguien para hacerlo?

15

Tras pasar una fila de tráfico que congestionaba Pine Ridge Road, salí de la Ruta 41. El único lugar vacío estaba frente a Charles Schwab. Al bajar del auto, me llamó la atención una pantalla que se desplazaba dentro de la agencia de corretaje de descuento. Los símbolos de las acciones y los últimos precios desfilaban por ella.

Me pregunté cómo andaría mi plan de retiro. El dinero que tuviéramos estaba en el programa de jubilación que la oficina del sheriff había establecido. Mientras caminaba hacia Epic Sound, agradecí que me hubieran descontado dinero de mi sueldo cada semana.

El local de audio y video tenía una doble fachada. Aunque Naples era el lugar ideal para un negocio de alta gama como este, la frustración con la tecnología debía de llevar a gente de todas las clases económicas a tiendas como esta.

Un televisor del tamaño de una sábana, que mostraba imágenes submarinas, colgaba en una pared del fondo. Estaba tentado a relajarme en un sillón reclinable y observar a los peces tropicales moviéndose velozmente cuando se me acercó la mujer que tenía una aventura con Richard Chen.

—¿Señora Morrow?

Con una falda de tubo gris, ladeó la cabeza.

—¿Sí?

Le mostré mi placa discretamente.

—Necesito un minuto. ¿Podemos salir?

—¿Ben está bien?

—Sí. No pasa nada.

Le sostuve la puerta y salimos a la luz del sol.

—¿De qué se trata esto?

—De Richard Chen.

Bajó la vista hacia sus tacones de aguja.

—¿Trabaja para mi esposo?

—No. Pero debo advertirle que si miente o intenta encubrir al señor Chen, me aseguraré de que la acusen de obstrucción, y los detalles de su relación saldrán a la luz.

—¿Richard está en problemas?

—Me interesa la noche del primero de octubre. ¿Dónde estaba usted?

Frunció el ceño.

—Con Richard.

—¿Desde qué hora?

—Creo que fue alrededor de las diez de la noche. Salí con mis amigas y luego nos encontramos.

—¿Cuánto tiempo estuvieron juntos?

Se sonrojó.

—Estuve en casa para la medianoche.

Un encuentro rápido.

—¿Está segura?

—Sí. Si llegara más tarde, Ben haría preguntas.

—¿Dónde estuvieron usted y el señor Chen?

—Richard consiguió un condominio a través de Airbnb.

—¿Dónde?

—En The Bahama Club.

—No ubico ese lugar. ¿Dónde queda?

—En Gulf Shore Boulevard, más o menos donde termina Crayton Road. Está cerca del agua, pero está bastante venido a menos.

Estaba cerca de donde se encontró el cuerpo.

—¿A qué distancia vive usted de allí?

—A veinticinco minutos.

—¿Y estuvo en casa para la medianoche?

—Sí, un poco antes.

—¿El señor Chen se fue cuando usted lo hizo?

—No. Estaba viendo la tele cuando me fui.

—Gracias por su tiempo. Le agradecería que mantuviera esta conversación entre nosotros, y prometo hacer lo mismo. No tiene que preocuparse de que se filtre. Si el señor Chen le pregunta si hablamos, le sugiero que le diga que nunca la contacté.

—¿De verdad? ¿No va a decir nada?

—Mientras usted no diga ni pío, yo tampoco lo haré.

Usé la marcación rápida antes de volver al auto.

—Derrick, puede que Chen sea nuestro hombre.

—¿Qué pasó?

Le conté lo que había averiguado de Morrow. Él dijo:

—¿Va por un rapidito y se carga a Beas? Vaya, eso sí que es raro.

—Es una locura, pero la mayoría de los asesinos son sociópatas. La pregunta es: ¿cómo haría para llevar a Beas hasta Lowdermilk? O si Beas ya estaba allí, ¿cómo lo sabría?

—Son vecinos.

—Sí, pero no se llevaban bien.

—Según todos, Beas era un buen tipo. Tal vez Chen lo llamó, le dijo que estaba en problemas y le pidió que se reuniera con él.

—No lo sé. Si Beas sabía que era de los que agredían a los homosexuales, jamás habría ido. Podría ser que Chen lo engañara de alguna manera, tal vez haciéndose pasar por un amigo de Beas.

—Chen pudo haber tenido ayuda para atraerlo. Hay mucha gente que odia a los gais.

Especular era importante, pero lo estábamos forzando.

—No lo descarto, pero ser un patán y matar a alguien son dos cosas muy distintas. Especialmente en una conspiración premeditada.

—No estaría tan seguro de eso.

—Lo vamos a averiguar. Voy a ver a Chen.

—Buena suerte.

—Busca en Google lo del Sensorvault. Lo vamos a necesitar.

———

HABÍA tres personas en fila en el mostrador de la farmacia. Marché directamente hacia él.

—Oiga, amigo, hay una fila.

Asentí y mostré mi placa.

—¿Está trabajando Richard Chen?

—Sí. Está en la parte de atrás.

—Tráigalo, pero no le diga que estoy aquí.

—¿Pasa algo?

—Por favor, haga lo que le digo.

Me alejé del mostrador y no perdí de vista la salida. Con los anteojos colgándole del cuello, Chen inspeccionó la zona. Dando un paso al frente, le dije:

—Señor Chen, necesito un minuto.

Antes de que las puertas de salida se cerraran, me le planté en la cara a Chen.

—La noche que mataron a Beas, usted estaba a unas cuadras de distancia.

Chen frunció el ceño.

—Lo sé.

—¿Por qué no dijo nada?

—¿No es obvio? Pensaría que tuve algo que ver.

—¿Está diciendo que no fue así?

—Sí. Por supuesto que no.

—¿A qué hora se fue de la unidad de Airbnb?

—Cuando Jenny se fue, me quedé viendo la tele y me dormí. Me desperté como a la una, limpié un poco y me fui.

—¿A qué hora?

—Un par de minutos después de que me desperté, como a la una y cuarto.

—¿Qué número calza?

—¿Qué? ¿Mi número de zapato?

—Sí.

—Diez.

—¿Dónde están sus zapatillas?

Retrocedió un paso.

—Tengo que volver al trabajo.

—Responda la pregunta.

—No voy a responder nada sin un abogado.

—Está en su derecho. Contrate uno de inmediato y hágame saber quién es su abogado.

—Lo haré.

—Mientras tanto, no intente huir; lo tenemos vigilado.

—Esto es ridículo. Se dio la vuelta y entró en la farmacia.

Llamé a la oficina para organizar vigilancia sobre Chen las veinticuatro horas. Estaría alerta, pero no podíamos arriesgarnos a que huyera.

Al subir al asiento del conductor, sonó mi celular. Era otro código de área 202.

—Diga.

—Señor Luca. Soy Byron Davis.

—Hola, señor Davis.

—No mencionó que era un agente del orden público.

—No es relevante.

—Eso es discutible.

—Cualquier cosa que hice no fue en horario del departamento.

—No hay necesidad de ponerse a la defensiva. Quería saber si estaba disponible para reunirnos.

—¿En DC?

—No. Voy a Atlanta y después iría a donde usted está, a Naples.

—Claro. Usted dígame cuándo. Pero que sea de noche.

—Perfecto. Mañana por la noche a las seis. Haré una reservación para cenar en el Capital Grille.

—Ese lugar es caro.

—No se preocupe. Lo pasaré como gastos.

16

Antes de poder asimilar la llamada, se me vino a la mente la imagen de Davis sentado en una mesa de esquina en el Capital Grille. Encajaba con el estereotipo de los funcionarios del gobierno que cierran tratos en salones con paneles oscuros mientras cenan filetes de cien dólares.

Tratando de reprimir la indignación de que el gobierno estuviera despilfarrando el dinero de nuestros impuestos, me concentré en lo que había motivado la llamada. Davis había intentado jodernos. Me había investigado. ¿Fue el hecho de que soy detective lo que lo hizo cambiar de parecer o había accedido a la base de datos de la DEA? Habían pasado diez años, pero Cabrera no era el único traficante que había guardado dinero.

No había forma de que a estas alturas pudiera atar cabos entre Withers, Ellis y Coburn. ¿O sí la había? ¿Se habría puesto Coburn en contacto con el Departamento de Estado en el pasado?

Coburn era un hombre astuto. Estaba dentro de lo posible. Agotaría todas las vías antes de recurrir a alguien como yo. Es lo que cualquiera haría. Lo hubiera deducido Davis o no, había cambiado de tono. Si lo había verificado, eso confirmaba que el dinero era real.

La oferta original era ridícula. Venía para mejorarla. El hecho de que me hubiera descubierto tan rápido era desconcertante, pero su viaje era algo positivo. Además, conseguiría una cena en un restaurante de carnes de lujo.

Dándole vueltas a lo que Davis podría ofrecer, entré a zancadas en la oficina. Derrick estaba mirando la pizarra.

—Oye, ¿qué dijo Chen?

—Va a conseguir un abogado.

—El cabrón lo necesita.

—Gesso está organizando la vigilancia sobre él.

—Necesitamos algo sólido en su contra. Con suerte, la información de Google ayudará.

—No lo creo; ya sabemos que estaba en la zona.

—Quizá podamos determinar su ubicación exacta en la escena del crimen.

—No creo que vaya a ser tan precisa. Necesitamos un testigo o una prueba irrefutable.

Derrick señaló con el dedo la foto de Chen.

—Te vamos a atrapar.

—Tenemos que investigar a Sanchez.

—¿Por qué?

Después de contarle lo de la llamada de un empleado, Derrick dijo:

—Deja que vea si puedo hablar con otro empleado o dos. Podríamos conseguir pruebas de que hubo contacto físico entre ellos.

—Gracias —cerré la puerta—. Mira, el tipo del Departamento de Estado volvió a llamar. Dijo que va a estar por la zona y que le gustaría que nos reuniéramos.

—¡Lo sabía! Intentaron jodernos y, como no mordimos el anzuelo, quieren subir la oferta.

—Probablemente.

—¿Cuándo va a ser?

Se me oprimió el pecho, pero no podía arriesgarme a añadir otra voz en una reunión.

—No estoy seguro. Está en Atlanta ahora y viene de camino a Florida. Dijo que llamaría cuando tuviera tiempo.

—De acuerdo, sé que conseguirás un trato justo para nosotros.

—¿No quieres estar allí?

—Claro, pero creo que es mejor hacerlo cara a cara.

Con razón quería a este tipo.

—Si no es un buen trato, me largo.

—Que se jodan.

—Mira, Davis descubrió que soy detective.

—¿Cómo diablos?

—Tienen recursos ilimitados. No me sorprende.

—Yo pediría cincuenta millones.

—Probablemente no acepten.

—¿Por qué no? Si son doscientos millones, se llevarían ciento cincuenta. Si son tres, como dijo Coburn, se llevan doscientos cincuenta millones.

—No puedo creer estas cifras; veamos cómo va todo. No voy a hacer esto si no vale la pena. No es tan limpio como todos pensamos.

—Te entiendo. He estado pensando que es imposible que nadie lo esté buscando.

—Esperemos que te equivoques. Porque si no, estamos en grave peligro.

—Estaremos bien.

—Voy a sacudirle un poco la jaula a Sanchez. Nos vemos luego. Si consigues algo de un empleado, llámame.

———

SALÍ a la escalera y me recibió una pegadiza melodía de jazz. La recepcionista sonrió y bajó la música.

—Buenas tardes. ¿En qué puedo ayudarlo?

—Quisiera hablar con el señor Sanchez.

—Oh, lo siento. Hoy está trabajando a distancia.

—¿Desde casa?

—Eso creo.

—De acuerdo. Que tenga un buen día.

Sanchez vivía a un par de cuadras de allí, en Eleven Eleven Central. El lujoso complejo de condominios había aprovechado el éxito de Naples Square, y había oído que era más caro.

Era más difícil entender que la gente pagara dos millones por un condominio que no estaba frente al mar que resolver un cubo de Rubik. Promocionaban estar a poca distancia de la Quinta Avenida, pero ¿para qué tener un Bentley si no podías manejarlo?

Cuatro edificios rodeaban la zona de servicios. Estaba bien, pero era difícil justificar las letras rojas de *Vendido* en la mitad del mapa del sitio. Naples estaba cambiando. Si era para mejor, era una pregunta abierta.

El conserje llamó a la unidad de Sanchez en el segundo piso, y subí al edificio tres. Sanchez, con una camisa de vestir azul y pantalones de tela, abrió la puerta de par en par.

—Detective Luca. Bienvenido. Pase, por favor.

—Pasé por la oficina y me dijeron que usted trabajaba desde casa —él entrecerró los ojos—. —En realidad, dijeron que a distancia, y supuse que era su casa —agregué.

Su rostro se relajó. —Supongo que por eso es usted detective.

Sonreí y él cerró la puerta detrás de mí. En un tapete junto a la puerta había tres pares de zapatos. Mi mirada se dirigió a sus pies en pantuflas. Era la única pista de que no estaba en una oficina. Una mesa de comedor estaba cubierta con muestras de madera, baldosas y tela.

—Es mi primera vez en Eleven Eleven. Es agradable. Se parece un poco a Naples Square, pero aquí es muy espacioso.

—Sí, el Square está demasiado abarrotado. Deberían haber incorporado más espacio abierto. Al menos, eso fue lo que sugerí.

—¿Intentó conseguir ese trabajo?

Lo seguí hasta las puertas corredizas. —Les presenté una propuesta junto con otras treinta empresas.

La vista daba a media hectárea de área verde. Dos mujeres charlaban mientras sus perritos jugaban en una zona cercada. Agradable, pero no para mí, incluso si pudiera pagarlo, y podría, si encontráramos el dinero oculto.

—Durante nuestra primera charla, usted dijo que David era una parte importante de la empresa y que no sabía cómo seguiría adelante sin él. Sin embargo, estaba considerando separarse de él.

—Tenía sus puntos buenos.

—Parece que ha seguido adelante rápidamente, en lo que respecta al trabajo.

—Si uno quiere sobrevivir en este negocio, tiene que hacerlo. La compasión dura más o menos un día, luego, si no cumples, estás fuera.

Cierto, hasta cierto punto. —Hablando de negocios, usted dijo que Damien Roth recomendó su compañía a Astra.

—Así fue.

—¿Esa recomendación le costó a usted doscientos cincuenta mil dólares?

—¿De qué está hablando?

—¿Le pagó al señor Roth un cuarto de millón de dólares para asegurar el contrato?

—Esto es ridículo.

—Puedo obtener una orden judicial para examinar sus documentos financieros.

—Fue idea de David. Yo estaba en contra y, francamente, esa fue la razón principal por la que quería separarme de él.

—¿Es por eso que estaba peleando con él?

—¿Peleando? Puede que hayamos discutido, pero llamarlo pelea es un poco dramático.

—¿No le arrojó un trozo de granito?

—¿Que si perdí la paciencia con David? Sí, pero sugerir que quise herirlo es fantasioso.

Una buena palabra para usar con Derrick. —¿Era su fantasía ser el único dueño de Magnet Design?

—No me gusta su insinuación, detective. Tengo una presentación importante mañana y no tengo tiempo para continuar esta charla.

17

Pasé de largo el puesto del valet y di una vuelta por el estacionamiento. Aunque era una reunión sobre millones de dólares, no era capaz de malgastar cinco dólares en una propina.

Me hicieron pasar a una sala revestida de madera suntuosa. De espaldas a la pared, Davis estaba sentado en una mesa de esquina, ojeando un iPad. Levantó la vista y sonrió. Extendió una mano, pero no hizo ademán de levantarse. —Señor Luca, un gusto conocerlo.

—Igualmente, señor Davis.

—Byron, llámame Byron.

Tenía unos quince kilos de más. —Claro, soy Frank.

—¿Quieres un cóctel?

—No, soy más de vinos.

—Yo también. ¿Tinto?

—Sí.

Le hizo una seña al mesero. —Una botella del cabernet de Vineyard 29.

Me pregunté cuánto costaría. A juzgar por el lugar, debía de costar más de cien dólares. —Suena bien.

—Estoy seguro de que lo estará. —Tomó un trozo de pan—. Ahora, hablemos del botín que discutimos antes.

—Claro.

—Creemos que mereces una comisión por el hallazgo, y puedo entender que, en términos relativos, la consideraras baja.

—No quiero entrar en detalles, pero ¿quién nombró al Departamento de Estado árbitro de lo que se merece?

—Ten en cuenta que eres un agente de la ley.

—¿Y?

—Tienes una obligación...

—Mi obligación es con mi trabajo y mi familia, y como descubrirás, si no lo has hecho ya, hago mi trabajo endemoniadamente bien.

—No hay necesidad de alterarse. Como dice el dicho, esto es solo negocios.

El mesero llegó con el vino y se lo mostró a Davis antes de abrirlo. Sirvió un poco y Davis lo aprobó. Mientras me servía el vino, Davis dijo: —Tráiganos una docena de ostras y un tártaro de res para empezar.

Davis alzó su copa. —Por una sociedad.

Asintiendo, metí la nariz en mi copa. ¿Era un aroma a regaliz? —Está bueno.

—No está mal.

Tomé otro sorbo y pregunté: —¿Cuál es tu idea de una sociedad? ¿Cincuenta y cincuenta?

Se burló. —Sabes que eso no es posible.

—En tu mundo, ¿qué es posible?

—Diez millones. Es el doble de la oferta original.

Negué con la cabeza. —No es suficiente.

—No seas codicioso.

—¿Codicioso? Si alguien es codicioso, es tu gente. Hace un par de días, ni siquiera sabían que el dinero existía.

—No estés tan seguro de eso.

Fue un bluf. —Bueno, si lo sabías, ¿por qué no lo conseguiste?

El mesero colocó una bandeja de ostras sobre hielo y un plato de tártaro de res. Davis tomó una concha antes de que el mesero se fuera. Sorbió la ostra. —Prueba una.

—No soy muy fanático. Pero probaré una.

—Son de Capers Island, Carolina del Sur.

Era viscosa y salada. —Bastante buena.

Dejó otra concha vacía. —No puedo creer que rechaces diez millones. Es una cantidad de dinero significativa para un detective.

—Pero insignificante en relación con la cantidad de dinero que recuperaríamos.

El mesero se acercó. —¿Qué tal los aperitivos?

—Buenos. Voy a pedir el ribeye con hueso frotado con porcini, tres cuartos, con una papa al horno.

—Para hacerlo fácil, pediré lo mismo.

—Excelente elección, señores.

Revolví mi vino y dije: —No tengo que defender nuestra postura, pero para que conste, hemos acordado hacer un par de donaciones con parte del dinero que obtendríamos. Ahora, por mucho que esté disfrutando de una cena en un lugar como este, no voy a seguir negociando. Si no conseguimos lo que queremos, nos retiramos.

—¿Y dejar el dinero ahí? No podrías resistirte a ir por él.

—Entonces, espera y verás. Soy muy disciplinado, algo que creo que es raro en Washington.

Se metió un bocado de tártaro en la boca y lo pasó con el cabernet. —Quizás necesitemos una segunda botella.

—Yo manejo, solo una copa más para mí.

—¿Qué crees que es un trato justo?

—Justo es dividirlo. Pero nos conformaríamos con un

mínimo de veinte millones contra el veinticinco por ciento del hallazgo total.

—Entonces, si encuentran trescientos millones, ¿quieren un total de setenta y cinco?

—Tus cálculos son correctos.

—Eso es mucho dinero.

—Y tiene que ser libre de impuestos.

—Eso no está bajo nuestro control. El Departamento del Tesoro...

—Su programa de recompensas es libre de impuestos, así que cualesquiera que sean las excepciones que tengan que hacerle, incluyan el aspecto de la exención de impuestos.

—Eres un negociador duro.

—Estamos trayendo un montón de dinero a su departamento. —Quise añadir: *Para que puedan permitirse deducir cenas como esta*, pero dije—: Espero que le den un buen uso.

—Confía en mí, lo haremos.

Confiar en un funcionario del gobierno federal era un riesgo que había aprendido a evitar. —Bueno, entonces no deberían tener problema con nuestras condiciones.

—Si por mí fuera, estaría de acuerdo, pero yo no tomo la decisión final.

—Pero tú eres el subsecretario.

—Todos tenemos jefes. Y me han dado parámetros. Sus números no nos van a funcionar.

Tomé un sorbo de vino y él dijo: —¿Podemos acordar un mínimo de veinte millones contra el veinte por ciento?

—¿Libre de impuestos?

—No será fácil, pero creo que puedo conseguir que lo aprueben.

—Tienes un trato.

Extendió la mano y nos la estrechamos.

—Estupendo. ¿Cuál es tu cronograma?

—Comenzaremos en cuanto lo tengamos por escrito.

Davis se burló. —¿No confías en mí?

—No tiene nada que ver contigo. He visto morir a demasiada gente por dinero.

—¿Y crees que un trozo de papel te protegerá?

—No de todo, pero es lo mínimo que podemos pedir.

18

Mientras caminaba hacia mi auto, saqué el celular.

—Derrick, acabo de terminar con Davis. Parece que tenemos un trato.

—¿Qué clase de trato?

—Un mínimo de veinte millones contra el veinte por ciento de lo que encontremos.

—Coburn dijo que eran un par de cientos de millones, ¿no?

—Eso es lo que él cree, así que si son trescientos, nuestra parte es de sesenta millones.

—¡Dios mío! Eso sería jodidamente increíble.

—Podemos encargarnos de lo que debemos y nos sobrará un montón de dinero.

—Treinta para cada uno, ¿de acuerdo?

—Ya veremos.

—Es libre de impuestos, ¿verdad?

—Sí. El Tío Sam ya es el socio mayoritario.

—Buen trabajo, viejo. ¿Qué clase de tipo es?

—De lo más avaro y egoísta que te puedas encontrar.

—¿Podemos confiar en él?

—Para nada. Trabaja para los federales. Lo pedí por escrito. Si intentan jodernos, lo haremos público.

—Espero que no lleguemos a eso.

—Podría ser. Es mucho dinero y cualquier cosa puede pasar. Pero tenemos que asegurarnos de no hacer nada durante el horario de trabajo. Tenemos que hacer esto fuera del horario laboral.

—Buena idea.

—Te veo mañana.

—No voy a poder dormir esta noche.

—Ni me lo digas. Mira, Remin quiere un informe a primera hora de la mañana, así que te veré después de eso.

———

EL COMISARIO ESTABA SUMERGIENDO una bolsita de té en una taza.

—Buenos días, Frank.

—Buenos días, señor. ¿Se está resfriando?

—No, mi esposa me tiene bebiendo té verde; dice que está cargado de antioxidantes. Sabe horrible.

—¿Por qué todo lo que es bueno para uno sabe mal?

—No está lejos de la verdad —carraspeó—. La vieja guardia de The Moorings nos está presionando.

—Entiendo, señor.

—¿Cómo vamos con el caso Beas?

¿«Nosotros»? ¿Acaso tenía un ratón en el bolsillo?

—Tenemos varias pistas prometedoras.

—Deme los detalles.

—Una persona de interés es el vecino de Beas. Es un homófobo violento y la tenía en contra.

—¿Coartada?

—Estaba en la zona al momento del asesinato.

—Dio varias.

—Un exnovio de Beas es aficionado al BDSM y tiene un historial de agresividad. Pudo haber sido algo que se fue de las manos. Él es...

—Ahórreme los pormenores.

—También estamos investigando a su socio. Se pelearon y parece haber un negocio turbio.

—El homófobo podría ser el asesino. Se sabe que esa gente exhibe violencia contra esa comunidad.

—Estamos investigando a fondo, señor.

—Concentre sus esfuerzos en él. Encaja con el perfil.

No importaba si uno tenía la información necesaria o no; todo el mundo tenía una opinión.

—Esperamos centrarnos pronto en un sospechoso principal.

—¿Necesita algún recurso?

—Estamos bien por ahora.

—Avíseme lo que necesite.

La reunión había terminado.

—Gracias.

Mientras me levantaba, dijo:

—Asegúrese de mantenerme al día.

Derrick estaba revolviendo en un archivador.

—¿Cómo te fue con Remin?

—No mal, pero aumentará la presión en una semana.

—¿Viste que la asociación de propietarios de The Moorings quiere poner seguridad privada?

—Mary Ann me dijo. Por mí está bien si eso los hace sentirse más seguros.

—Como te gusta decir, más teatro de seguridad.

—Es verdad. Todas estas urbanizaciones tienen patrullas, pero no actúan cuando hay un problema. Ni siquiera se bajan de sus autos; nos llaman a nosotros.

—No van a arriesgar sus vidas por veinte dólares la hora.

—Nosotros no ganamos mucho más. Nuestro sueldo inicial es de poco más de treinta dólares la hora.

—Más los beneficios.

—Cierto. No se le puede poner precio al poder trabajar conmigo.

—Deberían darme una paga por peligrosidad.

—Ya, listillo. Echemos un vistazo a Will Sanchez. Algo sobre él me inquieta.

—¿Qué?

—Es demasiado tranquilo y tiene una respuesta para todo.

—Hablé con dos empleados actuales que dijeron que no hubo nada inusual en la interacción entre Sanchez y Beas. De vez en cuando discutían sobre detalles de proyectos, pero eran desacuerdos normales. Llamé a un par de personas que trabajaban allí. Veremos qué dicen.

—Sin arriesgar su trabajo, estarán más dispuestos a decir algo.

—Eso espero.

—Chen ha mantenido un perfil bajo —dije—. Va al trabajo y regresa directo a casa. Cambió su comportamiento, lo cual es una señal de alerta.

—Puede que su abogado se lo haya dicho. ¿Por qué no pedimos una orden judicial?

—Me gustaría, pero es listo. No se me ocurre qué podría tener allí.

—Tú siempre dices que es sorprendente lo que uno encuentra cuando busca.

—Tienes razón. Tenía un historial con Beas; no se lleva bien con los homosexuales y estaba a dos cuadras.

—No olvides que mintió sobre su coartada.

—Pidamos la orden. Que incluya su auto. Pudo haber tirado el arma homicida en el baúl.

—¿Y qué hay de su lugar de trabajo? —dijo Derrick—. Probablemente tiene un casillero allí.

—Mmm. Necesitaríamos una buena razón; si no, parecerá que estamos pescando información y nos la negarán.

—Podría estar escondiendo algo allí.

—Sí, pero ¿por qué allí y no en un depósito?

—Podrías decir lo mismo de su casa y su auto.

—No exactamente. Su casa y su vehículo están completamente bajo su control. Por eso es un lugar común para registrar. Si él fuera el dueño del negocio, la situación podría ser diferente, pero en CVS, otros tienen acceso.

—Redactaré una orden para su condominio y su auto.

—Adelante.

Mientras Derrick tecleaba en su computadora, revisé mis correos electrónicos. Tras enviar a la papelera una invitación a una conferencia de seguridad para el hogar en Sarasota, mi teléfono sonó. Era un mensaje de texto de Byron Davis:

—Frank, quería informarle que el departamento legal redactó el acuerdo. Envíeme su dirección de correo electrónico.

Le daría la personal. Yo era uno de los dinosaurios que todavía tenían una cuenta de AOL: —Gracias, le responderé después de las cinco.

Mientras abría otro correo, entró otro mensaje de Davis. Esperando un simple «de acuerdo», lo abrí. Le había tomado una foto a la carta. Al ampliarla con los dedos, el corazón se me aceleró. Un águila sosteniendo flechas en una garra y una rama de olivo en la otra apareció a la vista: el logo del Departamento de Estado.

Era imposible de leer en la pantalla del teléfono. Quería imprimirla, pero me preocupaba dejar un rastro de papel.

—Derrick.

—¿Qué?

—Olvídalo. Acabo de recordar algo.

19

CERRÉ LA PUERTA DEL GARAJE, ENTRÉ A LA CASA Y CORRÍ AL estudio.

—¡Mary Ann!

—¿Frank? ¿Qué pasa?

Abrí mi laptop e inicié sesión en mi cuenta de AOL. —¡Ven acá!

Con un trapo de cocina en la mano, dijo:

—¿Qué está pasando?

Abrí el archivo adjunto. —Recibimos la carta: el acuerdo con el Departamento de Estado.

Se puso detrás del escritorio. —¿Qué dice?

Mis ojos recorrieron rápidamente el segundo párrafo. —Es lo que acordamos. El veinte por ciento de lo que encontremos. Oh, espera: no hay un mínimo.

—Dios mío. Vamos a ser ricos.

—Espera un momento. Me recliné y cerré los ojos. Tenía sentido que, si encontrábamos el dinero y solo había diez millones, no podrían pagarnos un mínimo de veinte. ¿Cómo se me pasó eso?

—Frank, ¿estás bien?

—Sí. Quería un mínimo, pero ya veo que no podía ser.

—No pasa nada. Dijiste que hay cien millones, como mínimo, ¿verdad?

—Eso fue lo que dijo Coburn.

—Entonces nos tocarían veinte millones. Dios mío. No puedo creer que siquiera esté diciendo eso.

—No tanto. Nos tocarán al menos ocho, quizá nueve millones si hay cien millones, una vez que lo repartamos y cumplamos con nuestras obligaciones.

—¿Qué obligaciones?

—Te lo dije. Hay organizaciones benéficas a las que ayudar. No te pongas codiciosa.

—No lo estoy. Solo intento entenderlo. Es abrumador pensar que vamos a tener tanto dinero.

—Primero tenemos que encontrarlo, y tiene que haber suficiente.

—Lo habrá.

—Voy a imprimir tres copias de esto. Tenemos que esconderlas. No puedes decirle a nadie, ni siquiera a Jessie.

—¿No podemos decirle a Jessica?

Apreté el ícono de imprimir y dije: —No. No podemos tener ninguna filtración. No digo que ella vaya a decir algo, pero se emocionaría y estoy seguro de que hay mucho alcohol en las fiestas de las residencias universitarias. No podemos arriesgarnos a que se le escape.

—De acuerdo.

—Lo digo en serio. No podemos decir ni una palabra de esto. Ni siquiera le he dicho a Derrick que recibí la carta.

—De acuerdo, no te preocupes. Haré lo que sea para conseguirlo.

—Mañana, necesito que vayas al banco y saques una caja de seguridad.

—¿Por qué?

—Cuando recibamos el original, quiero guardarlo ahí.

—Muy bien. Iré a primera hora de la mañana.

—Lo va a enviar por FedEx. Si llega mañana, compáralo con esta copia, y si es una copia exacta, haz una fotocopia y guarda el original en la caja de seguridad.

—De acuerdo.

—Tengo que ir a casa de Coburn para hacerle saber que todo sigue en pie.

—¿No puedes llamarlo?

—No quiero arriesgarme.

—Actúas como si esto fuera una cosa de espionaje.

—No podemos ser demasiado cuidadosos cuando hablamos de esta cantidad de dinero. Además, quiero conseguir las coordenadas.

———

INSPECCIONANDO LA CALLE, bajé por la entrada de la casa de Coburn hacia mi auto. Tan pronto como entré, saqué mi teléfono y el papel que Coburn me había dado. Tomé tres fotos y envié dos imágenes a mi cuenta de AOL y la tercera a una cuenta de correo electrónico que todavía tenía, pero que nunca usaba, de Yahoo.

Busqué en Google las coordenadas GPS de Naples y apareció una serie de números. La latitud era de veintiséis grados y la longitud de ochenta y uno. Pero Naples se extendía por kilómetros de extensión.

Al alejarme de la acera, recordé que se necesitaban tres subconjuntos de cada número para una ubicación exacta. El globo terráqueo estaba dividido en franjas norte-sur expresadas como grados de longitud y este-oeste como grados de latitud. Los grados por sí solos identificarían un gran bloque geográfico. Para señalar algo con precisión, los grados debían refinarse con minutos y segundos.

Mary Ann esperaba junto a la puerta del garaje. —¿Las

conseguiste?

—Sí. Veamos dónde diablos se supone que está.

—¿Nunca te lo dijo?

Navegué hasta Google Earth. —No. Coburn sabe guardar un secreto.

—No sé cómo aguantó tanto tiempo sin ir por el dinero.

Apareció una vista satelital de la casa de un sospechoso de un caso anterior. —Fue bastante simple: dijo que tenía suficiente.

—Nosotros también tenemos suficiente, pero sin duda sería bueno vivir sin preocupaciones.

—Lamento decirte que vivir sin preocupaciones no existe. El dinero trae problemas.

—No tenerlo también.

Introduje las coordenadas en la barra de búsqueda. —¡Maldita sea! ¿Google puede traducir del ruso al chino, pero no puede encontrar coordenadas GPS?

—Probablemente no estás buscando bien.

Señalé la parte inferior derecha de la pantalla. —Aquí es donde se muestran las coordenadas.

Al mover el ratón hacia el norte, el número de la longitud aumentaba. —Va a estar hacia el noreste, por Estero o algo así.

—No había ni un alma por allá, sobre todo al este de la 75.

—No, está más cerca. Está en el parque Big Corkscrew Island, allá al este.

—Es un buen lugar para esconder algo.

—No sé, está cerca del recinto ferial del condado. Hay mucho más movimiento que hace diez años. Están construyendo como locos por allá.

—Pero no en el parque.

—Y hace diez años no habría habido ninguna cámara.

—¿Vas a ir esta noche?

Entré al sitio web de los Parques del Condado de Collier. —

Ni loco. Voy a ubicar el punto exacto y a pensarlo bien. Ah, el parque abre los siete días de la semana, de ocho a diez.

—Sería bueno ir de noche.

Asentí mientras me sonaban las tripas. —Necesito comer algo.

—Hice pasta con guisantes. Te la caliento.

La *pasta e piselli* se consideraba una comida de campesinos. Pero para mí sería un plato semanal sin importar cuánto dinero tuviera.

Jugando con el ratón, me enfoqué en el punto exacto, haciendo coincidir los números de la pantalla con los que me dio Coburn. Cambié el mapa a la vista de capas y la imagen se volvió real.

Hice zoom. Había un grupo de árboles en el lado este y un lago largo y angosto al oeste. Si la información era precisa, el dinero estaba enterrado a pocos metros de lo que parecían ser robles del sur.

Limpiándome una gota de sudor del labio, tomé una foto con mi celular. Después de imprimir la imagen, la borré de mi teléfono y salí de la página del parque Corkscrew en mi computadora para navegar hasta un área cerca de Ave Maria.

—Frank, la comida está lista.

De camino a la cocina, miré por la ventana del frente. Con las luces apagadas, había un auto estacionado al otro lado de la calle. Un hombre estaba en el asiento del conductor.

Corrí al garaje y apreté el botón del portón. A mitad de camino, me deslicé por debajo, justo cuando el auto se alejaba. ¿Quién era?

20

LA CHAQUETA DE DERRICK ESTABA EN EL RESPALDO DE SU SILLA. Tomé el café que me trajo y le di un sorbo. ¿Qué tenía el café que lo hacía tan rico por la mañana?

Saqué mi pistola de la funda y la deslicé detrás de mi escritorio. El cajón donde la guardaba no estaba cerrado con llave. Derrick entró a la oficina como una tromba.

—Oye, Frank, ¿cómo te va?

—Bien. ¿Abriste el cajón de mi escritorio?

—¿Yo? ¿Por qué haría eso?

—Solo pregunto. Siempre lo cierro con llave.

—A lo mejor te olvidaste.

—Imposible. ¿Hubo alguien aquí?

—No, que yo sepa.

Bajé la voz.

—La otra noche, la misma en que recibí las coordenadas, había un auto afuera de mi casa. Arrancó cuando fui a ver quién era.

—Probablemente no es nada.

—No estaría tan seguro.

—Estás paranoico.

—Estamos hablando de una suma de dinero demencial.

—Lo sé, pero ¿quién podría ser? ¿El cártel? No va a andar husmeando en tu escritorio.

—Podrían ser los federales.

—Remin no les permitiría espiarte.

—No estés tan seguro. Vendería a su madre por un puesto más alto en DC.

—Frank, ¿no dices siempre que la única forma de guardar un secreto entre dos personas es cuando una de ellas está muerta?

Se me encendieron las alarmas.

—Exacto. A lo mejor Coburn se fue de boca con alguien, o Davis está actuando por su cuenta.

—¿Por qué lo harían?

—La respuesta simple es que no pueden evitarlo. Es la naturaleza humana. Somos codiciosos y no podemos guardar un secreto.

Derrick contestó el teléfono.

—Detective Dickson, Homicidios.

—Voy a ir a mear.

Sentado en el trono, intenté calmarme. Orinar ya era bastante difícil sin las terminaciones nerviosas que los médicos me habían quitado. La tensión solo lo empeoraba. Cerré los ojos e imaginé las cataratas del Niágara. Al visualizar el estruendoso rugido de la cascada, comenzó un hilillo de orina.

De regreso, asomé la cabeza en la cafetería. No había caras extrañas. ¿Me estaba haciendo ideas? Derrick dijo que estaba paranoico. Era una tendencia, pero me había protegido durante veinte años en las calles.

Derrick caminaba de un lado a otro.

—Fue Carolyn Tevo. Trabajaba en Magnet. No vas a creer lo que me dijo.

—¿Qué? ¿Qué dijo?

—Que Sanchez amenazó a Beas y lo empujó durante una

discusión. Y escucha esto: estaba tan enojado con Beas que estrelló una muestra de persiana en su escritorio con tanta fuerza que tuvieron que conseguirle un escritorio nuevo.

—¿Cuándo fue eso?

—Hace menos de un año.

—¿Cuál era el puesto de ella?

—Estaba en el área de contabilidad, pagando facturas y asegurándose de que los clientes pagaran a tiempo.

—Dime exactamente lo que ella afirma.

Derrick tomó un bloc de notas amarillo.

—Dijo que en algún momento del verano de 2021, Sanchez y Beas estaban en la sala de conferencias. Tevo dijo que la oficina estaba vacía; solo había otra persona: una mujer llamada Sandy. Empezaron a discutir y Tevo vio a Sanchez empujar a Beas.

—¿Está segura?

—Sí, dijo que Beas trastabilló hacia atrás y recuperó el equilibrio. Dijo que se iba y Sanchez le gritó que volviera, pero él se marchó.

—¿La otra mujer fue testigo de esto?

—No, pero escuchó los gritos.

—¿Y la amenaza? ¿Qué tipo de amenaza?

—A finales de 2021, Tevo necesitaba que Sanchez autorizara una factura porque era de más de diez mil dólares, y se la llevó. Cuando la vio, se volvió loco y llamó a gritos a Beas. Cuando Beas entró, le dijo que le había dicho específicamente que no ordenara una especie de elemento decorativo con fuego para el patio, y Beas le dijo que era su proyecto y punto. Sanchez agarró una muestra de persiana metálica y la golpeó en el escritorio, diciendo que lo mataría, joder, si volvía a desobedecerlo.

—¿Dijo «desobedecerlo»?

—Eso es lo que dijo Tevo.

—Son socios al cincuenta por ciento; ¿qué se cree, que es un emperador?

—Una elección de palabras extraña, sin duda, pero ¿qué quieres hacer?

—¿Podemos corroborarlo?

—Puedo localizar a la otra mujer, pero ¿por qué no vamos a ver a Sanchez, a ver qué dice?

—Hagámoslo.

———

DERRICK ENTRÓ BRUSCAMENTE al estacionamiento y yo dije:

—Ahí está. Subiendo a ese auto azul.

—Es nuevo. Un Maserati.

—Ponte detrás de él.

Derrick tocó la bocina y le bloqueó el paso a Sanchez. Nos bajamos y Sanchez abrió su puerta.

—Llego tarde a una reunión.

Dije:

—Tenemos que hablar.

—Pero...

Derrick dijo:

—Podemos llevarlo a la comisaría.

—¿Qué quieren?

—Usted tiene antecedentes de violencia física con el señor Beas.

—Eso es una tontería.

—En el verano de 2021, tuvo una discusión con él y lo empujó.

—¿Quién dijo eso? Ah, fue Carolyn, estoy seguro.

—¿Qué pasó?

—Nada. Estábamos teniendo un desacuerdo y se tropezó con unas muestras. De hecho, lo salvé. Pudo haberse golpeado la cabeza si no lo hubiera agarrado.

—Eso no fue lo que dijo la señorita Tevo.

—Está tratando de hacerme quedar mal porque no quise darle un aumento.

—¿Y qué hay del incidente en el que ella necesitaba que usted aprobara un gasto que le dijo a Beas que no lo hiciera?

—No puedo ni contar las veces que hizo eso. Es algo común en la industria. David no respetaba los presupuestos ni los márgenes. Pero si no hay ganancias, no se come.

—O se compra un Maserati nuevo —dijo Derrick.

Sanchez frunció el ceño, y yo dije:

—Usted amenazó con matar al señor Beas.

—Ay, por favor. Es solo un decir: *Te mato si lo vuelves a hacer*. No lo dije literalmente.

Siempre confundía el sentido figurado con el literal.

—Si no lo decía en serio, ¿por qué golpeó su escritorio tan fuerte que tuvo que reemplazarlo?

—Eso no fue lo que pasó.

—Cuéntenos su versión —dijo Derrick.

—Admito que estaba enojado, pero fue solo eso. El escritorio se dañó cuando se me cayó un trozo de cuarzo encima. Si no hubiera golpeado el borde, no lo habría destrozado.

—¿No golpeó el escritorio?

—No, que yo recuerde. Como le dije, estaba molesto porque ignoró lo que le había indicado. Era un tipazo, pero terco y no muy bueno para los negocios.

Volvimos al auto. Dije:

—¿Ves a lo que me refiero? Tiene una respuesta para todo.

—Le está restando importancia, le da vueltas al asunto como un político.

—Amén. Pero ahora tenemos a dos personas que presenciaron una pelea y a Sanchez lanzando amenazas.

—Sigo pensando que es Chen.

—Probablemente. Oye, ¿ese Lincoln no estaba detrás de nosotros cuando veníamos para acá?

—¿El de color canela?

—Sí, juraría que estaba detrás de nosotros.

—Debe haber unos doscientos Lincoln de color canela en Collier.

—Pero el conductor se ve igual. Es corpulento y tiene el parasol bajo.

—Esto es Florida; el sol siempre brilla.

¿Estaba viendo una tormenta en un día despejado? Dije:

—Tengamos mucho cuidado esta noche. Te veo a las ocho en el estacionamiento de Off the Hook Comedy.

21

EL CLUB DE COMEDIA CONTRATABA A ARTISTAS DE PRIMER NIVEL. No era de extrañar que el estacionamiento estuviera a reventar. Mientras daba vueltas buscando un lugar, noté que tres cuartas partes de los vehículos eran camionetas. ¿Acaso los sedanes iban camino a la extinción como los videoclubes? Le mandé un mensaje de texto a Derrick y, un segundo después, un rápido destello de faros me indicó que había llegado.

Se subió a mi auto y dijo:

—Deben de tener un buen comediante esta noche; el lugar está lleno.

—Probablemente, pero a la gente de por aquí le encanta salir.

—Eso es bueno. El domingo pasado, estábamos almorzando en el centro y oímos música que venía de Cambier. La Big Band de Naples estaba tocando. Eran muy buenos. La próxima vez vamos a traer nuestras sillas.

Giré para entrar en Airport Pulling Road.

—Ponen mucha música buena en Cambier y es gratis.

—Lo que cuesten las cosas no importará cuando encontremos el dinero.

—Vamos a tomarnos nuestro tiempo, a tantear el terreno primero. Quiero asegurarme de que no nos vean.

—No importará una vez que lo agarremos.

Giré a la izquierda en Immokalee Road.

—Podría llevarnos un par de intentos para localizarlo. Dependemos de unas coordenadas de GPS que Cabrera usó hace diez años.

—No cambiaron.

—No, no cambiaron, pero quién sabe cómo las midió.

—Probablemente usó una aplicación.

—¿Hace una década?

—¿Por qué no?

Al pasar el Hospital NCH, dije:

—No te des la vuelta. Creo que alguien nos está siguiendo.

Derrick se burló.

—Este asunto del dinero de verdad te está alterando.

—Te digo que ese auto salió del estacionamiento de Publix justo antes de que paráramos en el semáforo, y todavía está detrás de nosotros.

—Solo hemos girado una vez.

—Pero ya sea que baje la velocidad o acelere, mantiene la misma distancia.

—A ver qué pasa cuando llegues a la 41.

En lugar de girar a la derecha, crucé la intersección.

—Todavía nos sigue.

—Entra en el cementerio; a ver qué pasa.

Pasamos la iglesia Saint John the Evangelist y giramos para entrar en los Naples Memorial Gardens. El auto que nos seguía continuó su camino y giró a la derecha en Vanderbilt Drive.

Derrick dijo:

—Falsa alarma, amigo.

—Quizás sí, quizás no.

—Vamos, pongámonos en marcha.

Volviendo sobre nuestros pasos, giré a la izquierda en la 41 y me dirigí al norte. Al acercarme a la Old 41, dije:

—Está de vuelta.

—¿Quién?

—El auto. Debió de tomar Wiggins Pass Road y nos encontró.

—¿Quieres que lo detengamos?

—No. Vamos a divertirnos un poco con él.

Pasamos el centro comercial Coconut Point y el auto mantuvo su distancia de medio kilómetro. Giré a la izquierda en Corkscrew Road.

—¿A dónde vas?

—Al parque Koreshan.

—Va a estar cerrado.

—Eso es aun mejor. Estacionaremos y entraremos caminando.

———

Un mosquito zumbaba alrededor de mi cabeza mientras caminábamos por un sendero que era más de tierra que de grava.

Derrick dijo:

—Caramba, qué oscuro está aquí adentro.

—Sabes, corre el rumor de que los fantasmas de algunos de los koreshanos deambulan por aquí.

—¡No fastidies!

—No bromeo. Hacen un tour de fantasmas una vez al año. Creo que es en enero.

—No creo en esas cosas. Es solo para hacer dinero.

—Deberíamos haber traído una pala. Para hacerles creer que está enterrado aquí.

—¿De verdad crees que alguien nos está siguiendo?

—No podemos arriesgarnos. Sentémonos en las escaleras

de ese edificio. Estoy bastante seguro de que era su sala de música. Sabes, Thomas Edison solía venir aquí a escuchar los conciertos que se daban.

—¿En persona o su fantasma?

Negué con la cabeza y me senté.

—Esperaremos quince minutos.

Derrick se dio una palmada en el antebrazo.

—Para entonces, los malditos mosquitos me van a chupar hasta la última gota de sangre.

Susurré:

—Shhh. Mira. Allá. Es el haz de una linterna.

—¡Carajo! Tenías razón. ¿Deberíamos enfrentarlo?

Me puse de pie.

—No. Escondámonos. Necesitamos que quienquiera que esté ahí piense que el dinero está aquí.

Rodeamos el edificio por detrás y observamos cómo el hombre alumbraba con la linterna el interior de una de las cabañas originales.

—No puedo creerlo.

—Pues créelo, amigo. Es real. Lo que quiero saber es cómo supo que nos reuniríamos junto al club de comedia.

—Siguió a uno de nosotros desde nuestra casa.

—A mí no. ¿Viste a alguien siguiéndote?

—No. Después de la emboscada de aquella vez, siempre estoy alerta.

Una punzada de culpa me invadió. Todavía sentía que era mi culpa.

—Quizás están usando un dron.

—De noche veríamos la luz.

—Si es el Departamento de Estado, probablemente tenga de los que tienen visión nocturna. Demonios, si es el cártel, y espero que no, también tiene suficiente dinero para comprar el mejor equipo.

—Primero, tenemos que averiguar quién diablos es.

—Sí. Mira, veamos si podemos llegar hasta la zona de salida de kayaks. Aquí rentan kayaks, y si encontramos uno sin candado, haremos que parezca que salimos al agua.

Derrick me agarró del antebrazo y susurró: —No. Si se lo ponemos muy difícil, no tendrán más remedio que seguirnos.

—Buen punto.

—Vamos a adentrarnos en el bosque y a dejar algunas marcas. Nada muy obvio, pero lo suficiente para que sepan que estuvimos allí.

———

ENTRÉ al taller donde les hacían mantenimiento a los vehículos del departamento. Un mecánico en overol se acercó. —¿Oiga, qué le pasa?

—Anda bien. Necesito que le haga un barrido.

—¿En busca de un dispositivo de rastreo?

—Sí. ¿Puede hacerlo ahora? Voy a entrar de servicio.

Señaló con el dedo. —Métala en el área de allá.

El mecánico sostuvo un aparato y caminó alrededor de la camioneta. Se agachó y metió la mano debajo del maletero. Se puso de pie, agitando un cuadrado negro, de la mitad del tamaño de una cajetilla de cigarrillos. —¿Cómo lo supo?

—Después de veinte años, uno lo siente.

Me entregó la caja. —No hay nada mejor que la intuición.

Mientras lo examinaba, dije: —¿Qué tan sofisticado es esto?

—No es un dispositivo para aficionados, pero los hacen mucho más pequeños hoy en día.

—Gracias.

Estacioné en el lote de la oficina y le envié un mensaje de texto a Derrick para que nos viéramos afuera. Con una taza de café en la mano, mi compañero se acercó paseando. Se subió y le entregué el rastreador.

—¿De dónde sacaste esto?

—Estaba en el auto.

—Mierda. ¿Quién crees que fue?

—No sé.

—Deberíamos averiguar quién usa este tipo de dispositivos.

—No le preguntes a nadie; si no, ¿qué vamos a decir? No estamos trabajando en un caso de ese tipo.

—Si es el cártel, puede que tengamos que olvidarnos del asunto.

—Podemos, pero si creen que sabemos dónde está el dinero, no se van a olvidar de nosotros.

Asintió. —Carajo. Nunca es fácil, ¿verdad?

—Bueno, elegir el parque Koreshan fue un golpe de suerte.

—¿Tú crees?

—Sí, lo investigué anoche cuando llegué a casa. Aunque no lo creas, organizan algo llamado Geo-Seeking. La gente busca baratijas y tesoros que los geocachers esconden en la propiedad.

—¿Me estás jodiendo?

—No. Es real y es la coartada perfecta.

22

ENTRAMOS A LA OFICINA. DERRICK SE DESLIZÓ DETRÁS DE SU escritorio y yo revisé los arrestos del día anterior. Era una costumbre que me mantenía al tanto y que había resultado útil en un par de casos. ¿Sería fundamental en el caso Beas?

Mi compañero se puso de pie. —Ya llegó el informe del Sensorvault de Google.

—Espero que sea útil.

—Lo estoy imprimiendo.

—Reenvíame el correo.

Mientras la impresora zumbaba, tomé el papel que salía. —Tenemos que ubicar esto en el mapa en relación con el lugar donde se encontró el cuerpo de Beas.

—Sí.

El documento estaba tibio, pero la información era candente. —Aquí está el número de Chen, igual que el de Schwartz. Maldita sea: un maldito teléfono desechable también estaba en la zona.

—Hay muchos de esos últimamente. Sabemos que Chen se estaba quedando a un par de cuadras, así que deberíamos concentrarnos en Schwartz. Dijo que estaba en su casa, ¿no?

—Así es. Pero incluyendo el que no se puede rastrear, solo hay otros dos. Deberíamos investigarlos antes de hablar con Schwartz.

—¿Por qué quieres hacer eso?

—Si eliminamos a todos los demás en la zona, podemos presionarlo.

—Eso significa que contamos con que el asesino llevara su teléfono consigo.

—Es una suposición sólida, sobre todo si se iba a reunir con Beas. Él o ella podría haberlo dejado en su auto, pero a menos que haya estacionado a varias cuadras, tenemos los datos.

—Sigo pensando que deberíamos ir por Schwartz de una vez.

—No nos tomará mucho tiempo ver si alguno de ellos tiene conexión con Beas.

—Está bien. Vamos a investigarlos.

—De acuerdo. El teléfono de Robert Walker estaba en Gulf Shore Boulevard a las once y cuarenta y siete de la noche.

—¿Dirección?

—Spindrift Drive 901, unidad 112.

—Su registro del DMV dice que tiene cuarenta y nueve años. Metro setenta y cinco, ochenta y un kilos.

Lo busqué en la barra de búsqueda de registros de empleo de Florida. —Lo suficientemente grande como para someter a Beas.

—No tiene antecedentes.

—Trabaja en Imperial Home Builders. Podría haber una conexión.

—Si tienes razón con este enfoque, deberías estar dirigiendo el Departamento de Policía de Nueva York.

—Allá no se puede hacer la diferencia; los políticos no tienen agallas.

—Veamos a los otros. Greg Grossman, 333 Twenty-Ninth

Avenue North. Este tipo es interesante. Entró y salió de la zona cuatro veces, entre las once y las once y cuarenta.

Derrick tecleó en su computadora. —Mmm. Veintisiete años. Metro ochenta y dos y noventa kilos.

—Tiene antecedentes. De hace un par de años, por posesión de drogas.

—No tenemos ninguna prueba de que Beas consumiera drogas.

—Cierto. Pero Grossman no tiene empleo actualmente.

—Quizá sea un traficante.

—Tenemos que verlo.

—Quizá el teléfono desechable era de otro traficante. Beas pudo haber hecho enojar a uno de ellos y lo mataron.

—Tenemos que investigar el número, ver si forma parte de alguna otra investigación. Es poco probable, pero nunca se sabe. Si no hay nada, partiremos de ahí.

—Muy bien. Hablemos con estos dos.

———

Tomamos Gulf Shore Boulevard hacia el sur. El Spindrift Club estaba del lado de la bahía, cerca de la calle sin salida que terminaba la vía principal. Si te gustaba navegar, el edificio amarillo de cinco pisos era el ideal.

Robert Walker vivía en el segundo nivel, en una unidad de esquina. Un perro empezó a ladrar antes de que tocáramos el timbre. Una voz de mujer dijo: —Silencio, Rusty. Y funcionó.

Una mujer con una falda de tenis blanca abrió la puerta. Sonrió. —Hola.

Derrick mostró su placa. —Nos gustaría hablar con Robert Walker.

—¿Mi esposo? ¿Están seguros de que es el Robert Walker correcto?

—Sí, señora.

Ella se dio la vuelta. —¡Bob! La policía está aquí. Dicen que quieren hablar contigo. No entiendo, ¿qué está pasando?

—No se preocupe, señora. Esto es solo una rutina.

Su esposo apareció, con un periódico en la mano. —Soy Robert Walker. ¿De qué se trata esto?

—¿Podemos pasar?

—Claro, claro.

El condominio era diminuto. Dos dormitorios, como mucho, y anticuado.

—Señor Walker, el primero de octubre, su teléfono fue identificado cerca de Lowdermilk Park...

—Por supuesto. Vivimos en Gulf Shore.

—Específicamente, alrededor de la medianoche del primero. ¿Qué estaba haciendo a esa hora?

Él sonrió. —No sé de qué se trata esto, pero iba de camino al hospital. Si no fuera por mi esposa, puede que no estuviera aquí.

—¿Qué pasó?

La esposa habló. —Estábamos en la cama; nos acostamos sobre las diez y media, y por la gracia de Dios, ambos nos levantamos sobre las once y media para, eh, usar el baño. Bob entró primero y lo oí tropezar. Le pregunté si estaba bien y dijo que sí. Pero encendí la luz y tenía la cara caída.

—Yo pensé que no era nada, pero ella insistió, me pidió que sonriera y no pude.

—Dije que nos íbamos al hospital, y efectivamente, tuvo un AIT, un pequeño derrame cerebral.

—Si no hubiera sido porque el neurocirujano insistió en que me hiciera una resonancia magnética con contraste, me habrían dado el alta. Encontraron un coágulo en mi cerebro y entraron por mi ingle para extraerlo.

Dije: —Tuvo usted mucha suerte, señor.

—Tuve suerte hace treinta años cuando ella me dio el sí.

—Me alegro de que todo saliera bien. Por cierto, ¿a qué hospital fue?

—Al NCH Baker. Le digo que esos tipos son los mejores.

Nos subimos de nuevo al auto. Derrick dijo: —Estuvo cerca. Tuvo suerte.

El cáncer se había llevado las terminaciones nerviosas que me hacían sentir la necesidad de ir al baño. Era inquietante pensar que si él hubiera ignorado la señal de ir al baño, podría haberse convertido en un vegetal. —Tu vida puede cambiar en un segundo.

—No quisiera estar en su lugar. O sea, después de eso, debe estar preocupado de que vuelva a suceder. Ni loco podría dormir.

—Después de que me dio cáncer, no fue fácil dormir. Incluso después de que me dijeron que lo habían quitado todo, siempre tenía en el fondo de mi mente la idea de que iba a volver.

—Lo siento, amigo.

—Está bien. Después de un par de años, se fue desvaneciendo y ahora casi no pienso en eso.

—No me lo puedo imaginar. ¿Cómo te cambió?

—Al principio, me impactó mucho y estaba, ya sabes, más presente, pero con el tiempo, volví a ser yo mismo.

—Eso cs algo bueno.

No estaba tan seguro de que lo fuera. Estar en contacto con mi mortalidad daba miedo, pero me trajo una mayor apreciación de la vida que había dejado escapar. —Basta de charla deprimente; vamos a ver a Grossman.

23

Una cerca rodeaba la casa de estilo mediterráneo de Greg Grossman. Presioné el botón del intercomunicador en el portón de la entrada. Una voz gangosa respondió:

—Oiga, ¿quién es?

—Soy el detective Luca, de la oficina del sheriff.

Hubo una pausa de cinco segundos.

—¿De qué se trata?

—Nos gustaría hablar con usted.

—Estoy muy ocupado.

Derrick y yo intercambiamos una mirada.

—Solo será un minuto.

El motor del portón comenzó a zumbar. Derrick dijo:

—¿Por qué tiene este tipo un portón? ¿Estará vendiendo droga?

—Buenas preguntas. A ver qué averiguamos.

Mientras miraba por la ventanilla de una camioneta Audi en la entrada, oí que se abría la puerta de la casa.

La pequeña que dormía sobre la cadera de Grossman parecía un accesorio. Él preguntó:

—¿Qué pasa?

—¿Podemos pasar?

Grossman frunció el ceño, pero apartó su gran cuerpo. Los muebles eran elegantes y nuevos. Una manta cargada de juguetes estaba debajo de un televisor.

La bebé se revolvió. Grossman le hizo carantoñas mientras la dejaba sobre la manta.

Derrick preguntó:

—¿Qué edad tiene?

—Seis meses, el martes. ¿Quieren decirme qué está pasando?

—Usted estaba en Gulf Shore Boulevard, cerca de Lowdermilk Park, sobre la medianoche del primero de octubre. ¿Qué hacía allí?

—Eh, ¿está seguro? ¿Qué día fue?

—Lunes.

—Ah, sí. Olivia no se calmaba. Estaba llorando y muy alterada. Cuando eso pasa, la única forma de calmarla es sacarla a pasear en el auto. Se duerme enseguida.

—¿La saca a pasear en su Audi?

—Sí, es lo único que funciona.

No había silla de bebé en el vehículo.

—¿Y esa noche, eso fue lo que usted hizo?

—Sí, como por arte de magia, se durmió en un minuto.

Su teléfono estuvo cerca del parque cuatro veces durante un período de cuarenta minutos.

—Bueno, al menos ya sabe lo que funciona.

—Es una buena niña, pero tiene sus días.

—Todos los tenemos —sonreí, y él me devolvió la sonrisa—. ¿Qué tan seguido tiene que salir a la carretera con ella?

—No muy seguido, quizá una vez por semana.

—Cuando salió a manejar el primero de octubre, ¿vio algo inusual?

—No, nada que recuerde.

—¿Vio a alguien?

—No, que yo recuerde. O sea, no hay nadie en la calle a esa hora.

—De acuerdo, gracias.

—Cuando quiera.

—Esta es una casa bonita. ¿A qué se dedica?

—¿Yo? Soy amo de casa. Mi esposa tiene un buen trabajo.

—Antes de tener a la bebé, ¿qué hacía?

—Un poco de todo. Ya sabe, construcción; probé con un trabajo de oficina, pero no me gustaba estar encerrado todo el día.

—¿Conoce a un tal David Beas?

—¿Beas? Mmm, me suena, pero no lo ubico.

—De acuerdo, gracias por su tiempo y cuide bien a su pequeña. Es una belleza.

De vuelta en la camioneta, dije:

—El Audi no tiene silla de bebé.

—Sí, y dijo que ella se durmió enseguida. Si eso fuera cierto, ¿por qué estuvo manejando por ahí durante cuarenta minutos?

—Tenemos que investigarlo a fondo.

—Hablando de investigar, ¿a qué hora esta noche?

—Voy a llevar mi auto a Koreshan y lo dejaré allí. Así pensarán que estamos en el parque. Nos vemos en el banco TD al otro lado de la calle a las ocho.

—De acuerdo. Voy a pasar por el taller para asegurarme de que no estén rastreando mi auto.

—Bien. De cualquier forma, asegúrate de que no te sigan.

Con una gorra de béisbol puesta, me subí al auto de Derrick y pregunté:

—¿Todo bien?

—Sí. Revisaron el auto; estaba limpio y nadie me está siguiendo.

—Bien.

—¿Dónde estacionaste?

—En el mismo lugar que la última vez.

—¿Viste a alguien?

—No. Vámonos. Toma Corkscrew hasta Three Oaks Parkway.

Derrick giró dos veces rápidamente a la derecha y nos dirigimos al este. Un minuto después, un auto que iba en dirección contraria redujo la velocidad. Cuando pasó, me di la vuelta. Estaba dando una vuelta en U.

—Frena. Alguien acaba de dar una vuelta en U.

—No te pongas paranoico.

—No lo estoy, y no lo estaba la otra noche, ¿o sí?

—Tienes razón.

—Entra en el estacionamiento de Lowe's.

Dimos una vuelta por el estacionamiento y el auto se mantuvo a distancia. Derrick dijo:

—Todavía nos sigue.

—Asegúrate. Vuelve a Corkscrew. Si nos sigue, sabremos que nos están pisando los talones.

Derrick se dirigió al este por Corkscrew y el auto lo siguió. —Maldita sea. De acuerdo, eh... sigue todo derecho hacia el este. Hay una planta de tratamiento de agua en Alico Road. Nos orillaremos y nos bajaremos. Si nos ven husmeando por ahí, se van a confundir de verdad.

———

Con los cafés en la mano, Derrick entró a la oficina. —Buenos días, Frank, ¿qué haces aquí tan temprano?

—De vez en cuando, tengo que llegar antes que tú.

Bufando, puso una taza sobre mi escritorio. —Yo tampoco pude dormir.

Borré un correo electrónico y bajé la voz. —Voy a comprar un par de teléfonos desechables para nosotros.

—¿En serio?

—Tenemos que dejar nuestros teléfonos cuando estemos buscando.

—¿Crees que están rastreando nuestros teléfonos?

—Es lo único que tiene sentido.

—Si es así, tienen que ser los federales.

—Es lo que pienso. Voy a meterle presión a Davis, a ver cómo reacciona.

—Malditos.

—Creen que están tratando con unos payasos de pueblo.

—Ya les enseñaremos. No deberíamos darles todo el dinero.

—No se lo merecen.

—No van a extrañar un par de millones. ¿Qué dices?

—¡Carajo!

—¿Qué?

Usé una de las frases de Derrick: —¿Adivina a quién arrestaron anoche?

—No sé, ¿a quién?

—A Schwartz.

—¿Por qué?

—Tráfico de esteroides.

—Con razón está tan grande.

Las cicatrices de acné eran una señal reveladora del abuso de esteroides. —Pudo haber matado a Beas en un ataque de ira, inducido por los esteroides.

—Esa porquería te afecta el humor cuando abusas de ellos.

—No tienes que abusar de ellos para perder el control.

—¿Cómo vamos a averiguar si eso fue lo que pasó?

—No sé si podamos probar algo así. Pero ya ha sido agresivo antes y lo han arrestado por pelear.

Derrick sonrió.

Le dije: —¿Qué es tan gracioso?

—No sé. Solo pensar en alguien que vende pianos de alta gama y ataca a otra persona es como algo salido de una película o algo así.

24

No le quité el ojo al reloj. Cuando dieron las doce, me levanté y me dirigí al estacionamiento. El sol disipó el frío que me había dejado el aire acondicionado de la oficina. Me puse los lentes de sol y caminé hasta una banca a la sombra de un roble frondoso.

Llamé al celular de Bryon Davis. —Frank, ¿cómo estamos hoy?

—No estoy contento, Bryon.

—Lamento oír eso. ¿En qué puedo ayudarlo?

—Retire a los perros que me puso a seguir.

—Lo siento. No entiendo.

Me puse de pie y dije: —Déjese de tonterías, Bryon. Sabemos que nos ha estado siguiendo.

—Créame, Frank. No tengo nada que ver con lo que sea que esté pasando.

—No me venga con cuentos.

—No lo hago.

—Si no es usted, es alguien a quien se lo contó.

—No puedo creerlo. Pero supongo que es posible que un agente rebelde esté detrás de lo que está viendo.

—Sea quien sea, le aseguro que están perdiendo el tiempo. Dejaré que el dinero se pudra justo donde está.

—No sea rencoroso, Frank. Si algo está pasando, identificaremos quién es y le pondremos fin. Queremos ayudarlo.

—No queremos su ayuda. No se meta en nuestro camino o no verá ni un centavo.

—Tómeselo con calma, Frank. No sé por qué piensa que tuve algo que ver con lo que sea que está pasando. Podría ser el cártel.

—¿Cómo lo sabrían ellos si usted no se lo filtró?

—Le aseguro que no hice tal cosa. De hecho, solo los que necesitan saber están al tanto de esta operación.

—En su mundo, eso es probablemente un centenar de personas.

—No, no lo es. Solo tres personas tienen conocimiento.

—¿Y a cuántos se lo contaron esos tres?

—Son socios de confianza...

Me burlé. —«Confianza» y «Washington» es un oxímoron.

—Nosotros no somos así, Frank.

—Sí, cómo no. Mire, mantenga a sus matones alejados o se acabó. —Colgué antes de que pudiera decir algo.

Mientras caminaba de regreso a la oficina, me pregunté si sería el cártel. Parecía improbable, pero no podía descartarlo. Si resultaba ser cierto, probablemente estaría muerto antes de enterarme.

Una gota de sudor rodó por mi sien. Si eran los nervios o el sol, era debatible. Me di la vuelta y me dirigí a la oficina.

Derrick estaba tecleando. Me incliné y le susurré: —Hablé con Davis.

—¿Qué dijo?

—Lo negó como San Pedro.

—¿Fue convincente?

—No. Dijo que no era él y señaló al cártel.

—¿Tú qué crees?

—Sea como sea, tenemos que andar con pies de plomo.

Asintió.

Me senté detrás de mi escritorio. —Voy a contactar a Bilotti, a ver qué nos puede decir sobre los efectos de los esteroides.

—Tuvimos un caso en DC con un levantador de pesas. Se estaba inyectando esteroides y mató a dos adolescentes en el vestidor.

—No es más que otra droga. Esos atletas que buscan una ventaja están cambiando un montón de desgracias por quién sabe qué.

—Sí, es otra cosa de la que nadie les habla a los chicos.

—Depende de los padres. Llámame loco, pero si todos hablaran con sus hijos sobre las drogas, habría menos presión social y menos abuso.

—Cualquier cosa que podamos hacer, deberíamos hacerla. No hay una solución mágica.

Marqué el número de Bilotti. —Hola, Doc. ¿Cómo le va?

—Bastante bien. ¿Qué puedo hacer por usted?

—¿Qué sabe sobre los esteroides?

—Es una pregunta muy amplia. ¿Qué está tratando de entender?

—El uso de esteroides que lleva a la furia.

—No es una ciencia exacta, por así decirlo, pero el uso de esteroides anabólicos androgénicos se ha relacionado con el comportamiento violento.

—¿Qué tipo de esteroides son esos?

—Típicamente, testosterona; tanto compuestos naturales como sintéticos estructuralmente relacionados con la testosterona.

Schwartz traficaba con la versión sintética de la hormona masculina que promueve la masa muscular y ósea. —Si alguien abusa de ellos, ¿cómo se vuelve violento?

—Es una pregunta sin respuesta. Si bien existe evidencia

sustancial que apunta a que el uso de esteroides afecta el estado de ánimo de un usuario, no se ha identificado qué desencadena la agresión.

—Necesito algo con qué trabajar. ¿Hay algo que pueda decirme sobre un usuario que entra en modo de ataque?

—Solo que una coincidencia interesante de la furia por esteroides es que se desencadena por una reacción exagerada a un evento que normalmente no molestaría al usuario.

—¿Pierden los estribos por nada?

—En esencia.

—¿No podemos apuntar a una discusión que se tornó violenta?

—No lo descartaría, pero a menudo, el detonante no es aparente.

—No me la pone fácil, ¿verdad?

Bilotti rió entre dientes. —Lo siento, Frank.

—No hay problema, Doc. Gracias por su ayuda.

Colgué y dije: —Derrick, Bilotti dice que no podemos asumir que una discusión haya enfurecido a Schwartz.

—Capté la idea por lo que decías. El punto es que tenemos su teléfono cerca de la escena y tiene que dar explicaciones por eso.

—Tienes razón. —Me puse de pie— Repasemos dónde estamos. Chen y Schwartz estaban en la zona. Chen estaba echando un rapidito, pero el agresor homófobo aun así tuvo tiempo para matar a Beas. Schwartz también estaba allí, pero no sabemos por qué. Y luego está el teléfono descartable, del que tenemos que sacar todo lo que podamos.

—Y no te olvides de Grossman. No me creo su historia. ¿Y viste cómo nos metió cuento cuando le preguntaste si conocía a Beas?

—¿Me perdí de algo? —Lo investigaremos. Las esposas tienden a respaldar a sus maridos, pero si les preguntamos a un par de vecinos, averiguaremos si su historia se sostiene.

—Hay algo en él. Me pregunto si habrá alguna conexión entre él y Beas que se nos esté pasando por alto.

—Podría ser. Recién nos enteramos de su existencia. Tal vez esté relacionado con las drogas.

—¿Por qué no vas a ver qué tiene que decir Schwartz? Yo me encargo de investigar a Grossman.

—Pongámonos en marcha —bajando la voz, dije—. Este podría ser nuestro último caso resuelto.

Derrick asintió. —Lo he pensado mucho. Si encontramos la plata, resolvamos el caso o no, me largo de aquí. Con el sesenta por ciento de mi pensión tengo más que suficiente.

25

EL TRÁFICO HACIA EL ESTE EN RADIO ROAD ME HIZO preguntarme cómo sería la próxima temporada. Un aumento constante en el número de personas que se mudaban aquí había comenzado a congestionar las carreteras. Giré a la izquierda en Santa Barbara Boulevard y entré en Berkshire Lakes.

Mientras manejaba hacia un vecindario llamado Melrose Gardens, caí en la cuenta de que todos los nombres en el complejo principal eran de lo más antifloridano que podía haber.

Schwartz vivía en una villa en Ascot Court. Calculé a ojo el valor de la casa adosada y lo estimé en cuatrocientos mil. Schwartz estaba tocando el piano. Me recordó a Dave Brubeck. Escuché un momento antes de tocar el timbre.

Schwartz abrió la puerta y frunció el ceño. —¿Llevo fuera dos horas y ya tienes más preguntas?

—No vine por el arresto.

—¿Entonces por qué?

—Por David Beas. ¿Puedo pasar?

Resopló. —Está bien.

Aparte de imaginarme un trapecio o una pila de látigos, no sabía qué esperar. La sala principal tenía un techo abovedado y piso de madera. Mi mirada se posó en un piano vertical. —Te escuché tocar. ¿Era Brubeck?

Sonrió. —Sabes de jazz.

—En realidad no, a mi mamá le encantaba poner sus discos.

—Tenía buen gusto.

—Sí, todavía la extraño.

Asintió. —Madre solo hay una.

—Así es. —Señalé sus pies— Me gustan esos zapatos. ¿Dónde los conseguiste?

—En Nordstrom, por internet.

—Lindos. Los buscaré, pero a veces en una talla diferente no se ven tan bien. ¿Qué talla calzas?

Se sentó en una de las dos sillas de la cocina. —Diez.

La misma talla que el par dejado en la playa. —Yo también.

Schwartz desbordaba la silla de bistró. —¿Qué querías saber sobre David?

—La noche que el señor Beas fue asesinado, el primero de octubre, tú hablaste con él por teléfono.

—Sí, eso te dije.

—También dijiste que estabas en casa esa noche.

—Así es, lo estaba.

—¿Toda la noche?

—Sí.

—Estás mintiendo.

—Mira, estoy tratando de cooperar.

—Entonces di la verdad. Tenemos tus registros telefónicos. Estuviste por Lowdermilk esa noche.

La silla crujió cuando cambió de peso. —Salí para, eh, reunirme con mi contacto. Tenía que recoger un pedido.

—¿Esteroides?

Asintió. —Por eso me arrestaron.

—¿Dónde se encuentra tu proveedor?

—Tiene un condominio en Admiralty Point.

Era un complejo de condominios circular al final de Gulf Shore Boulevard con excelentes vistas al agua. —Voy a necesitar tus datos de contacto.

—No puedo hacer eso; vendrán por mí.

Schwartz era musculoso, pero una bala lo derribaría tan rápido como a cualquiera. —Soy detective de homicidios. No me involucro en asuntos de drogas, de ningún tipo.

—Vamos, ¿me estás diciendo que no hablas con los de narcóticos?

—¿Para cosas como esta? No, no lo hacemos.

—No puedo. Olvídalo.

—Mira, o me lo dices, o te arresto. Si no quieres que te carguen el asesinato, tendrás que hacer que tu abogado cite a tu proveedor...

—Oh, vamos, hombre. Me estás metiendo en un lío tremendo.

—Tú eres el que traficaba con esteroides, así que no me eches la culpa a mí. Te prometo que no le diré nada al equipo de narcóticos.

Negó con la cabeza.

Busqué las esposas en mi cinturón. —Date la vuelta. Te voy a llevar...

—Se llama Michael Paul.

—¿Dirección?

—No estoy seguro. Creo que vive en la unidad de la planta baja del final, en el primer edificio a la derecha.

—¿Tú crees?

—Nos vemos en el estacionamiento.

—¿Cuál es tu número de teléfono?

Se levantó y abrió un cajón de la cocina. Su cuerpo me tapaba la vista; me levanté y me moví hacia un lado. No fue a buscar un arma. Era un teléfono. Le puso una batería y lo encendió.

—Okay. ¿Listo?

Anoté el número y dije: —Ya estás en suficientes problemas. Si me estás haciendo perder el tiempo, te vas a arrepentir.

———

Sentado en el semáforo sobre Santa Barbara Boulevard, llamé a Derrick. —Oye, Schwartz dice que estaba recogiendo esteroides de su proveedor, que vive en Gulf Shore Boulevard.

—¿Le crees?

—Le creí hasta que lo vi volver a ponerle la batería a su teléfono.

—¿Le quitó la batería?

—Así es. Puede que también le haya quitado la tarjeta SIM.

—Podría ser el teléfono que usa cuando vende.

—Quizás, o es más listo de lo que creemos.

—¿Qué quieres decir?

—Mantiene su teléfono encendido, recoge su droga. Le da una razón sólida para estar en los alrededores. ¿Quién diría que estaba comprando drogas?

—Está complicado.

—Pero pudo haberse ocultado después de la compra. Desarma su teléfono y mata a Beas.

—Pero ¿cómo hizo para que Beas fuera hasta allí?

—No lo sé. Solo trato de pensar de forma creativa.

—Puede que sea demasiado creativo, amigo.

—Quizás. Pero resulta que es talla diez.

—Interesante.

—Lo sé. ¿Cómo te fue con Grossman?

—Un par de vecinos dijeron que se sabe que sale de casa tarde. Pero no sabían si llevaba al bebé con él o no.

—Mmm, podría ser un negocio de drogas o algo así. ¿Hablaste con su esposa?

—Todavía no. Le dejé un par de mensajes.

—Insístele. Ya voy para allá.

—Yo también acabo de llegar. Te veo en un rato.

Hacia el oeste por Davis Boulevard, bajé el parasol. A punto de subir el aire acondicionado, sonó el teléfono. Era Derrick. —¿Qué pasa? ¿Me extrañas?

Se rió entre dientes. —No lo vas a creer.

—¿Qué? ¿Vas a dejar a tu esposa por mí?

—Nop. Inténtalo de nuevo.

—No sé, ¿qué pasa?

—Llegó el informe del teléfono de prepago. ¿Adivina dónde se activó?

—¿En Disney World?

—Nop. Muy cerca de la casa de Will Sanchez.

—¿Por Eleven Eleven Central?

—Así es.

—Tenemos que registrar su casa. Si encontramos el teléfono allí, lo tenemos acorralado.

26

Entré corriendo a la oficina.

—Déjame ver ese informe telefónico.

Derrick me entregó dos hojas de papel. Escaneé el primer documento mientras él decía:

—Sanchez vive justo cerca de la torre donde se activó. Échale un vistazo al mapa.

Intercambié los papeles.

—Hay muchos apartamentos en esa zona. O podría haber sido alguien que pasaba manejando por la 41 y lo activó.

—Eso sería una maldita coincidencia.

—Tienes razón. ¿Dónde diablos está ese teléfono?

—Probablemente en el Golfo con el celular de Beas.

—Puede ser, pero igual tenemos que intentar localizarlo. ¿Qué tenemos para una orden judicial? La activación del teléfono descartable, las discusiones con Beas...

—Sanchez le lanzó un trozo de piedra y lo amenazó de muerte.

Asentí.

—Y él iba a heredar el negocio.

—Un negocio que duplicó con creces su tamaño con Astra, el nuevo cliente.

—¿Y a qué se debía ese pago de doscientos cincuenta mil dólares?

—¿Crees que podamos conseguir una orden para revisar los registros bancarios?

—Necesitaríamos demostrar un vínculo razonable entre el dinero y la muerte de Beas.

—Nunca hablamos con Damien. Deberíamos presionarlo sobre el dinero. Quizás salga algo de eso.

—Probablemente deberíamos.

El teléfono de escritorio de Derrick sonó. Respondió y colgó rápidamente.

—Era la esposa de Grossman. Voy a ir a verla, ¿quieres venir?

—Encárgate tú de eso. Yo veré qué tiene que decir Damien.

Mientras Derrick se iba, llamé a Astra Development para verificar dónde estaba Damien.

———

El semáforo se puso en rojo en la intersección de Orange Blossom y Airport Pulling Road. El sol destelló en el techo con cúpula dorada de la iglesia ortodoxa griega de St. Katharine. Mientras intentaba recordar cuándo sería su próximo festival de comida, el semáforo se puso en verde.

¿De cuántos edificios constaría finalmente Siena Lakes? Personas mayores ya se habían mudado a dos de ellos. El guardia de la entrada de la construcción me indicó que fuera a un tráiler blanco.

Por encima del zumbido del aire acondicionado, oí a dos hombres hablando. Toqué la puerta. Un hombre con casco de seguridad abrió. Coincidía con la foto de Damien del DMV.

Me invitó a entrar y le pidió al otro hombre que se fuera.

Sobre una mesa se apilaban gruesos rollos de planos. Damien quitó una caja de agua embotellada de una silla.

—Tome asiento.

—Gracias. Quería hablar con usted sobre David Beas.

—De acuerdo.

—¿Qué puede decirme sobre él?

—En realidad no lo conocía tan bien. Pero era un buen diseñador.

—Tengo entendido que usted lo recomendó a los hermanos Evans.

—Pensé que se necesitaba un cambio si queríamos hacer proyectos más, eh, interesantes que complejos para personas mayores.

—¿Sabía de alguien que quisiera hacerle daño?

—No, como le dije, no lo conocía bien.

—Eso contradice lo que dijo el señor Sanchez.

—¿Qué dijo él?

—Que usted era un defensor del señor Beas y su trabajo.

—No quería que nos encasillaran como constructores de lugares como este para siempre. No tenía nada que ver con ser amigo suyo.

—¿Habría escogido a cualquier empresa que se hubiera presentado?

—Vamos, eso es ridículo.

—¿Qué tan bien se conocen usted y el señor Sanchez?

—Lo conocía del último lugar donde trabajó. Estuvieron en un par de los proyectos que hicimos en Estero.

—¿Se lleva bien con él?

Se encogió de hombros.

—Nada fuera de lo normal.

—¿Qué significa eso?

—Hay plazos y presupuestos y un montón de presión para llevar una propiedad a su finalización. Un proveedor se atrasa, y eso genera un efecto dominó que arruina nuestros planes.

—¿La empresa de Sanchez arruinó alguna vez sus planes? Asintió.

—Un par de veces. Una vez... Ah, olvídelo. Le pasa a todo el mundo.

—¿El señor Sanchez intentó alguna vez compensárselo?

—¿A qué se refiere?

—¿Alguna vez, eh, le regaló algo?

Miró hacia la puerta.

—¿Un regalo? No, ¿por qué haría eso?

—Para congraciarse con usted. Para enmendar el haberse retrasado en un trabajo.

—No entiendo a dónde quiere llegar con todo esto y qué tiene que ver con lo que le pasó a David.

—En el curso de nuestra investigación, descubrimos un documento que detalla un pago a su nombre, por la cantidad de doscientos cincuenta mil dólares.

Se puso más pálido que un fantasma.

—¿El señor Beas le ofreció pagarle por una recomendación a los hermanos Evans?

Frunció el ceño.

—No fue David. Fue Will quien vino a verme.

—Permítame ser claro: no estoy interesado en sobornos. Mi trabajo es encontrar quién mató al señor Beas.

Murmuró:

—Yo no recibí ningún dinero.

En lugar de preguntarle cuándo le iban a pagar, le dije:

—¿Está seguro de que fue el señor Sanchez?

—Sí. Yo no le sugerí nada. Nunca le pedí nada.

—Si no hubiera recibido la oferta, ¿habría recomendado Magnet Design?

—Por supuesto. El dinero no tuvo nada que ver.

Reprimí una risa y di por terminada la entrevista.

Mientras manejaba hacia el norte por la 41, vi un edificio con techo de dos aguas y me metí en el carril derecho. Esta noche íbamos a ir a la caza del dinero. Era una buena excusa para picar algo y asegurarme de no quedarme sin energía.

Entré al estacionamiento de Turco Taco. Allí podías personalizar tus tacos. Pedí dos de mahi mahi y me senté en una mesa junto a un seto.

Mientras comía, le di vueltas al dinero que Sanchez le había ofrecido a Damien. Era un gran incentivo para conseguir el contrato y probablemente había cerrado el trato. Pero ¿acaso el soborno jugó un papel en el asesinato de Beas?

Aparte de hacer más rentable el negocio que Sanchez heredaría, no veía de qué otra forma. ¿Astra Development le habría dado el negocio a Sanchez si Beas no estuviera vivo?

Mientras me metía el último bocado de taco en la boca, se me ocurrió una idea: Sanchez quería ese contrato. Pero ¿qué tan alto era el precio que estaba dispuesto a pagar? ¿Un cuarto de millón en un soborno o quitarle la vida a un hombre?

Yendo hacia mi auto, Derrick me llamó.

—Oye, Frank, la esposa de Grossman cree que su marido tiene una aventura.

—¿Y por eso sale a manejar a altas horas de la noche?

—Eso es lo que ella cree.

—El tipo está en casa todo el día; ¿por qué esperaría hasta que su esposa estuviera en casa?

—No sé. Quizás la mujer con la que se acuesta trabaja.

—Es sospechoso. Vamos a tener que enfrentarlo.

—Sí, ¿y a ti cómo te fue con Damien?

Después de contarle lo que sucedió, le dije:

—Tenemos que presionar a Sanchez.

—Definitivamente.

—No me cae bien, pero no está claro si es un asesino. Te digo una cosa: no va a ser fácil quebrarlo. Nos la va a poner difícil.

—Después de esta noche, no tendremos que preocuparnos por eso. Alguien más tendrá que encargarse del asunto.

27

El Seed to Table estaba lleno de juerguistas nocturnos. Vestido de negro, entré sin que nadie volteara a verme. La música country en vivo flotaba en el aire. Manteniéndome a la derecha, saqué una bolsa de plástico de un rollo y rodeé la sección de frutas y verduras. Nadie parecía estar siguiéndome. Salí por la otra entrada.

Me deslicé por un costado del edificio, hacia la vía de acceso de Carlton Lakes. Con las luces apagadas, Derrick estaba esperando. Dijo:

—¿Todo despejado?

—Sí.

Al doblar en Livingston Road, Derrick dijo:

—Probablemente todo esto no era necesario.

—Toda precaución es poca.

—Esto sería bueno para un *reality show*.

—No soporto esos programas. Son tan forzados y falsos.

Doblamos a la derecha, en Bonita Springs Road.

—Pero este sería uno bueno.

—Quién sabe, quizá un día escribamos un libro y se convierta en una serie de Netflix.

—Oh, amigo, eso sería genial. Seríamos famosos.

—Ten cuidado con lo que deseas.

—Mi madre siempre dice eso.

—Desearía que mi mamá todavía estuviera viva. Si encontráramos el dinero, le compraría un lindo condominio en un buen complejo residencial.

—Deberíamos haber conseguido un georradar.

—Son demasiado caros —dije—. Si supiéramos con certeza que el dinero está ahí, ni lo pensaríamos, pero no lo sabemos.

—¿A qué profundidad crees que está enterrado?

—Como a un metro.

—Las varillas de sondeo miden un metro y medio. Si tienes razón, estamos bien.

—No creo que esté a más de un metro. Para enterrar tanto dinero más profundo que eso, necesitarías una retroexcavadora.

—¿Cuánto dinero crees que habrá?

—Por un momento, me creo la historia de que hay un par de cientos de millones y, al siguiente, pienso que son cien mil, como máximo.

—Tiene que ser más de cien mil. Si no, no se habría tomado toda esa molestia.

Era un argumento sólido.

—Lo averiguaremos muy pronto.

Como habíamos planeado, pasamos en el auto por la entrada del parque Big Corkscrew Island. Dije:

—No parece que haya ningún carro en el estacionamiento.

—Podría haber alguien a pie.

—Quizá, pero *yo* no andaría caminando por aquí.

—A los adolescentes no les asusta la oscuridad.

—Da una vuelta en U.

Estacionamos. Derrick abrió el maletero. Las luces del campo de béisbol de Palmetto High School se filtraban entre los árboles. ¿Acaso los estudiantes de bachillerato venían al parque a besuquearse o a fumar marihuana?

Derrick sacó dos palas y un par de sondas, y cerró el maletero. Susurró:

—¿Tienes localizada la ubicación?

Revisando las coordenadas GPS en mi celular, señalé:

—Sígueme.

Mientras nos dirigíamos a una pequeña arboleda, susurré:

—Mantente alerta. Yo estoy concentrado en la pantalla.

Un perro ladró. Dejamos de caminar. Derrick dijo:

—Vino de por allá. Pero no está cerca.

Yo tampoco lo creía. Tras recorrer una distancia de tres campos de fútbol, me desvié a la derecha.

—Nos estamos acercando.

—¿Dónde? ¿Dónde está?

Me llevé un dedo a los labios y señalé un grupo de robles. Caminando lentamente, revisé la pantalla. Di un paso a la izquierda y apunté al suelo.

—Dame una sonda.

Agarrando el mango con ambas manos, hundí la varilla en la tierra. La clavé tan profundo como pude y negué con la cabeza.

—Busquemos en una cuadrícula de norte a sur. Revisa cada metro.

Sacó su linterna. Susurré:

—No. Nada de luz. No podemos llamar la atención.

—No veo nada.

—No es necesario. Sondea, da un paso y repite.

Después de treinta minutos de búsqueda, me dolía la espalda. Habíamos cubierto el rango de coordenadas sugerido y un poco más. Fui hacia Derrick.

—Volvamos a revisar la zona. Pudimos haberlo pasado por alto.

—No veo cómo.

—Quizá los enterró verticalmente o algo así.

—Vale la pena intentarlo.

—Esta vez iremos de este a oeste.

Derrick clavó su sonda, yo di un paso a su izquierda e hice lo mismo. Peinamos la zona y no encontramos nada. Frotándome una ampolla, dije:

—Eso es todo.

—No puedo creerlo.

—Vámonos de aquí.

De camino al carro, Derrick no dejaba de clavar la sonda. Apoyando la mía contra el carro, oí que Derrick decía:

—Frank, ven aquí.

Estaba a unos seis metros. Me acerqué a él.

—¿Qué?

—Le di a algo.

Saqué el dispositivo GPS.

—No puede ser lo que buscamos. Las coordenadas no coinciden.

Sacó la sonda y la clavó sesenta centímetros más a la derecha.

—Bueno, hay algo ahí abajo. Quién sabe si este tipo sabía algo de GPS.

—Probablemente sea una roca.

—No lo creo —levantó la sonda un par de centímetros y la volvió a hundir—. Cede un poco.

Tomó una pala.

—Vamos, Derrick. Ya son más de las diez.

—Es solo un metro más o menos. Lo desentierro en un segundo.

Puso el pie sobre la pala y la hundió en la tierra.

—Déjame ayudarte.

Lanzó una segunda palada de tierra detrás de él. —No, está bien.

Una rama crujió. Me tensé y susurré: —¿Fuiste tú?

—¿De qué hablas?

—Escuché algo.

Derrick clavó la pala en la tierra. —Qué paranoico eres, amigo.

—Sshh, guarda silencio.

Derrick negó con la cabeza y clavó la pala en el hoyo que había cavado.

Toc.

Nos miramos. Agarré mi pala y empecé a ensanchar el hoyo. Apreté el mango con fuerza para que no me temblaran las manos. Derrick dijo: —Con eso basta.

Se arrodilló y escarbó en el hoyo con los dedos. Tapé la linterna con la mano y la encendí. Arrodillado, apunté el haz de luz hacia la zanja. —¿Qué es eso?

—¡Es una maleta!

—Shhh.

Derrick palpó la maleta con la mano. —Está envuelta en plástico.

—No puedo creerlo. La encontramos.

—Créelo, hermano. ¡Nos sacamos la lotería! Derrick se levantó de un salto y empezó a ensanchar el hoyo.

Lo agarré del brazo. —Espera.

—¿Qué?

—Sigo escuchando algo.

Él se zafó de mi agarre. —Relájate. Dos paladas más y la sacamos.

Miré dentro del hoyo. La maleta era grande y estaba cubierta de un plástico que había empezado a picarse. No era lo suficientemente grande para más de un par de millones de dólares. Las otras tenían que estar debajo.

Derrick metió la pala por debajo e hizo palanca. Agarré una esquina lodosa y la liberé. —Agarra el otro lado.

Puso las manos en una esquina. —A la una, a las dos y a las tres.

La sacamos. Me asomé a la zanja. —¿Ves alguna otra?

Los ojos de Derrick se agrandaron.

Una voz grave, que salió de la oscuridad, dijo: —Aléjense y mantengan las manos en alto.

28

Me puse rígido y me di la vuelta. Se había estado escondiendo detrás de un árbol. Mientras el hombre de casi dos metros se acercaba, le dije:

—Tranquilo. Somos oficiales de policía.

Su acento español me hizo preguntarme si estaba conectado con Cabrerra o con un cártel.

—Me importa una mierda quiénes son. Aléjense del maletín.

Dimos dos pasos hacia atrás. Derrick dijo:

—No queremos problemas. Guarde su arma y haremos como que esto no pasó.

—¡Cállense! Y al suelo, boca abajo.

¿Estaba lo suficientemente oscuro como para que no me viera alcanzar mi pistola? Me arrodillé y él dijo:

—¡Mantengan las malditas manos en alto!

La sangre me martilleaba en los oídos.

—Cálmese. No es fácil tirarse al suelo sin usar las manos.

—Pongan las manos detrás de la espalda.

Hicimos lo que dijo.

—No nos haga daño. Como le dije, somos policías.

Se montó sobre mí, me quitó el cinturón y me ató las manos con él.

—Quédense callados y nadie saldrá herido.

A la luz de la luna, le vi la cara. Calvo, tenía la piel como un guante de béisbol. Tenía una cicatriz en el pómulo derecho con la forma del número nueve. Sus ojos parecían vidriosos.

Después de atar a Derrick, nos cacheó y nos quitó las armas. Las arrojó a un lado y preguntó:

—¿Quién les dijo que el dinero estaba aquí?

—¿Qué dinero?

—No me jodan. ¿Quién se los dijo?

Derrick contestó:

—Un tipo llamado Coburn.

—¿Quién?

—John Coburn.

Le dije:

—Tome el dinero y déjenos en paz, por favor.

Gruñó, dijo algo en español y fue hacia la maleta. Se arrodilló y le arrancó el plástico. Los cerrojos se abrieron con un clic. Estiré el cuello para ver cómo levantaba la tapa. Se puso de pie de un salto.

—¡Qué carajo!

Soltó una sarta de frases en español, con muchas maldiciones reconocibles, mientras caminaba de un lado a otro. Miró dentro del hoyo, negó con la cabeza y corrió hacia la zona boscosa.

Derrick dijo:

—¿Qué demonios fue eso?

Intenté aflojar el cinturón que rodeaba mis muñecas.

—Tiene que estar conectado con el cártel o es Davis de nuevo.

—Estuvo muy cerca, carajo.

—Claro que sí. ¿Le viste la cara? Había algo en él...

—Intenta sentarte. Nos ponemos espalda contra espalda y nos quitamos esto.

Tardamos diez minutos en liberarnos. Derrick se puso de pie de un salto y me extendió una mano. Gruñí mientras me levantaba. Recogimos nuestras pistolas y fuimos hacia la maleta.

—Mierda. ¿Qué demonios?

Parpadeé dos veces; era un esqueleto sin cráneo. Saqué mi linterna y dirigí un haz de luz sobre él.

—Es pequeño. Podría ser de un niño.

—¿Dónde está la cabeza?

—Buena pregunta.

—¿Cuánto tiempo lleva aquí?

Otra buena pregunta. Dirigí la luz hacia la maleta.

—Es una pieza de equipaje vieja. Necesitamos que los forenses vengan aquí.

—¿Cómo vamos a explicar que la encontramos?

—Tenemos que pensar esto bien. Si nos vamos y dejamos que alguien lo encuentre, corremos el riesgo de que alguien nos vea o nos relacione con esto.

—Es lo más fácil de hacer. Nadie nos vio.

—Quizás. Pero dejamos nuestro ADN por todo este lugar, y quién sabe qué más. Podría llevarnos a nosotros.

—Somos de homicidios; podemos manejarlo como queramos.

—No compliquemos la situación. Podemos decir que recibimos un aviso anónimo sobre un cuerpo enterrado aquí.

—Eso podría funcionar, pero ¿cómo justificamos haber venido a esta hora?

Me encogí de hombros e inspeccioné la zona.

—Salgamos de aquí. Pero tenemos que revisar, ver si dejamos algo.

Recogimos nuestros cinturones y herramientas, echamos otro vistazo y nos dirigimos al auto.

—Deja las luces apagadas y no aceleres.

—Esto parece de película.

—Una de terror.

—¿Quién era ese tipo?

—Podría ser uno de los hombres de Davis.

—Sería mejor que el cártel.

—No estoy tan seguro. Mi tío solía decir que el gobierno era la mafia legal.

—No puedo creer que no encontráramos el dinero.

—Y ahora tenemos que lidiar con esto.

—Vamos a tener que averiguar de quién es el cuerpo.

—Quizás haya algo en los archivos de casos sin resolver.

—Podría ser del condado de Lee.

—Empezamos, después de que recibamos la llamada, con el ángulo del decapitado. Averiguar a dónde nos lleva la decapitación.

—Desde que estoy aquí, nunca he oído que se haya encontrado un cráneo.

—Yo tampoco, pero créelo o no, en Nueva Jersey, tuve dos.

—Sí, allá en DC, tuve uno; estaba relacionado con las drogas.

—Sabes, tenemos suerte de que ese tipo no nos haya matado.

—Lo sé. Estaba ahí tirado pensando en qué hacer. Yo estaba rezando.

—No le digas nada de esto a Lynn. No se lo voy a contar a Mary Ann. No podemos arriesgarnos.

—De ninguna manera se lo voy a decir.

—Bien. Si esto se sabe, no solo no tendremos el dinero, sino que perderemos nuestros trabajos y nos echarán encima todo el peso de la ley.

—La prensa se daría un festín.

—Y vaya que sí.

Golpeé el volante con el puño. —Supongo que esto significa que nunca vamos a encontrar el dinero.

—Probablemente. Tengo que hablar con Coburn. No sé si advertirle sobre este tipo o patearle el trasero por tomarnos el pelo.

—Al diablo con él. No le digas nada. Ese desgraciado casi hizo que nos mataran.

—Lo sé, pero la mejor venganza es la que va demasiado lejos.

———

MARY ANN ESTABA DURMIENDO en el sofá. No tenía energía para ducharme. Abrí el grifo de la cocina y me eché jabón líquido para platos en la mano. —¿Frank? ¿Eres tú?

—Sí. Solo me estoy lavando.

Tomó un paño de cocina y se acercó a mi lado. —¿Cómo les fue?

—No encontramos nada.

—¡Oh, no! ¿La información no era buena?

—No lo era.

—Supongo que no tendré un auto nuevo.

—Nop. Estoy agotado. Vamos a dormir.

Ella frunció el ceño. —Era demasiado bueno para ser verdad.

Me encogí de hombros y me dirigí al dormitorio.

—Frank, quítate los pantalones en el cuarto de lavado; están inmundos.

Mary Ann estaba ordenando la sala familiar cuando regresé en ropa interior. —Vamos.

—Tienes que apagar las luces de afuera.

—Déjalas encendidas. Anda una banda de ladrones por ahí.

Era una mentira y una reacción exagerada, pero tenía que ser cuidadoso.

Acostado en la cama con los ojos abiertos, trataba de procesar lo que había sucedido. Mientras visualizaba el rostro del hombre, Mary Ann se volteó de costado. Usualmente se quedaba dormida segundos después de tocar la almohada.

Susurré: —¿No puedes dormir?

—Todavía no.

—¿Qué pasa?

—Nada. Solo estoy pensando.

—Duérmete. Dormir ocho horas era importante para mantener a raya su esclerosis múltiple.

—Sé que me estoy portando como una niña, pero no puedo evitar sentirme decepcionada. Supongo que era demasiado bueno para ser verdad, ¿no?

—Nada es fácil.

—Lo sé, pero la idea de no tener que volver a preocuparnos por el dinero...

—Vamos a estar bien, duérmete. Lo dije con más seguridad de la que sentía.

Las finanzas no eran la preocupación; lo era mantener oculto lo que había pasado cuando descubrieran el esqueleto. Encima de eso estaba la posible amenaza que representaba el cartel. Era una amenaza remota, pero ese tipo de gente era menos predecible que un aguacero de Florida.

29

Agarré un frasco de Tums y saqué tres tabletas. Mientras me las pasaba con café, Derrick dijo:

—¿Te molesta el estómago?

—El reflujo me sube a chorros.

—¿Qué comiste?

No fue la comida, fueron los nervios. —Un trozo de pizza fría. Probablemente fue el pepperoni.

Él sonrió. —El desayuno de los campeones.

¿Acaso no estaba preocupado? Bajé la voz. —Ojalá que llamen de una vez.

—Tranquilo. Todo va a estar bien.

—Quiero revisar las fotos de prontuario, a ver si encuentro al tipo de anoche. Sé que es como buscar una aguja en un pajar, pero ¿puedes ordenarlas por tipo de delito?

—Solo por la categoría del cargo. Solo se puede buscar por delitos graves de segundo y tercer grado. Tienes más posibilidades de ganarte el Powerball.

—Tengo que intentarlo.

—Buena suerte.

Mientras yo pasaba las páginas de las fotos de prontuario,

entró el sargento Gesso. —Muchachos, acabamos de recibir una llamada sobre un cuerpo en el parque Big Corkscrew.

Me levanté de un salto. —Ya salimos.

—No se apuren. La persona que llamó dijo que era un esqueleto y que había una tumba.

—¿En el parque?

—Sí. Quién sabe. A lo mejor es una broma de Halloween o algo.

—Vamos a revisar.

—Ya envié a una patrulla.

—¿Llamó al Dr. Bilotti?

—No. No quería hacerlo ir hasta allá si es una broma.

—Buena idea. Si es real, lo llamaremos y le avisaremos.

Derrick salió del estacionamiento. Le dije: —No sobreactúes. Tenemos que ser cuidadosos.

—Le estás dando demasiada importancia a esto.

—¿Cómo puedes decir eso? Nos topamos con una escena del crimen y nos fuimos.

Se encogió de hombros. —Mira, hicimos algo bueno. Si no fuera por nosotros, quienquiera que sea seguiría bajo tierra.

—Esto no es un juego. Violamos todo lo que el departamento representa...

—No seas tan dramático. Nos saltamos las reglas. ¿Cuántas veces has hecho eso?

—Nada como esto.

—Iremos a la escena, actuaremos como si fuera nueva. Se recuperará el cuerpo y lo investigaremos. A lo mejor aclaramos un caso antiguo.

Derrick entró al parque. —Caray, este lugar se ve totalmente diferente.

—Claro que sí —me puse las gafas de sol—. Bueno. Recuerda, actúa con naturalidad.

Nos reportamos con el oficial que custodiaba la escena.

Señaló a un hombre de unos cuarenta años sentado en una banca. —Ese es el tipo que encontró los restos.

El setter irlandés del hombre escarbaba en el césped.

—Asegúrese de que no se vaya. Necesitamos una declaración.

—No va a ir a ninguna parte.

—¿Dónde está el cuerpo?

—Todo derecho, como a dos campos de fútbol, pero no es un cuerpo, solo un esqueleto sin cabeza.

Derrick dijo: —¿Sin cráneo?

—No.

Suspiré. —Las locuras que vemos.

A mitad de camino, Derrick dijo: —¿Ves? Pan comido.

—No nos traigas mala suerte.

Hicimos lo mismo que siempre hacíamos en una escena del crimen nueva. Me arrodillé cerca del esqueleto. —Tiene la pelvis estrecha; podría ser un hombre.

—¿Quizá un adolescente?

—Probablemente.

Me puse de pie. —¿Quién eres? ¿Y quién diablos te hizo esto?

—El Dr. Bilotti va a ser importante.

—Sí —llamé al médico forense y le dije lo que teníamos—. Vamos a hablar con el tipo que lo encontró.

————

TODAVÍA ESTÁBAMOS en la escena cuando llamó Mary Ann. —¿Cómo estás?

—Tenemos un nuevo cuerpo.

—Ay, Dios mío. ¿Qué pasó?

—Parece un caso antiguo. Un hombre que paseaba a su perro en el parque Big Corkscrew encontró un esqueleto.

—¿Lo tiraron ahí?

—No, fue desenterrado.

—¿Por quién?

—Todavía no lo sabemos. Los forenses están recogiendo los restos del chico.

—¿Es un chico?

—Bilotti cree que tiene entre doce y quince años.

—Pobrecito. Sus padres... no sé...

—Es horrible. Mira, te llamo más tarde. Déjame ver cómo se desarrolla el día.

—No llegues tarde a casa. No dormiste anoche.

—Déjame ver cómo va todo.

Bilotti dirigía a los técnicos forenses mientras colocaban los restos óseos en una bolsa para cadáveres. Mientras levantaban la bolsa, me acerqué al médico forense. —Sé que es pronto, pero ¿cuánto tiempo cree que lleva aquí?

—Es difícil de predecir. Hay signos de deterioro, pero los casos que he supervisado estuvieron todos expuestos a la tierra, lo que acelera la descomposición.

—¿Un cálculo aproximado?

—De veinticinco a treinta años.

—Dios, qué deprimente. Espero que podamos resolverlo. ¿Y lo de que esté decapitado?

—Creo que pudo haber sido un intento de ocultar la identidad de la víctima. El ADN no era un factor cuando esto ocurrió.

—Es algo a considerar. ¿Algo más?

Señaló la zanja. —Averiguar quién lo desenterró, y por qué, sería un punto de partida interesante para su investigación.

—Llegaremos al fondo del asunto. Lo primero que vamos a necesitar, doctor, es su identidad. Sin eso, estamos a ciegas.

Una hora después, nos subimos de nuevo a la camioneta y nos dirigimos a la oficina. Dije: —La cagamos.

—¿De qué hablas?

—Deberíamos haber cavado un par de hoyos más antes de irnos.

—¿Por qué?

—Bilotti dice que debemos averiguar quién lo desenterró. Tiene razón. No podemos determinar si fue un hallazgo afortunado.

—Le estás dando demasiadas vueltas.

—Quizá deberíamos habernos quedado con la opción de la llamada anónima.

—Frank, para, ¿quieres? Todo va a estar bien. No matamos a nadie. Quienquiera que fuera, llevaba mucho tiempo ahí. Es perfecto.

—¿Perfecto? ¿Qué te pasa?, ¿estás loco?

—Es un caso antiguo. Quizá encontraron su cabeza hace años y todo esto se acabará en cuanto lo identifiquemos.

Golpeé el tablero con la palma de la mano. —Se me ocurrió algo.

—¿Qué?

—Una forma de salir de este lío.

30

EL OLOR A AJO SALTEADO ME LLEGÓ APENAS ENTRÉ A LA CASA. Mary Ann estaba llevando los platos a la terraza.

—Ya voy. Solo quiero cambiarme.

Me puse una camiseta de Stan Getz y abrí la puerta corrediza de la terraza. Le di un beso en la mejilla.

—Me muero de hambre.

—¿Cómo te fue el resto del día?

—Bien —tomé el control remoto y puse las noticias—. ¿Qué preparaste?

—Coliflor y pasta.

—¿La receta siciliana que sacamos de Molto?

Se dirigió adentro y dijo:

—Mi versión.

Salió con un tazón humeante y lo puso sobre la mesa.

—Ahora sé cómo se ve el paraíso.

—Apaga la tele.

—Quiero ver qué dicen de los restos que encontramos.

—¿Tú? ¿Interesado en lo que dicen los medios?

—Es un caso antiguo. Tal vez alguien recuerde a un niño desaparecido o algo.

—Come antes de que se enfríe.

Espolvoreé queso sobre mi tazón y pinché los penne y la coliflor.

—Esto está bueno. Pásame el aceite de oliva.

Mientras mezclaba el plato, la presentadora de noticias dijo: «La Oficina del Sheriff del Condado de Collier confirmó que se descubrieron restos óseos en el Parque Regional de Big Corkscrew».

Se me cayó el tenedor; una foto aérea del hoyo que cavamos llenó la pantalla. La presentadora dijo: «El parque está cerrado mientras la policía investiga este extraño caso. No se ha hecho ninguna declaración sobre quién estaba enterrado allí o quién desenterró los restos. *Noticias WINK* seguirá de cerca esta noticia en desarrollo a medida que surja nueva información».

Mary Ann dijo:

—Deben de haber usado un dron para las fotos.

—Probablemente.

—Dijiste que el niño llevaba enterrado mucho tiempo. Parece casualidad que alguien lo fuera a desenterrar después de todos estos años.

—Quizás alguien se presente con información.

—Tienes más posibilidades de recibir una llamada anónima.

—Tienes razón. Remin dará una conferencia de prensa mañana. Queríamos ver qué podía darnos Bilotti.

—Eso debería generar un montón de pistas.

Contaba con eso. Era una parte importante de mi plan.

———

DE PIE A UN LADO, vi al sheriff poner ambas manos en el podio. Dijo:

—Gracias por venir hoy. Vamos a necesitar su ayuda. Como ya sabrán, se encontraron restos óseos en el Parque Regional de Big Corkscrew. Estamos trabajando para identificar quién es la víctima.

—El médico forense está realizando análisis para confirmarlo, pero cree que el chico tiene aproximadamente quince años. La evidencia preliminar indica que el entierro data de hace aproximadamente treinta y cinco años.

—En un esfuerzo por ayudar a identificar estos restos, vamos a revelar que no había un cráneo junto a ellos. Por desgracia, parece que la víctima fue decapitada.

La sala, llena de reporteros, ahogó un grito.

Remin negó con la cabeza.

—Puede que nunca sepamos si el niño fue asesinado en el parque o en otro lugar. En nuestro afán por resolver este antiguo caso, hemos habilitado una línea directa. Instamos al público a que busque en sus memorias cualquier cosa que pueda ayudar en nuestra investigación. La línea confidencial de pistas es 239-888-8888. Gracias.

Mientras Remin se dirigía hacia mí, un reportero gritó:

—¿Quién desenterró los restos?

Era una pregunta que esperaba que se desvaneciera. Seguí a Remin a la antesala de prensa. Dijo:

—Frank, aunque este es un caso espantoso, y es de antes de que usted y yo llegáramos..., por mucho que me encantaría resolver uno antiguo, el asesinato de Beas debe ser nuestra prioridad.

—Estoy de acuerdo, señor. Veamos qué información nos llega del público.

Derrick estaba al teléfono. Me deslicé detrás de mi escritorio mientras él colgaba.

—¿Cómo fue la conferencia de prensa?

—Bien. Sacaremos algunas pistas de ahí.

—Puede que no las necesitemos.

—¿Por qué no?

—Acabo de hablar por teléfono con un teniente Russo del

condado de Lee. Dijo que su padre era detective y que recordaba haber trabajado en un caso en el que un asesino en serie tenía como víctimas a niños. El psicópata los decapitaba con una sierra para metales, tal como dijo Bilotti que se había usado.

—¿Dónde fue eso?

—En el condado de Charlotte.

—Tenemos que ponernos con eso.

Tomó el teléfono.

—Yo me encargo.

—Espera un segundo. Me levanté y cerré la puerta.

Derrick dijo:

—¿Qué pasa?

—Anoche pasé una hora mirando fotos de hombres hispanos de cuarenta años.

—No entiendo. ¿Por qué?

—Intentaba encontrar características faciales que coincidieran con las del tipo que nos ató. Descubrí un par de cosas además de la cicatriz. —le entregué mis notas— Voy a ver a Gesso, le diré que recibí una llamada anónima y que la persona que llamó me dio una descripción de un hombre que vio en el parque esa noche.

—¿Por qué harías eso?

—Desvía la atención de nosotros. Además, podría llevarnos a descubrir quién fue.

Derrick sonrió. —Está bastante bien.

—Esperemos que sí. La cicatriz va a ser clave.

———

LLAMÉ A LA PUERTA DE GESSO. —Creo que tenemos algo, sargento.

—Espero que no sean malas noticias.

—Llamó un tipo; dijo que vio a un hombre en el parque la noche que desenterraron el esqueleto.

—¿Qué hacía ahí?

—No quiso decirlo. Quería permanecer anónimo.

—No me gusta.

—Lo sé, pero puede que sea la persona que desenterró los restos.

—¿Qué le hace pensar eso?

—Solo mi instinto, por cómo hablaba por teléfono.

—Mmm.

Le entregué mis notas. —Esta es una descripción de la persona que dice haber visto.

Echó un vistazo a la página. —Dijo que cree que él desenterró el esqueleto. Si es así, esto nos va a despistar.

¿Por qué no había pensado en eso? —No necesariamente. Podría estar equivocado. Creo que eso ya ha pasado antes. —Sonreí.

—No sé qué hacer con esto.

—Él podría estar describiéndose a sí mismo. Quizás quiere jugar al gato y al ratón.

—¿Ahora estamos pescando?

—No. Es una posibilidad legítima.

—¿Cree que quien lo desenterró es el asesino?

—No, de ninguna manera. Pero ocultamos el hecho de que los restos estaban en una maleta.

—¿Quiere que dé esto al público?

—Sí, nunca se sabe.

31

Apenas crucé el umbral de la oficina, Derrick dijo:

—No vas a adivinar lo que averigüé.

—Pues no, y si no me lo dices, nunca lo haré.

Su cara se ensombreció.

—Es solo una expresión, oye.

—¿Qué averiguaste?

—Hablé con el subjefe de Charlotte, un tipo llamado Casarella, que trabaja directamente para el sheriff Prummell. Dijo que tuvieron un asesino en serie llamado Patrick Kearney que mató a cuatro niños en Charlotte. ¿Y adivina qué?

Respiré hondo.

—Los decapitó.

—Bingo. Cree que Kearney podría ser el asesino.

—¿Hace cuánto tiempo pasó eso?

—A principios de los ochenta. Dijo que Kearney está en una prisión de Georgia.

—¿Georgia?

—Sí, creen que es uno de varios asesinos de la autopista y que se embarcó en una ola de asesinatos por todo el país.

—¡Dios mío! Me da miedo preguntar cuántos mató.

Mientras tecleaba en su computadora, Derrick dijo:

—Se le relacionó con al menos veintiún asesinatos. Y todas las víctimas eran hombres, de entre diez y dieciséis años.

El nudo que tenía en el estómago se me apretó.

—Necesitamos identificar a nuestra víctima y ver si podemos vincularla a este desgraciado.

—Kearney tiene ochenta y tres años ahora, está cumpliendo condena en la Prisión Estatal de Georgia, en Reidsville, al este de Savannah.

—Deberían haber frito a ese malnacido.

—Amén.

—Necesitamos ver los archivos de Charlotte.

—Van a enviarlos.

—Bien. Voy a llamar a Bilotti para ver en qué estado están las pruebas antes de ir a ver a Sanchez.

———

EL MASERATI AZUL MARINO DE Sanchez estaba estacionado cerca de la entrada de Magnet Design. El auto estaba como recién salido de la agencia. Miré adentro... nada. Ni un par de lentes de sol ni una botella de agua.

La recepcionista dijo:

—Lo siento. El señor Sanchez está en una reunión con un arquitecto de iluminación.

¿Arquitecto de iluminación?

—Esperaré.

—Podría tardar un rato.

—Por favor, dígale que el detective Luca está aquí.

Sanchez apareció, abotonándose el saco mientras se acercaba a mí.

—Estoy en medio de una reunión.

—Le dije a la señorita que esperaría.

Frunció el ceño.

—¿En qué puedo ayudarlo?

—Sería mejor que habláramos en privado.

—¿Ya encontró a quién mató a David?

—Todavía no.

—Pase a mi oficina.

Lo seguí.

—¿Está reunido con un arquitecto de iluminación? Jamás había oído hablar de algo así.

—Son indispensables para crear un ambiente y añadir interés visual. Mejoran la experiencia del espacio mientras aprovechan al máximo la luz natural.

Mi enfoque de «hágalo usted mismo» parecía funcionar perfectamente.

—Interesante.

Cerró la puerta y yo tomé asiento. Desabotonándose el saco, Sanchez se deslizó detrás de su escritorio.

—¿Qué es tan urgente?

—Usted llamó a David Beas la noche del primero de octubre.

—Eso no es cierto. Puede revisar mis registros telefónicos.

—Usó un teléfono descartable.

—¿Un qué?

—No se haga el tonto conmigo.

—Honestamente, no sé de qué me está hablando.

—Usó lo que usted creía que era un teléfono irrastreable para llamar al señor Beas.

—¿Qué le hace pensar eso?

—La tecnología que tenemos lo sorprendería.

Se removió en su silla.

—¿Ah, sí?

—Pudimos rastrear la activación de un celular prepago hasta su casa.

Frunció las cejas antes de sonreír.

—Buen intento, detective.

—Esto no es un juego, señor Sanchez.

—Nunca dije que lo fuera.

—Usted me dijo que sobornar a Damien Roth fue idea del señor Beas.

—Así es.

—No según el señor Roth.

—¿Ah, no? ¿Y qué dijo él?

—Que apenas conocía al señor Beas y que usted le ofreció un soborno para obtener el contrato de Astra Development.

—Eso no es cierto. Él era un gran admirador del trabajo de David y tuvimos roces cuando yo estaba en otra firma.

—Pero usted dijo que apenas conocía al señor Roth.

—No lo conocía bien. Trabajamos juntos en un par de proyectos. Pero yo no era el líder en ninguno de ellos.

—Voy a averiguar si lo era, pero es hora de que admita que usted fue quien sobornó al señor Roth.

—No es cierto.

—Pero Roth dijo que sí.

—Probablemente esté tratando de desquitarse conmigo.

—¿Por qué?

—Un par de los trabajos en mi antigua firma no salieron según lo planeado, y él me culpó por los retrasos. Dos proyectos no cumplieron con las fechas de entrega y él no recibió los bonos que habría obtenido si se hubieran cumplido los plazos.

—Entonces, le ofreció doscientos cincuenta mil para compensar el dinero perdido del bono.

Negó con la cabeza. —Con toda su tecnología, nunca podrá probarlo. ¿Y sabe por qué?

Si uno buscara la palabra «engreído» en el diccionario, encontraría una foto de Will Sanchez. —Ilumíneme.

—Porque nunca le pagué ni un centavo.

Teníamos trabajo que hacer. Me encantaría contarles a los hermanos Evans que Sánchez compró el contrato, pero aunque

Damien Roth merecía perder el empleo, no tenía suficiente información para dejar a un hombre sin trabajo.

————

Gesso y yo estábamos en la antesala de prensa esperando al sheriff. —¿Oye, sargento, tenemos alguna pista sobre el retrato hablado del tipo que vieron en el Parque Big Corkscrew?

—Nada sólido. Los chiflados de siempre, pero siguen llegando llamadas.

—Avísame.

Remin entró e intercambiamos saludos. Mientras se enderezaba la corbata, dijo: —¿Estamos listos? Tengo una reunión con el concejo municipal en una hora.

Gesso dijo: —Sí. Creo que ya están todos.

—Muy bien, empecemos con esto.

Cuatro camarógrafos se alineaban al fondo de la sala de prensa. Me quedé a un lado mientras Remin se acercaba al podio. —Buenas tardes. No fue fácil, pero ahora que ya notificamos a la familia, podemos revelar la identidad de la víctima desenterrada en el Parque Regional Big Corkscrew.

Los asistentes se inclinaron hacia adelante mientras el sheriff continuaba: —Los restos pertenecen a Eric White, un joven de catorce años del condado de DeSoto. Sus padres reportaron su desaparición en noviembre de 1988.

—Estamos siguiendo varias pistas para llevar a la persona o personas responsables ante la justicia. Es un día triste para la familia White, pero estoy orgulloso de que este departamento, una vez más, demuestre su tenaz determinación para resolver un crimen, sin importar cuándo se cometió. Responderé algunas preguntas.

Señaló a una mujer en la primera fila que se puso de pie. —Nancy Ross, de *WINK News*. Aunque agradecemos que Eric White haya sido identificado, dándole algo de consuelo a su familia, los restos son parciales. ¿Cree que encontrarán su cabeza?

—Confiamos en que los esfuerzos en curso darán resultados. No solo hay una búsqueda en marcha, sino que esperamos que el asesino confiese sus actos.

—¿Saben quién lo hizo?

—Creemos que sí.

32

Seguí a Remin hasta la antesala. —Disculpe, señor, ¿me permite una palabra?

—Tengo una reunión a la que no puedo llegar tarde.

—Será rápido.

Miró por encima del hombro. —Camine conmigo.

Igualando su paso, bajé la voz. —La única pista que tenemos sobre el asesinato de White se basa en la decapitación y la edad...

—Usted dijo que Kearney lo hizo.

—Yo no dije eso. Coincide con el marco temporal y su estilo, pero es todo lo que tenemos.

—Kearney es un viejo que se pudre en una celda. Él lo hizo.

—No lo sabemos con certeza.

Remin se detuvo y siseó: —Es un caso de hace treinta y cinco años. Cárgueselo a Kearney y ciérrelo.

—Pero...

—Sin peros, márquelo como resuelto. Tengo que irme.

¿Sabía Remin algo que yo no? Caminé con dificultad hasta mi oficina.

Derrick se asomó por encima de su monitor. —¿Cómo te fue?

—Bien, pero Remin me dijo que se lo cargue a Kearney y siga adelante.

—Probablemente lo hizo él.

—No lo sabemos con certeza.

—Tendremos que conseguir que alguien hable con él. Si confiesa, se acabó.

—¿Y si no lo hace? Remin quiere que digamos que fue él. ¿Basado en qué?

Derrick se encogió de hombros. —Kearney tiene ochenta y tantos y cumple varias cadenas perpetuas. Remin sabe que si lo acusamos, es posible que los fiscales no lo lleven a juicio.

—Y nunca sabremos quién mató a White.

—Digamos que no fue Kearney. Quienquiera que lo haya hecho probablemente esté muerto, o al menos retirado de matar. No se perdió nada.

—Puras pendejadas. No fue para esto que me enlisté.

—No te vuelvas loco. Remin probablemente tiene razón.

—¿Me estás bromeando?

Bajó la voz. —Si no estuviéramos hurgando por ahí, nunca habríamos sabido de él.

—Eso no lo hace correcto. Alguien tiene que hablar por ese pobre chico.

—No digo que lo sea, pero esa es la realidad.

—¿Se ha vuelto loco todo el mundo?

—No. Remin básicamente está diciendo que la familia obtendrá algo de justicia, el público no corre peligro si el asesino resulta ser otra persona, y el departamento queda bien cerrando un caso antiguo.

—Entonces, ¿todos ganan?

—Se podría decir que sí.

Negué con la cabeza y salí a dar un paseo. Se me cruzó por la mente la idea de llamar a Mary Ann para contarle lo que estaba pasando. Ella estaría de acuerdo conmigo, pero saber que yo estaba estresado no era bueno para su esclerosis múltiple. Lo último que necesitaba era otro incendio.

En mi segunda vuelta alrededor del complejo, se desató un aguacero con sol. Corrí a toda prisa por el área de césped que llevaba a nuestro edificio. Antes de entrar, me quedé bajo el pórtico, jugando un ping-pong mental sobre cómo lidiar con lo que Remin quería.

Dejando a un lado mi enojo, recordé algo que la Dra. Bruno me había dicho. Dijo que tuviera cuidado al elegir dónde oponer resistencia. Como dice el viejo refrán, era importante elegir las batallas correctas. Cuando lo dijo, estuve de acuerdo, pero añadí la salvedad de que no violara las normas éticas o morales.

Si le mentíamos a una familia sobre su ser querido, estaba mal. Pero, ¿cuál sería el resultado? Nuestras opciones parecían escasas, pero tenía que dejarlo reposar. Tal vez una solución brotaría de mi subconsciente.

Derrick estaba al teléfono. Garabateaba en una libreta, diciendo: —Gracias por devolverme la llamada. No hay problema. Espero que haya disfrutado su viaje. Adiós.

Se puso de pie. —Era Phil Goodson. Es el tipo al que la mujer que trabaja en Magnet Design dijo que llamáramos.

—¿Qué mujer?

—La que nos contó que Sánchez le tiró la piedra a Beas.

—Ok. ¿Y qué tenía que decir este tal Goodson?

—Dijo que un tipo llamado Bill Morris era el gerente de oficina en Magnet. Beas lo despidió hace aproximadamente un año y a Morris le pegó duro. Se deprimió y nunca consiguió otro trabajo, perdió su casa... y culpó a Beas.

—¿Por qué lo despidieron?

—Aparentemente, nunca se llevaron bien. Sánchez lo había contratado.

—¿Y?

—Bueno, este tipo dijo que Morris le comentó que se iba a vengar de Beas por arruinarle la vida.

—¿Hubo algún intento?

—No que sepamos, pero ya hemos oído el nombre de Morris antes.

—No sé, deberíamos centrarnos en Sánchez..., pero bueno, está bien, búscate a este tipo Morris. Hablaremos con él, a ver adónde nos lleva.

—En eso estoy —tecleó en su teclado—. Hay algo en este caso; creo que vamos a tener un golpe de suerte.

Hice clic en los archivos que el condado de Charlotte había enviado. Si Kearney mató a Eric White, el problema con Remin se desvanecería. Pero no desaparecería. Teñiría las cosas para mí.

Se me revolvió el estómago cuando la foto policial de Kearney llenó la pantalla. Con anteojos y una gran sonrisa, la foto en blanco y negro hacía que Kearney pareciera un vecino cualquiera en lugar de la personificación del mal. ¿Por qué Dios no marcaba a los depredadores en la frente?

Kearney mató a su primera víctima en 1962. Antes de que yo naciera. El nudo en mi estómago se apretó al leer que tenía relaciones sexuales con las víctimas después de matarlas. No podía haber nada más retorcido que eso.

Pero sí lo había.

Después de matarlas y agredirlas sexualmente, usaba una sierra para metales para descuartizar los cadáveres. Kearney se ganó un segundo apodo: el Asesino de las Bolsas de Basura, ya que usaba bolsas de basura para deshacerse de las partes de los cuerpos en lugares remotos.

El modus operandi de Kearney encajaba con el del asesino de Eric White. Justo cuando me sorprendí a mí mismo deseando que fuera él, sonó el teléfono de mi escritorio.

—Oye, Frank. Acaba de entrar una llamada a la línea directa.

—¿Qué tipo de llamada, sargento? —pensé—. ¿Acaso estaba tomando lecciones de Derrick?

—Sobre el tipo que vieron en el parque Big Corkscrew la noche que desenterraron el cuerpo. Dijo que sabía quién era. ¿Listo para que te dé su número?

Me quedé helado. Quería saberlo, pero al mismo tiempo no. Podía lidiar con que fueran los desgraciados del Departamento de Estado, pero si era el cártel, la vida nunca volvería a ser la misma.

33

Llamé al número que me dio Gesso. Al cuarto timbre, contestó una voz masculina:

—Hola.

—¿Señor Curan?

—Sí.

—Soy el detective Luca, del Departamento de Policía del Condado de Collier. Usted llamó a la línea de denuncias sobre una persona de interés.

—Sí. Lo vi en casa de mi hermana. Estaba allí por la fiesta de quince años de mi sobrino. No puedo creer que ya esté tan grande...

—¿Y dónde vio a este hombre? ¿En el parque?

—No, no. Cuando vi el anuncio de servicio público, no le di importancia. Pero, al llegar a casa, mi periódico de ayer estaba en el buzón. Iba a tirarlo, pero por alguna razón no lo hice. Lo llevé adentro y...

—Sobre el hombre que estamos buscando. ¿Qué puede decirme?

—Que está muerto, eso es.

Me puse tenso.

—¿Disculpe? ¿Cómo sabe eso?

—Hubo un accidente grave en Alligator Alley y él murió ahí.

Apreté el puño en señal de victoria.

—¿Está seguro de que era él?

—Sí, pusieron una foto suya en el periódico. Cuando la vi, no lograba reconocerlo, pero entonces caí en la cuenta: la cicatriz rara que tenía coincidía con la de la tele.

—¿Qué periódico era?

—El *Miami Herald*. Sé que es una locura que todavía me lo traigan, pero vivo en el centro y están pasando tantas cosas nuevas que me gusta mantenerme al día.

Probablemente tenía una cuenta de correo de AOL como yo.

—Entiendo. Gracias. Si tenemos más preguntas, nos pondremos en contacto.

Al colgar, escribí «periódico *Miami Herald*» en la barra de búsqueda. Retrocedí a la edición del día anterior y pasé las páginas, deteniéndome cuando vi un titular en la página ocho: «Hombre de Miami Gardens muere en accidente de carro».

Mi mirada se posó sobre un rostro sonriente con una cicatriz en forma de número nueve. El pie de foto decía: «Emilio Chavez, de 48 años, había emigrado a los Estados Unidos desde Venezuela».

Mientras leía el artículo por encima, el corazón se me aceleró. Chavez era un mayor retirado del Ejército venezolano. Mis pensamientos se dispararon al darme cuenta de que había hecho carrera en el ejército. Pero eso no significaba que no estuviera conectado a un cártel.

Venezuela estaba gobernada por un dictador que Estados Unidos creía involucrado en el narcotráfico. Pero Cabrerra era colombiano. ¿Cuál era la conexión?

Busqué a Chavez en el sistema y relajé los hombros cuando

no apareció nada en la pantalla. Era raro que alguien que traficara con narcóticos ilegales no tuviera antecedentes.

Pero ¿qué tan recientemente había llegado a Estados Unidos? La base de datos nacional indicaba que a Chavez se le había concedido la entrada como refugiado en 2015. Dos años antes, Maduro había tomado el poder, destruyendo la democracia venezolana.

No era una garantía infalible, pero el Departamento de Estado había determinado que la vida de Chavez corría peligro si se quedaba en Venezuela.

Me eché hacia atrás mientras me invadía un alivio. El cártel no nos estaba persiguiendo. Ver las cosas en retrospectiva era otra historia. Con la confirmación de que no eran los antiguos socios narcos de Cabrerra, se hizo evidente que no había ninguna razón para haberlo pensado.

Un acento, un encuentro sorpresa y una enorme cantidad de dinero me habían hecho creer lo peor. Me puse rígido. ¿Cómo se había enterado Chavez del dinero de Cabrerra? ¿Qué estaba haciendo en el parque? ¿Fue un encuentro casual?

No podía ser. Chavez vivía en Miami Gardens. ¿Qué estaba haciendo aquí?

Sonó mi celular. Era Mary Ann.

—¿Dónde estás?

—Trabajando.

—El técnico del aire acondicionado está aquí. Dijiste que querías estar.

Apreté los dientes.

—Lo olvidé. ¿Qué dijo?

—Necesitamos una unidad nueva. Es…

—No puedes confiar en estos tipos del aire acondicionado…

—Entonces debiste estar aquí.

—Se me complicaron las cosas.

—¿Qué se supone que le diga?

—Solo está intentando venderte una unidad nueva.

—¿Ahora eres un experto?

—No. Pero ya sabes cómo son estos tipos...

—La unidad tiene once años. Necesitamos una nueva.

—¿No hay nada que pueda hacer?

—Dijo que no le metiéramos más dinero. La garantía ya expiró y la bobina tiene una fuga.

—¿Cuánto quieren?

—Seis mil cuatrocientos.

—¿Qué? ¿Está loco?

—Rosie pagó siete mil, y su casa...

—Tenemos que pedir otro presupuesto.

—¿Qué quieres que le diga?

—Que nos dé un presupuesto por escrito e indique cuándo pueden hacerlo.

Otro gasto grande, justo lo que necesitaba.

Ella dijo:

—Voy a pedirle que nos dé un precio por esa cosa de la luz UV que mata el moho y el polen.

—Asegúrate de que sea un concepto aparte.

—Ok, te veo luego.

La buena sensación de haber identificado al hombre del parque se había desvanecido. Ahora tocaba el siguiente problema: pagar una nueva unidad de aire acondicionado. Cada vez que empezábamos a recuperarnos de pagar las inyecciones de Mary Ann y la matrícula de Jessie en una universidad de la Ivy League, aparecía otra factura que nos hacía retroceder.

Derrick dijo:

—¿Frank? ¿Estás ahí?

—Eh. Perdón, me distraje.

—No puedo localizar a este tipo Morris. Su número está desconectado y el propietario dijo que se mudó en medio de la noche.

Me puse tenso. —¿Cuándo se mudó?

—El propietario no estaba exactamente seguro, pero fue por la época del asesinato de Beas.

—No me gusta.

—A mí tampoco. ¿Qué quieres hacer?

—¿Verificaste con algún familiar?

—Sí, su hermana dijo que no sabía de él, pero también que, en realidad, no se mantenían en contacto.

—¿Y su trabajo?

—Es diseñador gráfico freelance.

—¿Todavía tiene licencia para manejar?

—Sí, y un auto con placas de Florida.

Exhalé. —Puede que sea pronto, pero emite una alerta.

—¿A nivel nacional?

—Si vamos a emitir una, más vale ir por todo.

34

Mientras me ponían en espera otra vez, me pregunté cuánto solía costar una llamada como esta. Un tiempo atrás, intenté explicarle a Jessie que en mis tiempos pagábamos por minuto y que las llamadas de larga distancia eran caras. No me creyó.

Ni siquiera tenían música de espera. La línea empezó a sonar y luego se conectó. Dije:

—¿Hola?

—Sí, espere un momento. Se me cortó la llamada. Permítame intentarlo de nuevo.

Para no frustrarme, me pregunté si recordaría esta llamada en cinco años.

Finalmente, una mujer respondió:

—Detective Lambert.

—Hola, señora, soy de la Oficina del Sheriff del Condado de Collier, en el suroeste de Florida.

—Sé dónde es. Mi tía vive en Bonita.

—Qué bien. Usted es la persona de enlace con las prisiones del departamento, ¿verdad?

—Sí.

—Mire, sé que ustedes están sobrecargados de trabajo, pero necesitamos un poco de ayuda con un caso antiguo.

—¿Qué tan antiguo?

—Se trata de Patrick Kearney, un asesino en serie que cumple cadena perpetua en la Prisión Estatal de Georgia.

—¿El Asesino de la Bolsa de Basura?

—Sí, es él. También estuvo activo en Florida, y descubrimos el cuerpo de una joven víctima que identificamos como Eric White. Al chico lo decapitaron y lo enterraron. Encaja con el *modus operandi* de Kearney, y él estaba aquí durante ese lapso de tiempo.

—¿Y qué quiere que haga?

—Necesito que alguien me permita hablar con él. Esperamos que confiese.

—¿Por qué haría eso?

—Recibió veintiuna sentencias de cadena perpetua. No puede cumplir más tiempo del que ya le impusieron, así que no importa.

—Buena suerte con eso.

—Kearney tiene ochenta y tres años. Quizás quiera hacer lo correcto por la familia.

—Es un maldito psicópata. Le importa un comino todo el mundo, excepto él mismo.

—Lo entiendo, créame que sí. Pero tal vez podamos darle algo para que hable.

Ella no reaccionó.

—Le agradecería mucho la ayuda. La madre del chico aún vive, y su último deseo es que se haga justicia por su pequeño.

Exhaló con fuerza.

—Déjeme ver qué tipo de margen de maniobra puedo conseguir del director.

—Oh, eso sería genial. Muchas gracias.

—No me dé las gracias todavía. Deme su número.

———

La silla de Derrick golpeó la pared cuando se levantó de un salto.

—¡Frank, tenemos un resultado! ¿Adivina dónde está Morris?

—¿Disneylandia?

Frunció el ceño.

—No, en Canadá. Cruzó la frontera el tres de octubre, dos días después de que Beas muriera estrangulado.

—Eso es lo que tardaría si manejara hasta allá después de matarlo.

—La policía de allá va a intentar localizarlo. Todavía se llaman la Real Policía Montada de Canadá —sonrió—. Me pregunto si usarán tipos a caballo.

—Puede que sean tradicionales, pero tienen las mismas herramientas que nosotros.

—No puedo creer que Morris se fuera. Tiene que ser el asesino. Beas lo despidió, lo amenazó, ¿y luego huye justo después del asesinato? ¿No sabe lo mal que lo hace quedar?

—Nadie dijo que los criminales fueran inteligentes.

—En eso tienes razón.

—¿Por qué no redactamos una orden para obtener los registros de uso de la tarjeta de crédito y la información bancaria de Morris?

—Deberíamos haberlo hecho antes.

—No teníamos más que insinuaciones. Ahora sabemos que salió del país.

—No estoy seguro de eso.

—Aunque nos facilitaría muchísimo el trabajo, no podemos pisotear la privacidad de una persona así como así.

—Cuando se trata de un asesinato, tiene que haber un conjunto de reglas aparte.

—Lo entiendo, pero ¿y las agresiones sexuales? ¿No debería haber directrices diferentes para eso?

—Definitivamente.

—Robo a mano armada...

Derrick negó con la cabeza.

—Ya veo lo que haces: el argumento de la pendiente resbaladiza.

—Confía en mí, me frustro a cada rato, pero lo único que digo es: ¿dónde trazaría alguien la línea?

—Algunas cosas tienen precedente.

No me sonó que esa fuera la palabra correcta. La buscaría más tarde.

—Deberían. Pongámonos con este borrador. Estoy seguro de que lo autorizarán de inmediato.

Mi celular sonó.

—Es Davis, del Departamento de Estado. Ahora vuelvo.

De camino a la salida, respondí:

—¿Davis?

—Sí. ¿Qué es tan urgente?

Entrecerrando los ojos por la luz del sol, dije:

—No me venga con esas tonterías. Pudo haber provocado que mataran a alguien la otra noche.

—Lo siento, no entiendo. ¿A qué se refiere?

—A su chico venezolano, Emilio Chávez; me refiero a él.

—No conozco a nadie con ese nombre.

—¡Basta ya!

—¿Por qué no se calma y me explica qué lo tiene tan alterado?

—Tenía a otro vigilándonos, a mí y a mi compañero. Siguiendo la pista que me dieron, fuimos al parque Big Regional Corkscrew. Cuando desenterramos una maleta, su chico salió del bosque. Estaba armado y tuvo la suerte de mil diablos de que no le volaran la cabeza.

—Eso es desafortunado, pero ¿qué le hace creer que yo tuve algo que ver?

—Usted no es el único con recursos. Chávez fue exmilitar en Venezuela y parte de la resistencia cuando Maduro tomó el poder. Formó parte de una operación dirigida desde el Departamento de Estado para reforzar a la oposición y derrocar a Maduro para devolverle la democracia a Venezuela. ¿Cuánto le pagó para estafarnos?

Hizo una pausa antes de decir: —Entiendo por qué cree que hay una conexión, pero no tuve nada que ver con eso.

Bufé. —Si quiere jugar a ese juego, adelante. Es un político, así que entiendo la postura de negar, negar y negar.

—No puedo descartar la posibilidad de que alguien en la agencia actuara por su cuenta. Es mucho dinero...

—¿A cuántas personas se lo dijo?

—Eh... no a muchas, pero hay un archivo. Está marcado como confidencial, pero...

—¡Déjese de estupideces! Puso en peligro mi vida y la de mi compañero. Es probable que nuestros caminos no vuelvan a cruzarse, pero si lo hacen, puede estar seguro de que nunca olvidaré lo que hizo.

—Podemos arreglar esto.

—Es increíble.

—¿Y el dinero? ¿Tenían otros lugares para buscar?

A menos que hubiera leído el periódico, ¿cómo iba a saber que volvimos con las manos vacías si no envió a Chávez? —No. La información decía que el lugar era Big Corkscrew. No encontramos nada y ya terminamos con esto. Adiós.

—Espere...

—Adiós, señor Davis, y no vuelva a llamarme.

35

Tomé cinco minutos de sol antes de volver a entrar. No importaba si era por la dosis de vitamina D o por haber puesto en su lugar a Davis. Me sentía rejuvenecido.

Derrick estaba hojeando la carpeta del asesinato.

—¿Le cantaste las cuarenta a Davis?

—Estoy seguro de que captó el mensaje.

Después de contarle a Derrick la sarta de negaciones, antes de que Davis implicara a un colega, Derrick dijo:

—Es un verdadero sinvergüenza por no hacerse responsable.

—Está en Washington. Nadie asume la responsabilidad en esa ciudad.

—La gente tiene que rendir cuentas.

—Volvamos a lo de Beas. Voy a hacerle una visita a Grossman. ¿Quieres venir?

—Tengo una pista sobre el dinero que Sánchez le ofreció a Damien Roth. Quiero investigarla.

—¿Qué clase de pista?

—Lynn y yo fuimos a comer a Grappino, ¿has ido alguna vez?

—¿El edificio del techo curvo?

—Sí, su pasta es buena. Deberías probarla; es casera.

Habíamos reducido las salidas a cenar para ahorrar dinero.

—Lo haré. ¿Cuál es la conexión?

—Una amiga de Lynn trabaja de mesera allí dos noches a la semana para ganar un dinero extra. Durante el día trabaja para el Truist Bank.

—¿Quiénes son? Los veo por todas partes.

—Es el nuevo nombre tras la fusión de SunTrust y BBT.

—Ah. Continúa.

—Su amiga se acerca a la mesa, se pone a charlar y menciona el caso Beas; dice que él solía ir todo el tiempo y ¿adivina qué?

—¿Pedía el mismo plato cada vez?

—No. Una de las cuentas que ella maneja es la de Magnet Design. Le dije que estábamos trabajando en el caso y que había un tema de dinero que estábamos investigando.

—¿Y crees que te va a dejar mirar sus transacciones?

—No necesito verlas. Todo lo que necesitamos es que diga sí o no sobre un retiro grande en efectivo.

—Vale la pena intentarlo. Si lo confirma, podríamos presionar para conseguir una orden judicial.

—Exacto.

———

Había unos cuantos carros estacionados junto a Mr. Tequila. Su *happy hour* empezaba temprano, con cervezas de barril a dos dólares. Pasé el edificio verde y me detuve frente a la casa de Grossman. Apreté el botón del intercomunicador. Cercar la propiedad no tenía sentido.

Mientras la reja se abría con un chirrido, me deslicé hacia adentro. Un asiento de bebé estaba sujeto en la parte trasera del Audi blanco de Grossman.

Vistiendo un overol y una camiseta de Keith Urban, Grossman salió pesadamente a la losa elevada.

—Quiero cooperar y todo eso, pero ustedes están llevando esto demasiado lejos. Su compañero fue a ver a mi esposa.

Bajé el escalón.

—Tenemos un par de preguntas y lo dejaremos en paz.

—Ya respondí...

—¿Podemos hablar adentro?

—Olivia está durmiendo la siesta. No quiero despertarla.

—Ha pasado mucho tiempo desde que tuve un bebé, pero si se despierta, ¿cómo se enteraría?

Se levantó el borde de la camiseta; su teléfono estaba enganchado a sus jeans.

—Está conectado al monitor de su habitación.

—Eso lo facilita.

—La quiero con toda mi alma, pero nunca es fácil. Es mucho trabajo.

—Podemos hablar en voz baja, en privado.

—No tengo nada que ocultar.

Según mi experiencia, esa afirmación tenía un cincuenta por ciento de probabilidades de ser cierta.

—¿Está seguro?

—¿Qué quiere?

—¿Está teniendo una aventura?

Negó con la cabeza.

—¿Cathy dijo eso? Cree que ando por ahí con otra, pero no es así.

Esa era otra que había oído demasiadas veces.

—Mire, no me importa lo que haga en su vida personal, a menos que le haga daño a alguien. Quiero resolver el asesinato de Beas. Eso es todo lo que me interesa. Necesito que me diga la verdad, o nunca lo dejaremos en paz. Ni a su esposa ni a sus vecinos.

Grossman bajó la mirada.

—He estado cuidando a Olivia todo el día desde hace como seis meses. Mi esposa llega a casa y quiere estar con ella y conmigo. No sé, supongo que sentía que necesitaba...

—Guárdese las justificaciones para su esposa. Es con ella con quien tiene que arreglar eso. ¿Quién es la mujer?

—¿Tiene que...?

—¿Quién es?

—Dana Lewis.

Anoté su información de contacto.

—Usted dijo que estaba paseando en carro con su hija cerca de Lowdermilk Park la noche del primero de octubre, pero ¿se encontró con la Sra. Lewis?

—Sí. Solo dimos una vuelta en el carro; no hicimos nada.

Las negaciones seguían llegando como gente cruzando la frontera.

Le dije que sería discreto, pero que necesitábamos hablar con la mujer. Acallando sus protestas, le dije que lo arrestaría por obstrucción si la ponía sobre aviso.

Lewis vivía cerca, lo que facilitaba sus encuentros. Era importante verificar su nueva historia.

La compañera nocturna de Grossman vivía en Leeward Cove Club, una comunidad de condominios situada en Outer Doctors Bay. Al salir de Harbour Drive para entrar en su estacionamiento, alcancé a ver el agua entre los edificios.

Yo le sacaba dos cabezas a Lewis. Sus pechos, a punto de salirse de su blusa roja, me recordaron que al país le hacía falta una lección de sutileza. Se había puesto implantes. Si algo era tan obvio, ¿no anulaba los supuestos beneficios?

En cuanto mencioné a Grossman, se hizo a un lado.

—Pase.

—¿Está sola en casa?

—Sí.

—¿De dónde conoce al Sr. Grossman?

Frunció el ceño.

—Soy amiga de Cathy.

—¿Su esposa?

—Sí.

Debí de haberme perdido el funeral de la lealtad.

—¿Ustedes dos están teniendo una aventura?

Se encogió de hombros.

—Es muy confuso. No sé cómo llamarlo.

A punto de decir que se llamaba engaño, opté por:

—Me interesa saber si se reunió con el Sr. Grossman una noche en particular.

—¿Qué día?

—El primero de octubre. Fue un lunes. El día en que David Beas fue asesinado en Lowdermilk Park.

—Sí, nos vimos.

—¿Cómo lo recuerda?

—Nos vemos todos los lunes. Mi esposo trabaja en el turno de noche los lunes y miércoles.

Su marido estaba fuera ganándose el pan para la hipoteca, y ella estaba fuera...

—¿Y dónde se vieron?

—Normalmente damos una vuelta en carro y a veces nos estacionamos...

—¿Dónde se encuentra con él?

—Estaciono mi carro en el estacionamiento de Lowdermilk.

—¿Vio algo esa noche? ¿Algo inusual?

—Normalmente no hay nadie allí, pero vi entrar un carro. Era un Maserati.

—¿Cómo sabe que era un Maserati?

—Mi hermano tiene uno; son preciosos.

—¿De qué color era el que vio la noche del primero de octubre?

—Azul noche.

—¿Está segura?

—Sí, era azul oscuro.

36

Me subí al auto, encendí el aire acondicionado y llamé a Derrick.

—Oye, creo que tenemos algo. Vieron un auto como el de Sanchez en el estacionamiento de Lowdermilk Park la noche que mataron a Beas.

—¿Y cómo te enteraste de eso?

—Grossman estaba engañando a su esposa. Lo del paseo con el bebé era una coartada para encontrarse con una mujer que vio el Maserati.

—¿Es en serio? ¿Se llevó a su bebé para encontrarse con otra mujer?

—Sí, y ella no es ninguna santa tampoco; es amiga de la esposa de Grossman y también está casada.

—¿Qué le pasa a la gente?

Esa pregunta estaba al nivel de cuál es el sentido de la vida.

—Grossman pensó que llevar al niño lo ayudaría a engañar a su esposa, pero ella lo sabía. Si mantienes los ojos abiertos, te das cuenta de que tu pareja te está poniendo los cuernos.

—Es difícil, pero ¿te acuerdas de ese tipo que tenía dos familias?

—Hay más de uno que ha hecho eso. En fin, necesitamos conseguir el video de la entrada de Eleven Eleven Central.

—Estoy a dos minutos de ahí. Voy a encargarme.

—Genial. ¿Cómo te fue en el banco?

—No me dejó verlo, pero dijo que sacó un informe rápido de transacciones, buscando retiros de más de diez mil dólares.

—¿Y?

—Nada. No apareció nada.

—Damien dijo que nunca recibió nada, así que coincide.

—Sanchez probablemente estaba esperando. Sabía que lo estaríamos investigando con Beas muerto.

—Sin duda es astuto, pero si es él, lo vamos a atrapar.

—¿«Si»? Es él.

—Si lo grabamos, tendrá mucho que explicar. Cree que tiene una respuesta para todo. Será divertido verlo tratar de esquivar el video.

—¿Ves? A veces sí podemos disfrutar este trabajo.

Tenía razón. Me encantaba cuando alguien no tenía ni idea de una prueba incriminatoria que teníamos. —Tienes razón. Como estoy por la zona, voy a ir a ver al proveedor de Schwartz para asegurarme.

———

Mostré mi placa en la reja de entrada y entré al condominio Admiralty Point. Bajé la visera para bloquear el reflejo del sol que venía del golfo de México. Unas cuantas sombrillas azules salpicaban la playa. Era una ubicación increíble y un recordatorio del dineral que se podía hacer vendiendo drogas.

Inhalando el aire salado, me dirigí hacia el proveedor que Schwartz afirmaba que era su fuente. Mi experiencia policial con drogas se limitaba a las que involucraban homicidios, pero la combinación me proporcionaba una exposición increíble.

Esa cultura tóxica hizo que mi mente fuera directamente al

escondite de Cabrerra. Derrick y yo habíamos formulado un plan que, esperaba, pondría fin a la persecución de escorias. Pegado a la pared lateral del edificio, caminé hacia la parte trasera.

Alguien en un bote que pasaba me saludó con la mano. Doblé la esquina y eché un vistazo a la terraza techada con mosquitero. Estaba vacía; la pared de puertas corredizas de vidrio estaba cubierta por cortinas naranjas. Si yo viviera aquí, nada bloquearía esta vista.

Fui a la puerta principal, toqué y me hice a un lado. Una voz masculina gritó: —¿Quién es?

—Oficina del Sheriff del Condado de Collier.

—¿Qué quiere?

Antes de que pudiera responder, se oyó el inodoro. —Solo necesito hacerle una pregunta sobre alguien. Soy detective de homicidios y no es sobre ninguna actividad de narcóticos.

—Vuelva más tarde. Estoy ocupado.

Golpeé la puerta con fuerza. —No me voy a ir. ¿Quiere que traiga a una unidad de narcóticos?

—Tranquilo, ya voy.

El cerrojo hizo clic. Mi mano fue a mi pistola. La puerta se entreabrió. Un hombre bajo, cuya camisa estaba a punto de reventar en los bíceps, dijo: —Estoy muy ocupado.

—¿Michael Paul?

—Así es. ¿Qué pasa?

O consumía lo que vendía o no había visto a un dentista desde los cinco años. —Barry Schwartz.

—¿Quién?

—Me oyó. Usted le suministra esteroides.

—No sé de qué me habla.

—¿Qué tiró por el inodoro?

—Nada. Tenía que orinar.

Busqué mis esposas. —Mire, si no va a ser sincero conmigo, tendremos que llevarlo detenido.

—Espere. ¿Qué quiere?

—Hábleme de Barry Schwartz.

—¿Como qué?

—¿Usted le suministra esteroides?

—Uh... ¿yo?

—No voy a hablar con la unidad de narcóticos. Estoy tratando de verificar su paradero la noche del primero de octubre.

—Eso fue hace un tiempo. Yo, umm, no me acuerdo.

—Fue la noche en que un hombre fue asesinado en Lowdermilk Park.

—Ah, sí, me acuerdo.

—¿Vio a Barry Schwartz esa noche?

—Sí, pasó por aquí, ya sabe, a verme.

—¿A qué hora?

—Caray, supongo que fue, como, a las once o doce.

Mi celular vibró. —¿Está seguro de la hora?

—Sí, suele llegar tarde.

—¿Cómo le pareció?

—¿A qué se refiere?

—¿Cómo estaba actuando?

—Normal, ya sabe, un poco nervioso y todo, pero, bueno, con todo esto, es normal.

—¿Se refiere a la compra de esteroides?

Asintió justo cuando mi celular sonó con la llegada de un mensaje de texto. Era Derrick, que me pedía que lo llamara. —Me tengo que ir.

De camino a mi auto, vi a un par de tipos pescando en Doctors Pass. Me subí a la camioneta y llamé a Derrick. —Disculpa, estaba hablando con el dealer de Schwartz. ¿Qué pasa?

—A menos que el auto de Sanchez tenga alas, no era su Maserati el que estaba en Lowdermilk.

—¿A qué te refieres?

—Revisé las grabaciones de video; no había rastro de su vehículo entrando o saliendo.

—¿Cómo revisaste tan rápido?

—Tienen una de esas cámaras que se activan con el movimiento. Es un sistema genial. Ojalá todas las comunidades las tuvieran.

—No puedo creerlo. ¿Cuánta gente tiene un Maserati?

—¿Se te olvida que estamos en Naples?

Donde muchos hombres conseguían los autos que querían a sus veinte años. —¡Maldita sea! ¿Y ahora qué?

—¿Cómo te fue con ese dealer?

—Schwartz no es nuestro hombre. El dealer confirmó que Schwartz estaba allí. No nos queda más que esperar que sea Morris. Esto es tan frustrante.

—Tómatelo con calma. No vale la pena que te molestes.

—No puedo dejar que alguien se salga con la suya. Me volverá loco.

—Tienes que relajarte. Deja de tomártelo tan a pecho.

Resoplé. —Como sea, mañana vuelo para ver a Kearney. Tú sigue trabajando en el caso de Beas.

37

En las afueras de Vidalia, un lugar conocido por sus cebollas dulces, me recibió un cartel enorme que proclamaba su producto más famoso: los duraznos. Teniendo en cuenta la extraña rivalidad, otro cartel indicaba que la Prisión Estatal de Georgia estaba a quince millas. Era hora de concentrarme en Patrick Kearney.

Accedió a hablar tan pronto como se lo pedí. ¿Qué lo había motivado?

Era difícil creer que el suministro de un mes de helado de chocolate pudiera ayudar a resolver un asesinato de hacía décadas. La Prisión Estatal de Georgia no servía postres de alta gama, así que debía ser por el hecho de que la gente mayor disfruta de los dulces.

Otro factor era la siempre presente teoría de la relatividad. Un helado podría motivar a un niño de cinco años, pero normalmente no a un adulto. Pero tras las rejas, hay muy pocos placeres disponibles.

Una consideración interesante era si Kearney había encontrado la religión y buscaba enmendarse como pudiera antes de morir. Era una posibilidad remota; los psicópatas rara vez se ven agobiados por la culpa o la empatía. Eso era lo que los hacía tan peligrosos.

Campos de césped rodeaban el complejo de edificios blancos. Las banderas de Estados Unidos y del estado de Georgia ondeaban con la brisa. Un guardia me dejó pasar a través de la cerca con alambre de púas que rodeaba la prisión y me condujo a la entrada de visitantes.

El agua goteaba constantemente en un balde en el suelo de la sala de visitas. El lugar tenía casi cien años. El guardia fue a buscar a Kearney y yo caminé de un lado a otro por la habitación de bloques de hormigón grises.

Una sucesión de rejas metálicas me llevó a tomar asiento. La puerta de metal se abrió y Kearney, con un overol blanco estampado con el emblema del Departamento Correccional de Georgia, entró arrastrando los pies.

Levantó las manos esposadas y el guardia me miró. Asentí. Se las quitó, dejándole los grilletes en las piernas.

—Estaré en el pasillo si me necesita.

Kearney tenía un coeficiente intelectual de ciento ochenta, muy por encima del nivel que consideramos de genio. Engañarlo para que confesara sería difícil, si no imposible.

—Gracias por recibirme, señor Kearney.

—Debería agradecerle yo a usted; algo como esto ayuda a romper el aburrimiento. Los días tienden a hacerse largos aquí adentro.

—¿No recibe muchas visitas?

Negó con la cabeza.

—Ya no.

—¿Solía recibirlas?

—Por supuesto. Todos los reporteros querían hablar conmigo —sonrió—. Supongo que mi popularidad se ha desvanecido.

—La prensa sigue adelante.

—¿Qué lo trae por aquí? ¿Está escribiendo un libro?

—No. Estoy investigando un caso antiguo y creo que usted estuvo involucrado.

Se humedeció los labios.

—¿Ah, sí? ¿A qué caso se refiere?

—Eric White. Sus restos fueron desenterrados en Big Corkscrew Park, en Naples, que forma parte del condado de Collier.

—No me suena.

—¿Está seguro de eso?

—Estoy disfrutando esta conversación, pero no lo engañaría para prolongarla.

—Se lo agradezco. Pero usted estaba en la zona cuando él desapareció.

—Aunque los medios me pintaron como un monstruo demente, no soy responsable de la muerte de todos los niños.

—Por supuesto que no. Pero Eric fue decapitado, y uno de sus rasgos característicos era el desmembramiento.

—Rasgo característico. Qué forma tan interesante de describirlo.

—¿Tuvo algo que ver con la muerte de Eric White?

—No.

—Mire, no se va a meter en más problemas sin importar lo que se le impute. La conclusión —y sé que un hombre de su inteligencia lo sabe— es que usted va a pasar adonde sea que vayamos desde aquí dentro.

—He aceptado la realidad de mis circunstancias.

—Bien. La aceptación es un factor para vivir en paz, pero el otro, más importante, es asumir la responsabilidad de nuestros actos.

—¿Usted practica la psiquiatría?

Hice una mueca.

—No. Pero he tenido mi buena dosis de problemas y he hecho terapia. Fue increíblemente útil.

—Mi madre debería haberme mandado, pero en aquellos días...

Nada habría salvado a Kearney; a los trece años, practicaba bestialismo con el perro de la familia.

—Debió de haber sido duro que lo acosaran de niño.

Asintió.

—A menudo estaba enfermo de niño y, por ser tan delgado como era, naturalmente me convertí en un blanco.

—Los niños pueden ser crueles.

—Aquí dentro no es mejor. La debilidad se detecta de inmediato.

—Debe de ser difícil estar encerrado aquí.

—El aburrimiento es atroz.

—No puedo imaginar todo ese tiempo a solas.

—Pasa a un ritmo glacial. Hoy, al menos, disfrutaré de este interludio.

—La prensa está muy interesada en casos antiguos, especialmente en asesinatos. Le garantizo que harían fila para hablar con usted.

Sonrió levemente.

—Apostaría a que programas como *48 Hours* y *20/20* harían un par de segmentos sobre el Asesino de la Autopista.

—La prensa hizo que pareciera que una sola persona era responsable de todos los asesinatos cometidos por quien llamaron el Asesino de la Autopista. Eso fue una tontería; éramos al menos tres a quienes nos endilgaron el mismo apodo.

—Podría aclarar las cosas. También lo llamaron el Asesino de las Bolsas de Basura. ¿Fue eso exacto?

—Hasta cierto punto.

—¿Hubo alguien más a quien llamaran así?

—No, que yo sepa.

—¿Por qué no es correcto el uso de «Bolsas de Basura»?

—No fue el único contenedor que usé para deshacerme de la evidencia.

—Creemos que usted enterró evidencia en el parque Big Corkscrew en algún momento a finales de 1988.

—Recuerdo ese parque; era un lugar apartado, una ubicación ideal.

—Fue una elección perfecta; la evidencia permaneció oculta durante treinta y cinco años. Fue usted un tipo muy difícil de atrapar. ¿Cómo evitó que lo atraparan?

—Desarrollando un plan sólido y perfeccionándolo.

—¿Y parte del plan era mudarse constantemente?

—Absolutamente. Cuantas menos conexiones, mejor.

—¿Cómo se decidió por Eric White?

Kearney negó con la cabeza.

—Vamos, Patrick. Cuénteme de él.

—Si bien mi existencia es monótona, detesto la idea de verme arrastrado por el sistema judicial.

—No va a pasarle nada más. Solo queremos esclarecer un caso antiguo y que la familia pueda darle una sepultura digna.

—¿No presentarían cargos?

—No. Nuestros fiscales no tienen interés en malgastar el dinero llevando esto a juicio. No tiene nada de qué preocuparse.

—Esa es una postura interesante.

—Tenemos las manos llenas de casos nuevos.

—Estoy seguro de que sí. ¿Algo interesante?

—No hay nadie como usted. Le digo que si habla de él, le garantizo que estará ocupado hablando con la prensa.

—Si le revelara todo, no habría nada de qué hablar con la prensa.

—No se preocupe. Solo necesita decirme en qué enterró la evidencia.

38

Estaba ojeando el expediente del caso cuando Derrick dijo:

—Frank, acabamos de recibir la actividad de la tarjeta de crédito de Morris.

Se puso de pie.

—La estoy imprimiendo.

—Déjame ver eso.

Mientras la leía de camino a su escritorio, dijo:

—Mucha actividad en un lugar llamado Chelsea.

—¿Eso es en Canadá?

Me la entregó y se dirigió a su escritorio.

—Sí.

—Hay una tienda de abarrotes en la lista cuatro veces y una pizzería dos. Debe de estar viviendo en ese pueblo.

Derrick tecleó en su computadora.

—Chelsea es un suburbio de Ottawa. Está a diez kilómetros, así que son como seis millas. Es un pueblo pequeño, con menos de siete mil habitantes.

—No es el mejor lugar para esconderse; debería haberse ido a Ottawa: es mucho más grande.

—Sí, pero en Ottawa hablan francés.

—No es cierto. Leí que hay muchísimos más angloparlantes en Ottawa que francófonos. Quizás estás pensando en Montreal, donde cerca del setenta por ciento habla francés.

—No, estaba pensando en Quebec. Lynn y yo fuimos cuando éramos novios, y era como estar en Francia; todo el mundo hablaba francés.

—Voy a llamar a las autoridades de allá. No puede ser muy difícil rastrear a un estadounidense como Morris.

—Sobre todo si anda manejando con placas de Florida.

———

Entré a la casa, pasándome de una mano a otra un pollo asado de Publix.

—Ya llegué.

Mary Ann salió a mi encuentro en el pasillo y estiró la mano hacia la bolsa de aluminio.

—Con cuidado, que está caliente.

—Yo lo agarro.

—Siento que hayamos tenido que cancelar la ida al Crust. La reunión se alargó más de lo esperado.

—No te preocupes. Puse la mesa en la terraza.

Abrí el grifo de la cocina.

—Ahora te alcanzo.

Tomando un trapo de cocina, abrí la puerta de un armario y saqué la última botella de vino de una estantería improvisada. Agarré dos copas y salí por la puerta corrediza.

—¿Vas a tomar vino?

Mientras sacaba el corcho, dije:

—Después del día que tuve... ¿Quieres una copa?

—No, gracias, no debería. ¿Qué pasó?

Me equivoqué al suponer que aceptaría una copa. Serví una

y la olí. Terroso. Era un chianti que había comprado en Total Wine por veinte dólares.

—Discutimos el caso de Eric White y qué hacer con Kearney.

—¿Qué se decidió?

Tomé un sorbo. Estaba bueno. ¿Tenía notas de cerezas negras?

—Remin presionó para que le presentaran cargos, pero sin tomar acciones para procesarlo, ya que es un caso antiguo.

Mary Ann cortó el pollo, diciendo:

—¿Y qué hay de la familia?

—Remin habló con ellos y dijo que, como Kearney ya estaba tras las rejas, lo único que querían era un entierro apropiado.

—Supongo que revivir todo eso habría sido demasiado emotivo.

Corté una rebanada de pollo con el tenedor.

—No sé si un funeral, décadas después de la desaparición del chico, sea más fácil.

—Seguro que no, pero un juicio lo mantendría en primer plano durante un año o más.

—Tienes razón. Sé que no tiene sentido procesarlo, pero siento que no está bien.

—Los fiscales probablemente se alegraron.

—No lo hicieron. Aunque no lo creas, no querían que se presentaran cargos.

—¿Por qué no?

—Dijeron que sería un caso abierto y que, si no se procesaba, haría que sus cifras de condenas se vieran peor de lo que ya estaban.

—Todos son unos políticos.

—Y vaya que sí —dije y tomé un gran sorbo de vino—. Tuvimos que revisar cada una de las condenas de Kearney.

—¿Por qué?

—Para asegurarnos de que nunca pudieran ser anuladas en una apelación.

—Eso nunca pasaría.

—En eso tienes toda la razón. Lo que hizo es inimaginable.

—Lo sé, lo busqué en internet.

—Sabía lo que había hecho, pero cuando fui a verlo, era solo un anciano. Debe haber habido algún tipo de desconexión, pero te digo que repasar todo eso hizo que la maldad volviera a la vida.

—Siento que hayas tenido que lidiar con semejante animal.

—Es parte del trabajo, pero para serte sincero, entre más viejo me pongo, más me afecta todo esto.

—Necesitas tomarte un descanso.

Me encogí de hombros y tomé mi copa.

—Ya veremos qué pasa después de que resolvamos el caso Beas.

—Podemos ir a una isla y sentarnos en la playa.

—¿Una isla? ¿Por qué gastaríamos dinero que no tenemos para ir al Caribe si vivimos aquí?

—No es lo mismo, pero ¿qué tal Texas? Siempre quisimos conocer Austin y Dallas.

—Quizás. ¿Qué hiciste hoy?

—No mucho. Fui al banco y cerré la caja de seguridad. Los papeles están en el estudio.

—Gracias. No tiene caso seguir pagando por ella.

—Sé que no quieres oírlo, pero la casa estuvo muy cálida hoy. Como dijo el técnico, el aire acondicionado no da abasto durante el día.

—El tipo que me recomendó Derrick nunca me devolvió la llamada. Déjame ver, guardé una tarjeta que me dio una mujer. ¿Recuerdas a esa señora a la que le ayudé a cambiar la llanta en Golden Gate?

—Sí, ¿qué pasa con ella?

—Su esposo es dueño de una compañía de aire acondicionado. Le pediré un presupuesto.

Saqué una carpeta del aparador y la puse sobre el escritorio. A su lado estaban los papeles que Mary Ann recuperó de la caja de seguridad. Tomé las coordenadas que me había dado Coburn. Había verificado la historia; sin embargo, la apuesta nunca dio frutos. ¿Por qué?

Cabrerra había hecho hasta lo imposible por proteger su dinero. ¿Acaso enviarnos a Big Corkscrew era parte de la búsqueda del tesoro? ¿Algún tipo de pista? ¿O se nos había pasado algo por alto?

Me quedé mirando fijamente las coordenadas, suplicando que me dieran una señal. Agarré mi laptop y abrí Google Earth. Introduje la coordenada de latitud y me desplacé hacia el sur, hasta el Golfo, y luego hacia el norte, hasta Ohio, antes de toparme con el lago Erie.

Se me ocurrió una idea. Puse el número de la latitud como si fuera la longitud y me desplacé hacia el este. Pasaba cerca de Alligator Alley. Introduje la otra coordenada. Se me aceleró el pulso.

Mirando fijamente la imagen, llamé en voz alta: —¡Mary Ann, ven aquí! Mientras sus pasos se acercaban, tomé el teléfono para llamar a Derrick. Cancelé la llamada cuando Mary Ann entró. —¿Qué pasa?

—Eh, no creo que debamos esperar otro presupuesto. Llama al tipo que vino y dile que siga adelante.

—¿Estás seguro?

—Sí, adelante.

No estaba seguro de nada. Especialmente de lo que acababa de descubrir.

39

La conferencia de prensa donde se anunciaron los cargos contra Kearney fue una distracción necesaria. Anoche no pude dormir y estuve pensando en cómo proceder. Coburn era la única fuente que podría aclarar lo que había descubierto, pero ampliar el círculo aumentaba los riesgos.

No estaba seguro de si no podía o no quería hacerlo yo mismo, así que iba a decírselo a Derrick cuando volviera a la oficina. Husmear por los Everglades no era algo que haría a menos que me obligaran. La idea de hacerlo solo era repulsiva.

Derrick estaba al teléfono cuando entré. Me quité la chaqueta y contesté el teléfono de mi escritorio que estaba sonando.

—Homicidios.

—¿Detective Luca?

El acento francés me hizo inclinarme hacia adelante.

—Sí.

—Me llamo Lucien Bard, del Servicio de Policía de Ottawa. Usted estaba interesado en un estadounidense llamado William Morris.

—Sí, ¿lo han localizado?

—Efectivamente. Él y una mujer, que según él es su pareja, están alquilando una casa en el río Gatineau.

—¿Cómo se llama ella?

—Marie Renard. Su familia es de un pequeño pueblo al sur de Ottawa.

—¿Qué dijo él sobre la razón por la que se mudó a Canadá?

—La Sra. Renard es cabildera agrícola. El Sr. Morris dijo que ella aceptó un nuevo puesto y necesitaba estar cerca del Parlamento.

—¿En Ottawa?

—Sí, Ottawa es la capital.

—¿Para quién trabaja la Sra. Renard?

—Para la American Seed Trade Association. Su superior es una tal Karen Lager.

Los canadienses eran minuciosos.

—Gracias. ¿Tuvo la impresión de que el Sr. Morris se estaba escondiendo?

—No, no lo creo. No alteró su apariencia y me dio una tarjeta de presentación. Dijo que era un diseñador de artes gráficas independiente que buscaba clientes.

—Ha sido de gran ayuda. Por casualidad, ¿consiguió su número de teléfono de Canadá?

Después de anotar el número, colgué.

—Según la policía canadiense, Morris está en Canadá porque su novia aceptó un nuevo trabajo.

—¿Haciendo qué?

—Trabaja para una asociación de semillas.

Derrick se acercó a mi escritorio.

—¿Semillas? ¿Para qué diablos necesitan una asociación? Eso suena sospechoso.

—Ya lo averiguaremos.

—No olvides que el casero de Morris dijo que se mudó en mitad de la noche.

Le entregué un trozo de papel.

—Marie Renard es la novia de Morris. Esta mujer es su jefa. A ver qué dice.

Derrick regresó a su escritorio y yo marqué el número de Morris. Contestó al primer timbre.

—¿Hola?

—¿Sr. Morris?

—Sí, ¿quién habla?

—El detective Luca de la Oficina del Sheriff del Condado de Collier.

—¿Son ustedes los que enviaron a la policía?

—Sí.

—¿Por qué? No hice nada.

—Su casero dijo que se fue de repente, en mitad de la noche.

—Eso es ridículo. Es un viejo cabrón y amargado. Le di un preaviso de treinta días. Se molestó porque usé mi depósito de seguridad para el último mes.

—¿Le debía algo de dinero?

—Ni un centavo. Incluso contraté a una chica de la limpieza para que repasara el lugar después de que nos mudamos.

—¿Por qué se fue a Canadá?

—Marie, mi novia, aceptó un nuevo trabajo; es solo por dos años, pero la paga es buena.

—Hábleme de David Beas.

—Oh, vaya, ¿de eso se trata todo esto? Realmente están rascando el fondo de la olla.

Eso sonaba a parte de mi trabajo.

—Él lo despidió, y entiendo que eso le causó bastantes dificultades financieras.

—Fue lo mejor que me ha pasado. Claro, me enojé cuando me corrió, pero a fin de cuentas, me obligó a independizarme. Ahora puedo elegir mis proyectos y trabajar desde cualquier lugar.

Recordé la libertad de ser investigador privado.

—Usted lo amenazó...

—Eso fue hace años. Estaba furioso y dije algunas estupideces, pero eso es todo.

—¿Dónde estaba la noche del primero de octubre?

—Manejando hacia Canadá.

—Podemos revisar las cámaras de las casetas de peaje.

—Adelante. Están perdiendo el tiempo. Tengo trabajo que hacer; voy a colgar.

Repasé la conversación mientras Derrick terminaba su llamada. Colgó.

—Renard acaba de conseguir el trabajo, y le exige mudarse cerca de Ottawa.

—¿Es cabildera?

—Supongo que sí. La mujer dijo que Canadá restringe las importaciones de semillas estadounidenses y que el trabajo de ella es facilitarlas.

—Pensé que el TLCAN, o el acuerdo comercial que esté ahora en vigor, eliminaba las barreras comerciales.

—Yo también. Esta mujer dijo que para burlar los acuerdos comerciales, los países ponen obstáculos regulatorios, escondiéndose detrás de estándares de salud y calidad.

—La burocracia en acción.

—Parece que Morris no es nuestro hombre.

—Sí, pero quiero hablar con su casero; dio a entender que Morris se fue de repente.

—Buena idea.

Me levanté y cerré la puerta.

—Ven un segundo.

—¿Qué pasa?

De pie junto al mapa del condado de Collier que colgaba en la pared, susurré: —Anoche estuve pensando en las coordenadas que me dio Coburn.

—¿Y qué con ellas?

—Es posible que Cabrerra, Withers o Ellis hayan alterado el orden; ya sabes, que las encriptaran.

—No te sigo.

—Creo que el número de la latitud era el de la longitud y viceversa.

—Se dice viceversa. Sin la «a» en medio.

—Bueno, Hemingway. ¿Quieres oír el resto o no?

—Claro, claro.

—Las invertí y busqué en Google Earth. Parece que podría ser donde está escondido el dinero.

—¿Me estás jodiendo?

—No —dije, señalando un área cerca de Alligator Alley, por la intersección de la Ruta 29.

—¿Crees que está ahí?

—No sé, pero tiene sentido, ¿no crees?

—Supongo que sí. Está en medio de la nada.

—No le digas a nadie de esto. Ni siquiera a Lynn.

—No he dicho nada desde que empezó todo esto.

—Bien.

—¿Le dijiste a Mary Ann?

Mentí. —No.

—¿Cuándo quieres ir a buscarlo?

—Tengo que pensarlo.

—¿Qué hay que pensar?

—Quizás deberíamos hacer una prueba: revisar la zona, asegurarnos de que nadie nos siga.

—No necesitamos hacer eso. Si alguien nos estaba vigilando, se largó después de lo de Corkscrew.

—Eso no lo sabes. Con esta cantidad de dinero, la paciencia tiene su recompensa. Davis está sentado en una oficina de lujo, dándoles órdenes a sus secuaces.

—Nos encargaremos de ellos si es necesario.

Fue un recordatorio de que tenía que salvaguardar la carta de acuerdo que Davis me había dado. —Mira, consultémoslo con la almohada. De todos modos, no podemos ir hasta el sábado.

—No deberíamos esperar al fin de semana. Conseguimos el dinero y al diablo con el trabajo.

—No se puede saber que lo estábamos buscando en horas de trabajo. Nos demandarían... si encontramos el dinero.

—Vamos a necesitar un bote. Mi vecino...

—No, no podemos involucrar a nadie. Iremos a la tienda Bass Pro y compraremos un bote, un remolque y lo que sea que necesitemos.

—¿Dónde vamos a guardarlo?

—Alquilaremos una bodega.

—Ok. Voy a empezar a hacer una lista.

—Yo veré qué bodegas hay en Bonita.

—No puedo creerlo, ¿y tú? Pensé que este asunto estaba muerto.

Ojalá no hubiera usado esa palabra.

40

LA LUZ SE DESVANECÍA RÁPIDAMENTE, PERO EL TRÁFICO EN LA 75 Sur avanzaba. Al pasar las casetas de peaje, Derrick aceleró para mantenerse a la par del resto de los autos. Dijo:

—¿Alguien maneja a menos de ochenta?

—Alligator Alley es recta como una flecha en casi todo el trayecto. Cuando puedes ver a kilómetros de distancia, es natural ir más rápido.

—¿Conoces esa parte en la que la carretera hace una especie de S?

Me giré para mirar por la ventanilla trasera. Nadie nos seguía.

—Sí, está después del cruce con la Ruta 29. ¿Por qué?

—¿Sabes por qué tiene esa curva?

Con él siempre era un juego de adivinanzas, pero para esta estaba preparado.

—Ilústrame.

—Empezaron a construir la carretera desde ambos lados, Collier y Miami-Dade. Y a medida que se acercaban, se dieron cuenta de que habían metido la pata y se habían desviado. Para poder conectarlas, tuvieron que hacer una curva para unirlas.

—Eso no es cierto.

—Sí que lo es.

—Es un mito. Lo investigué cuando oí esa historia.

—Entonces, ¿por qué es así?

—Alligator Alley reemplazó una carretera llamada Ruta 84. La curva ya estaba en la Ruta 84 y fue el resultado de errores topográficos del gobierno federal a mediados del siglo XIX.

—¿Y por qué no lo arreglaron en ese entonces?

—Ya habían asegurado los derechos de paso necesarios, basándose en las mediciones defectuosas. Quién sabe cuánto tiempo les habría tomado conseguir los nuevos derechos de paso —si es que podían obtenerlos—.

—Con todos los estudios de impacto ambiental que exigen, todavía no estaría construida.

Los últimos vestigios del cielo rojizo se fundían con el negro mientras nos acercábamos a la salida de un área recreativa. Dije:

—Todavía no puedo creer que la gente maneje hasta acá solo para echar un bote al agua o pescar.

—A la gente le gusta todo tipo de cosas. Tal vez lo que les atrae es lo remoto del lugar.

—A mí me da escalofríos.

—¿De dónde sacaste esa expresión?

—No sé, solo me salió.

La mitad del estacionamiento, del tamaño de un Walmart, estaba desierta. Una mesa de pícnic techada ofrecía el único refugio del sol. Dimos una vuelta por el estacionamiento y nos estacionamos.

—Vamos a echar un vistazo.

—¿Dejo las luces encendidas?

—No.

La rampa para botes se encontraba con el agua a mitad de camino.

—La configuración que vi en Bass funcionará —dijo Derrick.

—¿Sabes pilotear un bote?

—Será fácil. Estamos hablando de poco más que un bote de remos con un motor fuera de borda.

—Parte de estas aguas es poco profunda. No podemos encallar.

—El motor es como una cafetera. Si el agua baja, lo levanto. El vendedor dijo que la gente usa estos equipos todo el tiempo en los Glades.

Saqué mi teléfono y abrí la aplicación de GPS. Antes de hablar, miré detrás de nosotros; el estacionamiento estaba vacío.

—Lo que buscamos está a un par de canchas de fútbol de distancia —usando dos dedos, hice zoom y toqué la pantalla—. Este pin está a un par de grados de nuestro objetivo.

—Con el equipo que pedí en Amazon, si estamos cerca, lo encontraremos.

—¿Cuándo llega?

—El aparato de mapeo mañana y la cámara pasado mañana.

—No puedo creer lo baratos que fueron. Espero que funcionen.

—Todas las reseñas decían que sí. La gente que pesca en el hielo los usa para encontrar peces.

—Pescar en el hielo, ¿hay algo más loco?

—¿Qué tal el *bungee*?

—De acuerdo, vámonos.

—Entonces, ¿seguimos en pie para el sábado, verdad?

—Si el equipo llega, vamos.

—Esta vez lo vamos a encontrar, ¿no crees?

—Me temo que con todos los aparatos que hay hoy en día, alguien ya lo encontró.

_____

Saqué el expediente del caso del aparador. En el caso Beas, habíamos vuelto a fojas cero. Al hojearlo, la falta de evidencia se hizo evidente. No se recuperó ADN ni fibras del cuerpo.

El asesino había sido cuidadoso, atacando en medio de la noche. También había recibido una ayudita de la lluvia. ¿Había planeado el asesinato para una noche lluviosa?

Mientras miraba una foto de las zapatillas, supe que teníamos que pensar más allá de la caja de zapatos.

—Derrick, repasemos los posibles móviles para matar a Beas.

—La codicia.

—Claro, eso apunta a Sánchez. Y ese soborno de doscientos cincuenta mil dólares me inquieta.

—Eso es un dineral.

Me puse de pie.

—¿Hay alguien más que se beneficiaría de su muerte?

—Podría haber un seguro de vida a su nombre.

—No tiene familia que sepamos. Alguien necesitaría el certificado de defunción y el Departamento de Salud no ha informado de ninguna solicitud.

—¿Y un crimen pasional? Un desengaño amoroso es un móvil tan bueno como cualquier otro.

—Schwartz fue la única que apareció.

—Quizás haya alguien de quien no sabemos nada.

—Entonces repasemos de nuevo la vida amorosa de Beas. ¿Y la venganza? ¿Alguien querría vengarse de Beas?

—Todo el mundo dice que era un buen tipo.

—Eso no significa nada. Sobra gente que se ofende por la más mínima cosa.

—Pero a menos que seas un psicópata, tendría que ser algo atroz para matar por ello.

—Buena elección de palabra.

Él sonrió. —¿Y si Beas sabía algo, un secreto de algún tipo, y lo iba a soltar?

—¿Como qué?

—No sé. Tal vez iba a sacar del clóset a alguien que tenía miedo de salir.

—¿Hoy en día? No creo que eso pase.

—Lo sé, pero ¿y si fuera alguien importante? Digamos un juez, alguien con esposa y familia.

—No estamos en 1950. Además, ¿por qué lo haría Beas?

—Tal vez tenía una relación con él, o quería tenerla, y pensó que así lo obligaría a ser quien era.

—No sé. Es una idea muy rebuscada. La tendremos en cuenta mientras investigamos más a fondo a Beas.

—Podría ser simplemente un crimen de odio: alguien que tiene algo en contra de los gais, como Chen.

—Pudo habérsele insinuado a Beas y haberlo llevado a la playa con engaños.

—No hemos tenido un crimen de odio reportado por orientación sexual en muchísimo tiempo.

—Lo sé, pero es una posibilidad remota.

41

Cuando Derrick salía de Alligator Alley, le dije:

—Apaga las luces.

Rodamos hasta detenernos en la esquina más alejada del área recreativa. Con los ojos en la entrada, le dije:

—Vamos a quedarnos aquí un par de minutos y quita el pie del freno.

—¿Te imaginas quedarte varado aquí antes de que existieran los celulares?

Me reí entre dientes.

—Probablemente me moriría del susto.

—Serías presa fácil para un depredador.

—No sé si había gente que se aprovechara de los automovilistas varados.

—Una amenaza mayor son los conductores ebrios y la gente que se queda dormida al volante.

—Es verdad. Si me estuviera dando sueño, me daría miedo detenerme a un lado en este tramo de la carretera.

—Especialmente si fueras mujer.

—No solo de noche. Hace unos dos años, hubo un par de

robos por aquí. Los ladrones les quitaron los celulares y las llaves del auto a las víctimas.

—Ah, sí. Lo recuerdo. Nunca los atraparon, ¿verdad?

—No. Parece que está despejado. Mete el remolque de reversa por la rampa.

La popa de nuestro bote de aluminio se mecía en el agua.

—Derrick, manténlo firme mientras meto el equipo.

Después de subir todo, dije:

—Cuando me suba, desconéctalo del remolque y estaciona el auto.

Haciendo a un lado las cañas de pescar, me senté en una de las dos bancas. Derrick desenganchó el bote y este se tambaleó, deslizándose más abajo por la rampa.

Él alejó el auto de la rampa y me vi envuelto en la oscuridad. Miré hacia atrás. Era difícil distinguir el cielo negro de los Everglades. Un insecto me zumbó en el oído. Lo espanté de un manotazo y revolví en el bolso de lona en busca del repelente de insectos.

Derrick agarró la proa y se subió de un salto.

—Carajo, está oscurísimo. Apenas puedo verte.

—Toma, se nos olvidó ponernos repelente.

Aparté los brazos del borde. Algo se deslizó en el agua.

—Derrick, ten cuidado; podría haber un caimán cerca.

Agarré una linterna y dirigí el haz de luz sobre el agua. Parecía un mar de aceite. El círculo exterior de una onda avanzaba hacia nosotros.

—¿Algo?

—No, pero eso no significa que no haya nada ahí afuera.

—Alejémonos.

Usando los remos, nos impulsamos para alejarnos de la orilla y de la rampa. Me giré hacia el motor y el bote se inclinó.

—Con cuidado.

—Apenas me moví. Siéntate, quiero arrancar el motor.

Tiré de la cuerda y el motor ronroneó.

—No esperaba que arrancara tan fácil.

—Con los eléctricos solo aprietas un botón, pero cuestan mucho más.

—¿Suena muy fuerte?

—No. Estamos bien.

—Maneja tú.

Agachados, cambiamos de asiento. Dije:

—La humedad debe de estar al cien por ciento aquí.

—Lo sé. Se siente como si nos moviéramos a través del algodón.

—No se supone que llueva, ¿o sí?

—No, pero los Everglades tienen su propio clima.

Barriendo el área con el haz de luz, dije:

—Tenemos que ir a la izquierda, pero no veo nada.

Mientras el bote giraba, susurré:

—Espera, espera.

—¿Qué pasa?

—Mira para allá, como a dos autos de distancia.

—No veo nada.

Fijé el haz de luz y dos ojos brillaron.

—Es un maldito caimán. ¿Ves sus ojos y sus fosas nasales?

—Mierda. Parece uno grande.

—Estaremos bien, solo no cuelgues los brazos por el borde. Acelera el motor.

El motor chilló y los ojos del caimán se hundieron bajo el agua.

—Se fue —verifiqué la lectura del GPS—. Sigue a la izquierda un par de minutos más.

Recorrimos la distancia de una cuadra y le dije:

—Apaga el motor. Metamos la cámara, a ver qué hay por aquí.

Derrick desenrolló el cable de la cámara submarina y la luz, y los conectó a una *tablet*.

—Sumérgela; déjame ver cómo se ve en esta agua.

Sumergí el dispositivo del tamaño de una pelota de tenis y el agua estalló. Al oír el chasquido de unas mandíbulas al cerrarse, caí hacia atrás, meciendo el bote.

Dijo Derrick:

—Mierda.

Una salpicadura de agua me golpeó la cara mientras el caimán se agitaba antes de calmarse. Lo vimos escabullirse.

—Larguémonos de aquí.

———

—Buenos días, Derrick.

—Buenos días, Frank.

Tomé el café que me había traído.

—Mientras más pienso en el caso Beas, más creo que fue la codicia lo que lo mató.

—Puede ser, pero estoy investigando un grupo en Facebook que ataca a homosexuales.

—¿Existe un grupo así? ¿A la vista de todos?

—Sí, me sorprendió encontrarlo. Busqué y hay un montón de grupos antigais en Facebook.

—No puedo creer que lo permitan.

—Supongo que se considera libertad de expresión. Pero ninguno es grande; no pasan de los cien miembros.

—Eso hace que sea más fácil revisarlos.

—Hay un par de personas, digamos, interesantes en estos grupos.

—¿Y qué esperabas? ¿A la Madre Teresa?

Se rió. —A algunos les faltan cromosomas.

—Yo buscaría una señal, quizá en alguna publicación, ya sea antes o después del primero de octubre.

Se asomó por encima de su monitor antes de volver al teclado.

—Perdón, solo intentaba ayudar.

—Está bien.

—Voy a indagar un poco antes de hablar con Damien Roth. Tiene que haber algo más detrás del soborno que Sánchez le pagó o que iba a pagarle.

Roth no había hecho nada ilegal, que supiéramos. Parecía extraño que aceptara un soborno. Era mucho dinero, pero uno no empieza a vender su alma así como así. ¿O así era como ocurría?

Abrí Google Earth y busqué la dirección de la casa de Roth. Vivía en un condominio en Botanical Place. Para los estándares de Naples, no era caro. Su registro del Departamento de Vehículos Motorizados indicaba una Ford F150 del 2019. Le dije: —No le hice una colonoscopia financiera a Roth, pero lleva una vida normal. A menos que esté guardando el dinero, no creo que acepte sobornos con regularidad.

—Sería difícil no salir corriendo a gastarlo.

Eso era lo que me preocupaba: si encontrábamos el dinero de Cabrerra.

42

Damien Roth estaba en una obra en construcción en North Naples, sobre la Ruta 41. Había pasado varias veces frente al gran edificio, suponiendo que se trataba de condominios o un hotel. Entré con el auto en el acceso de la obra, que estaba en la etapa de los bloques de hormigón. Era otro complejo residencial para personas de la tercera edad.

Me acerqué, con la grava crujiendo bajo mis pies. Damien Roth hablaba con dos hombres junto a una pila de vigas para techo. Esperé a que una grúa se detuviera.

—¡Señor Roth!

Roth se giró y señaló su casco amarillo.

—Esta es una zona donde es obligatorio usar casco.

—Esperaré junto a mi auto, —dije.

Roth despidió a los hombres y se acercó.

—Disculpe lo del casco, pero nos multarán...

—Entiendo. Veo que está construyendo otro proyecto para personas mayores. Supongo que el acuerdo con Magnet no le ha conseguido ningún trabajo de alto perfil.

—Este fue contratado hace dos años. Es un complejo de lujo.

—Estoy seguro de que lo es.

—Estoy algo ocupado. ¿En qué puedo ayudarlo?

—El soborno de Sánchez me tiene preocupado.

—A mí también.

—Entonces, ¿por qué aceptó aceptarlo?

—En realidad, no lo hice.

—¿Qué se supone que significa eso?

—Usted no conoce a Will; es difícil decirle que no.

—¿Cuántos otros sobornos ha aceptado?

—¿Yo? Nunca. Jamás acepté un centavo de nadie.

—¿Por qué ahora?

—Como le dije, Will es, no sé, un manipulador.

—¿Así que fue su culpa? Usted pudo haber dicho que no.

—Se habría desquitado conmigo. Debería ver lo que le hizo a Franco, y él no es ningún dejado.

—¿Qué hizo Sánchez?

—La compañía que usábamos para el armazón de construcción estaba retrasada. Empezamos a buscar un nuevo contratista y Sánchez me habló de un amigo suyo. No era mi decisión, así que le dije que se lo comunicara a Vince; él es el gerente general. Entonces, ¿qué hace? Consigue que Franco les hable a los hermanos Evans sobre su amigo...

—¿Qué puesto tenía Franco?

—El mismo que yo, pero en otros proyectos.

—¿Y qué pasó?

—El amigo de Sánchez tomó un gran depósito y nunca envió un equipo hasta que amenazamos con demandarlo. Luego, solo venían dos días a la semana y nos atrasamos tanto que los promotores inmobiliarios invocaron las cláusulas de penalización. Fue un verdadero desmadre.

—Entonces, ¿cómo le jodió Sánchez a Franco?

—Cuando el problema estalló, Sánchez les dijo a los dueños que le había advertido a Franco que no los usara.

—¿Por qué no dijo nada?

—No iba a meterme en dimes y diretes. Especialmente no con Sánchez. Resultó que grabó algo en su teléfono cuando hablaba con Franco que respaldaba lo que él decía. Tuvo que haberlo grabado después de que todo explotara.

—¿Franco perdió su trabajo?

—Sí, no pudo conseguir otro por aquí y terminó en el Panhandle.

—Entiendo por qué pudo haber dudado en involucrarse con lo de los contratistas, pero, en serio, ¿por qué no decir algo sobre el soborno que Sánchez ofreció?

—Sabía que lo pondría en mi contra, como hizo con Franco y Novak.

—¿Novak?

—Era un recién contratado, de Serbia o algo así, ya sabe, un europeo del Este. Solo buscaba encajar, ya sabe, del tipo que complace a la gente. En fin, estábamos haciendo una casa club en Lely con una chimenea enorme. Sánchez quería una repisa de hierro forjado y quería ver cómo se veía. En lugar de esperar, consiguió que Novak lo ayudara. No había manera de que un solo tipo pudiera sostener una pieza tan voluminosa, y esta empezó a caer, y Sánchez se metió para ayudarlo... y ¡*bum!*

—¿Se cayó?

—Así es. Arruinó la pieza de diez mil dólares y le cayó en el pie a Sánchez. Tuvo que ir al hospital. Sánchez tergiversó todo el asunto, diciendo que Novak lo hizo por su cuenta en contra de sus instrucciones y que él intentó ayudar cuando Novak estaba batallando con la pieza. El jefe se lo creyó y despidió a Novak.

———

DERRICK ESTABA al teléfono cuando regresé a la oficina. Mientras colgaba mi saco en el respaldo de mi silla, noté una revista en el escritorio de mi compañero.

Nunca había oído hablar del *Robb Report*. La portada tenía a un hombre en pantalones blancos de pie en la cubierta de un velero. No tenía nada que ver con asuntos policiales. Hojeé las páginas brillantes de autos, yates, relojes y casas lujosas.

La arrojé sobre el aparador mientras Derrick terminaba su llamada.

—Oye, Frank, nunca vas a adivinar lo que encontré.

—¿Un billete de siete dólares?

—Esa es buena.

—¿Qué tienes?

—Otro homófobo agresor llamado Oleg Glinka. Es miembro de un grupo anti-gay de Facebook.

—¿Ruso?

—Sí. Y no se anda con rodeos en sus publicaciones.

—¿Qué lo hace interesante en lo que respecta a Beas?

—El treinta de septiembre, dijo: «Mañana es el día» y «Es un gran día para Oleg». Luego, el primero de octubre, publicó un «Misión cumplida».

—Podría ser cualquier cosa.

—Tiene antecedentes por agresión y lesiones, y escucha esto, básicamente desapareció del grupo. Le envié una solicitud de amistad; a ver si muerde el anzuelo. ¿Cómo te fue con Roth?

—Es como si Sánchez nunca hubiera salido del patio del colegio. Es un bravucón manipulador. Le conté los dos incidentes que Roth me relató.

—A Sánchez nada se le pega.

Cerré la puerta. —Si mató a Beas, te juro por Dios que voy a hacer que se le pegue.

—¿Qué pasa?

—Mira, no te voy a decir cómo vivir tu vida. Si encontramos el dinero, puedes hacer lo que quieras con él.

—¿De qué hablas? ¿De la revista?

—Ese es el síntoma, amigo, no el problema.

—¿Así que ahora encontrar dinero es un problema?

—No. El dinero solo es un problema cuando te cambia.

—Si tengo el dinero para comprarme cosas buenas, no significa que haya cambiado. Sigo siendo yo.

—Solo quiero asegurarme de que sigas así. Me he topado con un montón de gente que cree que tiene demasiado dinero como para ser amable con los demás.

—No tienes que preocuparte por mí; mis valores son sólidos como una roca.

—Bien. ¿Quieres ir a ver a este personaje, Oleg?

—No puedo. ¿Se te olvidó que me tomé la tarde libre para ir a ver el preescolar con Lynn?

—Ah, sí, es verdad. ¿Cuánto están cobrando hoy en día?

—Entre cuatro y siete mil.

—Imposible con el sueldo de un policía.

—Lo es, pero después del sábado...

No quería volver a oír hablar del dinero escondido. —Dame los datos del ruso; yo lo investigaré.

Me entregó un documento. —Aquí tienes. Buena suerte. Si surge algo, llámame.

43

EL TRÁFICO EN PINE RIDGE DISMINUYÓ CUANDO PASÉ Livingston Road. Había cuatro carros en el estacionamiento del Waffle House. La hora pico de la mañana ya había pasado.

Al abrir la puerta, mi estómago gruñó ante el olor de las *hash browns.*

Una mesera hablaba con un cliente sentado en un taburete. Cuando me dirigía hacia ella para preguntarle dónde estaba Oleg Glinka, la puerta de la cocina se abrió de golpe. Vestido con ropa de gimnasio que nunca pisaba, Glinka salió pavoneándose.

—¿Señor Glinka?

—¿Sí?

—¿Podemos hablar un momento?

—Claro, amigo.

Le mostré mi placa y señalé una fila de cubículos. —¿Quiere un café?

—No, gracias.

Oleg Glinka se deslizó sobre un banco de plástico cuya única comodidad provenía del cojín rojo del respaldo. —Señor oficial, ¿en qué puedo ayudar?

—¿Qué hace usted aquí?

—Soy gerente de un grupo con cinco restaurantes.

—¿Está a cargo de las contrataciones?

—¿Su hijo necesita trabajo? Dígale que vea a Oleg, él consigue trabajo.

—¿Contrata homosexuales?

—Sí, no hay problema. Si quiere trabajar, contratamos.

—A usted no le gustan los gais, ¿verdad?

—A Oleg le gusta todo el mundo.

—Usted pertenece a un grupo antigay en Facebook.

Su nuez de Adán se movió. —Era broma. Oleg solo quiere ver lo que hace la gente.

—¿De qué conoce a David Beas?

—¿Beas? Oleg no lo conoce. ¿Quién es ese hombre?

—Usted publicó que algo grande iba a pasar el treinta de septiembre.

—¿La policía americana me está vigilando?

—Y al día siguiente, publicó «Misión cumplida». ¿Cuál era el significado de esas publicaciones?

Glinka sonrió. —Yo, Natasha, nos comprometimos. Nos casaremos en primavera —metió la mano atrás y yo puse una mano en mi pistola; sacó un teléfono—. Mire, ¿ve la foto?

Su protector de pantalla era una *selfie* con una mujer sonriente.

—Felicitaciones. Pero ¿por qué publicaría eso en un grupo antigay?

—Error, error. Oleg olvidó que estaba en el grupo.

Parecía una excusa tonta, pero no sabía lo suficiente sobre Facebook. —Tendrá que darme algo mejor que eso.

—Es verdad. Oleg pensó que estaba en su página, pero seguía en el grupo.

—¿Se comprometió un lunes? ¿Por qué?

—Sí, Oleg y Natasha, ambos descansamos el lunes.

—Usted dijo que se unió al grupo para ver lo que hacía la gente. ¿Qué aprendió?

—La gente está loca. En Rusia dicen que los gais tienen derechos, pero el estado está en su contra. En América es otra historia, solo hay que preocuparse por la gente loca del Facebook.

Necesitábamos más información sobre Glinka. —¿Alguna persona loca de la que debamos saber?

—No entiendo.

—Un hombre llamado David Beas fue asesinado en el parque Lowdermilk. El señor Beas era gay, y creemos que un homofóbico podría ser el responsable de su muerte.

Los ojos de Glinka se abrieron de par en par. —¿Como en Rusia?

—¿Alguien del grupo lo ha contactado por mensaje directo que pudiera hacer algo así?

—Quizás. Pienso que está loco y no le respondo.

—¿Quién? Dígame quién fue y qué dijo.

Llamé a Derrick desde el estacionamiento del Waffle House. —Oleg Glinka afirma que publicó en el grupo antigay por error. Dice que pensó que estaba en su página personal. ¿Puedes pasar eso?

—Ah, sí, recuerdo que Lynn se quejaba de que había publicado fotos del bebé, pero su familia nunca comentó. Resultó que las publicó en un grupo de tenis por error.

—Por eso no uso las redes sociales.

—No las usas porque eres un dinosaurio, amigo.

Le lancé una mirada fulminante. —Supongo que no publicar fotos de mi comida me hace viejo.

Se rió. —Hay beneficios...

—Glinka dijo que uno de los homofóbicos del grupo le envió un mensaje privado para que se reunieran a cazar gais.

—¿Cazar?

—Sí, el nombre de usuario del tipo es DIYNOW.

—¿«Do it yourself now»?

—Supongo que sí. Eso tiene sentido. ¿Puedes investigar a ver qué encuentras sobre él?

—Ya mismo me encargo.

—Gracias, tengo una cita con el médico.

—¿Estás bien?

—Sí, solo una visita de rutina.

———

Justo después de la enorme cantidad de empresas de aire acondicionado, de piscinas y de paisajismo que ejercían sus oficios en Naples, estaban los urólogos.

Desde que perdí la vejiga por el cáncer, había estado viendo a un urólogo para asegurarme de que mi plomería estuviera en buen estado. Giré en Medical Boulevard, me estacioné, entré y tomé la última silla en la sala de espera.

No fue una sorpresa que el resto de los pacientes también fueran hombres. Al observar la sala, mi humor se ensombreció. Después de quince años de venir, ya no era el paciente más joven. ¿Cuántos de los que esperábamos teníamos problemas de próstata?

Una vez pasados los cincuenta, los hombres tenían diez veces más probabilidades de tener cáncer de próstata. No me preocupaba lo suficiente como para perder el sueño por ello, pero a Mary Ann le preocupaba que me estuviera levantando con demasiada frecuencia durante la noche. Dijo que podría ser un problema de próstata.

Consulté con el Dr. Google y mi mente se desbocó. Con mi historial, otro cáncer era lo último que necesitaba.

Mi celular sonó. Era un mensaje de Derrick para que lo llamara cuando terminara.

La puerta se abrió de golpe. Una enfermera con uniforme azul dijo: —¿Señor Luca?

Me puse de pie y marché hacia ella. —Soy yo.

—¿Cómo nos encontramos hoy?

Me encogí de hombros en lugar de decirle que pasar una tarde siendo examinado era de lo más desagradable.

Antes de volver a la sala de espera, me revisé la cremallera y salí del consultorio. Había comenzado una llovizna ligera, pero para mí, todo era sol.

Derrick contestó al primer timbrazo. —Hola, Frank. ¿Cómo te fue con el médico?

—Todo bien. Todos los exámenes salieron negativos. Cree que tengo nocturia inducida por el estrés.

—¿Qué es eso?

—Me he estado levantando al menos tres veces por noche para ir al baño. Me preocupaba que fuera la vejiga que me hicieron o un problema de próstata.

—El estrés es un asesino. Después de que consigamos el ya sabes qué, no tendrás que lidiar con el estrés.

Sabía menos sobre tener dinero de lo que él pensaba. —Ya veremos. ¿Qué querías? ¿Rastreaste al tipo que usa el nombre de usuario DIYNOW?

—Sí, pero no es un tipo, es una tipa.

—¿De verdad?

—Sí. Investigué un poco y la unidad de delitos cibernéticos la identificó como Lillian Olsen.

¿Una asesina llamada Lillian? —¿Tiene antecedentes?

—Sí, un montón de delitos menores, como alteración del orden público y allanamiento de morada.

—¿Hay algo en los archivos sobre a qué estaban vinculados?

—No obtuve los detalles, pero negoció una reducción de los cargos.

—De acuerdo, ¿dónde vive y trabaja?

—No tiene empleo hasta donde sé. Olsen vive en Island Walk, en Vanderbilt Beach Road.

—Estoy a cinco minutos. Mándame la dirección por texto.

Tan pronto como colgué, sonó de nuevo. Era Bilotti. —Hola, Doc, ¿qué pasa?

—Coburn fue encontrado muerto esta mañana.

Me detuve en seco. —¿Qué pasó?

—Parece un paro cardíaco.

—¿Está seguro?

—Tendríamos que hacer una autopsia para confirmarlo, pero con su historial y su edad, no vamos a...

—¿Quién lo encontró?

—Su enfermera.

—¿Alguna señal de entrada forzada?

—No. Usted parece pensar que no fue natural.

—Eh, supongo que es el entrenamiento.

—Siempre pensando lo peor, ¿no?

Forzando una risa, dije que tenía que irme. Me senté en mi carro. Si a Coburn lo asfixiaron, nadie lo sabría sin una autopsia. ¿Lo había alcanzado el cártel o el Departamento de Estado?

44

LILLIAN OLSEN, JUNTO CON UN PAR DE MILES DE PERSONAS MÁS, vivía en Island Walk. Repitiendo lo que me dijo el guardia, serpenteé a través de la enorme urbanización. Medio sorprendido por haberlo recordado, giré en Valentia Way.

Construida hacía más de veinte años, la casa de Olsen, de un tono anaranjado, daba a un lago. Ranas de cemento sobre nenúfares bordeaban el camino hacia la puerta.

Olsen llevaba unos vaqueros desgastados y una sonrisa. —Hola. ¿Usted es de Sunshine Roofers?

Parecía normal, pero también lo había parecido Patrick Kearney. Le enseñé mi placa.

—¿La oficina del sheriff?

—Sí, señora. Tengo un par de preguntas para usted.

—Qué extraño, pero por favor, pase.

La seguí por un pasillo lleno de fotos hasta la cocina. El refrigerador estaba cubierto de dibujos hechos con crayones. —¿Quién es el artista?

Sonrió. —Mi nieta, Becky.

—Muy bonitos.

Señaló una silla. —¿Le ofrezco algo de beber?

—No, gracias. Tomé asiento y ella hizo lo mismo.

—Supongo que esto tiene que ver con el Dr. Bradley.

—No. Es sobre su nombre de usuario DIYNOW.

—No entiendo.

—Usted es miembro de un grupo antigay en Facebook.

—¿Antigay? Eso es una completa locura. Mi hermana es lesbiana.

—Ha estado activa en el grupo y ha enviado mensajes directos a otros con respecto a...

—Lamento interrumpirlo, oficial, pero alguien hackeó mi cuenta de Facebook. Se lo informé a Facebook —no en persona, hay que hacerlo a través de su página—, pero no hicieron nada y dejé de usarla. Ahora uso Twitter; no es lo mismo, pero me estoy acostumbrando.

Afirmar que te habían hackeado era una buena táctica, pero ella tenía antecedentes. —Ha acumulado varios delitos menores. ¿Cómo los explica?

Frunció el ceño. —No voy a renunciar a mis valores. Alguien tiene que defender a los no nacidos.

—¿Es usted activista a favor del aborto?

—Para nada. Soy provida y me manifiesto con gusto frente a una clínica de abortos. Esas mujeres tienen que saber que hay otra opción para su hijo.

Si decía la verdad, eso explicaría los cargos por alteración del orden público y allanamiento de morada. —Es libre de expresarse, señora, pero mi consejo es que siga las reglas con respecto a las distancias reglamentarias y que obtenga los permisos necesarios.

—Lo hacen imposible...

—Gracias por su tiempo, señora.

Mientras bajaba por la entrada para autos, llamé a Derrick. —Olsen afirma que su cuenta de Facebook fue hackeada. ¿Por qué los tipos de la unidad cibernética no sabían eso?

—¿En serio? Pero tiene antecedentes.

—Dice que es activista, provida. ¿Conseguiste sus expedientes?

—Todavía no. Pero lo haré.

—Lo primero es lo primero: presiona a la unidad cibernética; hay alguien ahí afuera con quien necesitamos hablar.

———

Leí dos de los expedientes de Lillian Olsen. Los cargos de alteración del orden público se debían a su negativa a dejar de bloquear la entrada de mujeres a un consultorio médico. El médico era conocido por realizar abortos. La condena por allanamiento de morada provino de su repetida invasión de la propiedad de Planned Parenthood, de donde tuvieron que sacarla cargando por haberse sentado ahí.

Puede que Olsen fuera una molestia, pero no era una asesina. Metí los expedientes de nuevo en un sobre y cerré los ojos. ¿Dónde estaba la pista que necesitábamos?

Derrick entró. —¿Tomando una siesta, viejo?

—No, graciosito. Intento desconectar de todo, a ver si la pista que necesitamos aparece en mi mente.

—La meditación funciona, ¿sabes?

—No es meditación; estoy tratando de concentrarme.

—Es una forma de meditación.

—Como sea. ¿Qué dijeron los de la unidad cibernética?

—Van a hacer una llamada. Tienen un contacto extraoficial en Facebook.

Moví el ratón, despertando mi computadora de escritorio. —Necesitamos algo rápido. Si es un homófobo violento, tenemos que detenerlo antes de que ataque de nuevo.

—¿Crees que lo ha hecho más de una vez?

Navegué hasta mi bandeja de entrada. —Si esa es la supuesta motivación, es probable.

—No faltan los locos.

—Me estoy cansando de perseguirlos.

—No tendrás que hacerlo después de mañana.

Me llevé un dedo a los labios. En lugar de contarle sobre Coburn, dije: —¿Viste el correo electrónico sobre manejo y persecución? Quieren que tomemos otra clase. Es obligatoria.

—No es para tanto.

—Recibimos los registros telefónicos de Verizon.

—¿Del teléfono desechable?

—Sí. —Abrí el archivo adjunto— Solo hay dos llamadas.

—Me lo imaginaba.

—Una a Beas y esta otra, 239-444-2999. Lo anoté.

—Repite eso. Veré si puedo rastrearlo.

—Espera un segundo. Voy a llamar.

—No uses la línea de la oficina, por si tienen identificador de llamadas.

—¿Crees que no solo soy viejo, sino también descuidado?

—Vamos, hombre. Solo me estoy asegurando, es todo.

Marqué el número en mi celular. Sonó cinco veces y saltó el buzón de voz. Una voz de fumador dijo: —Hola, se comunicó con Ken. Deje un mensaje y le devolveré la llamada en cuanto pueda.

—Uh, hola, Ken. Habla Frank, de la oficina de impuestos del condado. Tenemos un problema que debe resolverse, o se presentará el embargo fiscal el lunes. Le dejé mi número y colgué.

—¿La oficina de impuestos?

—Fue lo primero que se me ocurrió. ¿Sonó bien?

—No está mal; la parte del embargo lo dejará pensando.

—Mientras tanto, redacta una orden judicial. Estoy seguro de que la aprobarán de inmediato.

—Lo harán. Aprobaron la solicitud del celular desechable del que salió el número.

Verifiqué el número para asegurarme de que no fuera

similar al de Beas. No lo era y la llamada duró tres minutos. No fue un error al marcar. —Esto podría ser.

—Siento que es la oportunidad que hemos estado esperando.

Sonó el teléfono de mi escritorio. —Detective Luca.

—Frank, soy Gene, de la unidad de cibercrimen.

—Ey, Gino, ¿identificaron quién está detrás de DIYNOW?

—Claro que sí.

Me dijo el nombre y yo respondí: —¿Qué? ¿Estás seguro?

—Totalmente.

Al colgar, me puse de pie. —Tenemos que irnos.

45

DEJÉ CAER EL TELÉFONO SOBRE EL ESCRITORIO. —NO PUEDO creerlo.

—¿Qué? —dijo Derrick—. ¿Qué pasa?

—Es el maldito Chen.

—¿Qué pasa con Chen?

—Gene dijo que el tipo detrás de DIYNOW es Richard Chen.

Derrick golpeó el escritorio con el puño. —¡Ese cabrón! Se cree muy listo. Ya verá cuando lo confrontemos.

—Tenemos que ser inteligentes con esto. No estoy seguro de que debamos revelar lo que sabemos.

—¿Por qué no?

—Necesitamos algo concreto que lo vincule con el asesinato.

—Estaba a una cuadra de donde mataron a Beas y a la hora correcta. Sabemos que el odio es un gran motivador.

—Sin duda, pero es circunstancial.

—Traigámoslo. Si lo presionamos, confesará.

—Chen no es ningún tonto. Su abogado hará que cierre el pico y no conseguiremos nada.

—Si sabemos que es Chen, ¿por qué no recorremos la zona con su foto?

—Sabemos que estuvo allí por los registros telefónicos, y lo admitió, encubriéndolo con una aventura.

—Es una maldita serpiente.

Tomé la carpeta del caso y dije: —Quizás deberíamos volver a ponerle vigilancia a Chen.

—No deberíamos habérsela quitado.

—No nos habría dado nada para el asesinato de Beas.

—Entonces, ¿para qué hacerlo?

—Si se da cuenta de que le seguimos la pista, podría huir. No olvides que ese condominio no es suyo.

—Te estás poniendo paranoico. ¿Cómo se enteraría?

—No lo sé. Estoy tratando de procesar todo esto.

—Voy a llamar a CVS a ver si está trabajando.

—Usa un alias.

Puso los ojos en blanco y tomó el teléfono.

Hojeé la carpeta hasta la sección de Chen. Mientras leía la primera entrevista, Derrick dijo: —Chen se tomó hoy y el lunes libres. Dijeron que fue a ver a su hermana. El cabrón se armó un buen fin de semana largo.

—Es la segunda vez que va para allá. Quizás está haciendo planes para mudarse.

—¿Qué te hace pensar eso?

Sonreí. —Un buen detective de homicidios es un medallista de oro en especulaciones.

Bajó la voz. —Hablando de oro, deberíamos ir más temprano mañana. Las tres son muy tarde.

—Seguro estará más concurrido si vamos más temprano. Nadie va a manejar hasta allá para salir al agua a última hora de la tarde.

—No importa, más tarde tienes que preocuparte por la gente que regresa.

—Por lo que sé, la mayoría de los navegantes empiezan temprano, sobre todo cuando se tarda tanto en llegar.

—Cuando suene la campana, tenemos que estar listos para cualquier cosa.

—¿Qué?

—Ya sabes, en el boxeo tocan la campana y los peleadores salen para otro round, estén listos o no.

—Yo nací listo.

—¿Ya existía la palabra «listo» en ese entonces?

—Oye, se me acaba de ocurrir una idea. Averigua con la policía de dónde vive la hermana de Chen. Podría haber matado allá también.

—Eso, si es que de verdad tiene una hermana.

—Me mostró un mensaje de texto de ella.

—¿Cómo supiste que era de su hermana?

Fue un error de novato. —No lo supe. Dijo que se había ido a verla por una emergencia, y la gente de CVS dijo lo mismo: encajaba. Sería un maestro de la manipulación si se envió un mensaje de texto...

—Tranquilo, amigo, solo estoy pensando en voz alta. No te estoy acusando de nada.

—No dije que lo hicieras.

Derrick acercó su silla rodante. —¿Estás bien?

—Sí, ¿por qué?

—No sé, pareces un poco irritable.

Me tragué las ganas de preguntarle por qué usaba palabras rebuscadas siempre que podía. —Solo estoy frustrado porque no hemos atrapado al asesino de Beas.

—No te preocupes, amigo. Después de mañana, alguien más tendrá que lidiar con eso.

Pasé un puñado de páginas de la carpeta del caso. —Sucedió durante nuestra guardia; tenemos la responsabilidad de resolverlo.

—Te estás tomando este trabajo demasiado en serio. Tienes que disfrutar tu vida.

—Mira, vivimos aquí. No sé tú, pero yo apenas puedo relajarme así como están las cosas, y sabiendo que hay un asesino suelto...

—Tienes razón hasta cierto punto. Pero siempre habrá otro caso...

Me quedé mirando las fotos de los zapatos deportivos que habíamos conseguido en Lowdermilk Park. —Deberíamos ver si podemos vincular los zapatos deportivos a Chen.

Derrick regresó a su escritorio. —Eso demostraría que estuvo en la playa.

—Exacto. Averigua dónde venden estos Allbirds.

—Lo verifiqué cuando los encontramos, pero Allbirds no tiene tiendas en Florida. La más cercana está en Atlanta.

—Quizás en línea.

—Voy a investigar, pero va a ser difícil. ¿Y si conseguimos una orden para sus tarjetas de crédito? Podría haberlos comprado directamente de Allbirds.

—Quizás deberíamos esperar con eso, a ver qué más podríamos querer incluir en la orden.

—Bueno, déjame terminar de averiguar si Chen tiene una hermana y luego me pongo con lo de los tenis.

—Voy a mear.

Sentado en el trono, pensé en el asesinato sin sentido de Beas. Chen lo tenía en la mira, pero aun así fue aleatorio hasta cierto punto; si Chen no hubiera alquilado en el mismo edificio, Beas seguiría diseñando propiedades.

Mear era imposible, solo salieron una o dos gotas. Estaba meando en código Morse. Sonreí, pero no tenía gracia.

¿Tendría que ponerme un catéter como el de mi vecino? La cirugía y la quimio eran peores, pero aun así daba miedo. Cerré los ojos y me imaginé el golfo de México. Mary Ann tenía razón; necesitaba unas vacaciones. El estrés me estaba alterando todo el sistema.

Alguien entró al baño y abrió la llave del agua. El sonido del agua me recordó lo que mi madre solía hacer para inducirme a orinar antes de dormir. Todavía funcionaba.

Con la esperanza de que Derrick no preguntara por qué me había tomado tanto tiempo y no hiciera otro comentario sobre mi edad, entré a la oficina.

—No encuentro ninguna evidencia de que Chen tuviera una hermana o un hermano. Sus padres murieron cuando tenían treinta y tantos años y no tuvieron más hijos.

—Las mentiras le salen con una facilidad pasmosa. Más nos vale que no esté huyendo.

46

Mientras Derrick entraba al área recreativa de los Everglades, dije:

—Necesitamos la luz, pero no me gusta estar aquí afuera a pleno día.

—Son casi las cuatro. Solo los más empedernidos siguen aquí afuera.

La muerte de Coburn fue declarada natural, pero me daba vueltas en la cabeza.

—Basta con que un solo tipo arruine nuestros planes.

—Bueno, no sé tú, pero yo jamás me metería en esta agua de noche.

—¿Ves a lo que me refiero? Deberíamos haber sabido que los caimanes son nocturnos y cazan de noche.

—Estaremos bien. Tranquilo.

Se me cayeron los hombros; el estacionamiento estaba vacío.

Las ramas de los mangles crujían con la brisa tropical. La visibilidad durante el día era mejor, pero la sensación espeluznante seguía siendo fuerte.

El bote chapoteó cuando lo deslizamos del remolque.

—Ten cuidado en el agua cerca de la rampa. A los mocasines de agua les gusta esperar a sus presas.

—Mi vecino, el que vive a dos casas, perdió su shih tzu por una de esas hace como un mes.

—Una de las desventajas de vivir en un lago.

Derrick maniobró el bote para rodear una isleta de mangles. Señalé.

—¿Qué demonios es esa nube negra?

—Eso no es una nube; es un enjambre de moscas del amor.

—Aparearse mientras vuelan, qué innovador.

Derrick se rió.

—Es una locura, ¿no? Su ciclo de vida es de solo tres o cuatro días.

—Por eso siempre se están reproduciendo.

A medida que nos acercábamos, la masa de insectos se movió hacia el oeste. El canal por el que avanzábamos se estrechó. Señalé.

—¿Por qué esa agua está tan estancada?

Al examinar un charco de agua cubierto de algas que llenaba una ensenada, me puse rígido.

—¿Qué demonios es eso?

—¿Dónde?

Señalé.

—Como a un metro y medio de esa garceta. ¿Hay alguna tubería que pase por aquí?

Se burló.

—Es una pitón.

Metí los brazos de golpe.

—¿Estás bromeando?

—No. Pero son geniales. Investigué todo después del episodio del caimán. No son venenosas; la gente juega con ellas todo el tiempo.

—Qué bueno por ellos. Yo no dejaría que algo así se me enroscara.

—La gente las tiene de mascotas.

—Eso no es una mascota. ¿Cómo las alimentan? Tienes que comprar ratas o...

Escuché algo que sonaba como una motocicleta combinada con un ventilador.

—¿Qué es eso?

—Un hidrodeslizador. ¿Alguna vez has estado en uno?

—Sí. Suena como si viniera de allá —señalé en diagonal detrás de nosotros.

Derrick apagó el motor.

—Creo que se está alejando.

—Esperemos aquí unos minutos.

A medida que el motor del otro bote se desvanecía, los arrullos y zumbidos de los Everglades se intensificaron. Pegué los brazos a mis costados al oír un chapoteo y dije:

—¿Qué demonios fue eso?

—Pudo ser un pájaro o un pato alimentándose. O quizás una de esas tortugas mordedoras.

—Estoy a favor de la naturaleza, pero no de cerca.

—El ecosistema de aquí es increíble. Es el mismo que hace mil años.

—Es más increíble verlo desde mi sillón reclinable. Vámonos.

Rodeamos un grupo de mangles con el motor. La breve sombra se sintió bien.

Una suave vibración y un golpe sordo me hicieron voltear.

—¿Oíste eso?

—¿Qué?

—Un sonido como un golpe seco.

—No oí nada, pero el motor lo habría tapado.

—Apágalo.

Nos quedamos a la deriva por un minuto.

—Quizás rozamos una rama sumergida.

—Probablemente. Bueno, vámonos.

—¿Cuánto falta?

—Como un campo de fútbol.

Una onda creada por un insecto que patinaba delante de nosotros me hizo tomar la lata de repelente. Cuando le quité la tapa, Derrick gritó:

—¡Ay! ¡Qué carajo!

Dejé caer la lata.

—¿Qué pasa?

Se agarró un tobillo. Tenía la otra pierna en el aire.

—Una maldita serpiente me mordió.

Me puse de pie. El bote se meció.

—¿Dónde está?

Pateó la hielera. Una serpiente salió retorciéndose.

—Ahí está la desgraciada.

—Ten cuidado. Es una boca de algodón. Son venenosas.

No había a dónde ir. Derrick agarró un remo, la recogió y arrojó la serpiente al agua.

Me agarré a los costados del bote que se mecía.

—Mierda.

Se subió la pernera del pantalón.

—Ya se está hinchando.

—Tenemos que regresar.

—Estaré bien.

—No. Si tienes una reacción aquí, nadie podrá salvarte.

—Vamos, hombre. Estamos tan cerca.

—Olvídalo. Necesitas una inyección de antídoto. Movámonos.

Empezó a dar la vuelta al bote.

—¿De dónde diablos salió?

—Debió deslizarse de una rama.

—¿Fue ese el golpe seco que oíste?

—Quizás. Deberíamos haber revisado.

—Desgraciada escurridiza.

Por algo llamábamos serpientes a la gente poco confiable.

—¿Cómo está la pierna?

—Se está poniendo muy roja. Se está extendiendo.

—Date prisa —saqué mi teléfono y busqué en Google sobre mordeduras de serpiente—. Tenemos una ventana de cuatro horas. Llamaré a la clínica NCH de Collier Boulevard para asegurarme de que tengan el antídoto.

—Siento náuseas. ¿Es por la mordedura?

Metí una pregunta en la barra de búsqueda. —Sí. Eso es un síntoma. Déjame manejar el bote.

—Voy a vomitar.

Nos cruzamos de rodillas. Agarré la manija del motor. Derrick asomó la cabeza por la borda y yo me moví para contrarrestar su peso. ¿Estaba teniendo una reacción? Giré el acelerador y la proa del bote se levantó. ¿Era lo suficientemente rápido?

47

Derrick estaba sentado detrás de su escritorio cuando entré en la oficina.

—¿Todavía te sientes bien? —pregunté.

—Como si nada. Me lo tomé con calma ayer, pero no era necesario.

Se subió la pernera del pantalón.

Un par de puntos rojos marcaban el lugar. Me incliné.

—Está un poco descolorido.

—Se ve bien, ¿verdad?

—Sí, ese antídoto funciona rápido. En menos de una hora, tu pierna estaba mucho mejor.

—Gracias por esperar en la sala de emergencias todo ese tiempo.

—No fue nada. Me sentí mal porque te picó.

—Tomaste la decisión correcta; no me di cuenta de que me pondría tan mal.

—Afecta a la gente de forma diferente.

—Ahora tenemos que esperar una semana entera para volver.

—No pasa nada. Usaremos el tiempo para atrapar a Chen.

—Acabo de recibir los expedientes de dos casos de crímenes de odio de Jacksonville. Ambos implican palizas graves a hombres gais.

—¿Cuándo ocurrieron?

—Uno, la primera vez que Chen desapareció, y el otro, el sábado.

—Las fechas coinciden con la estancia de Chen en Jacksonville.

—Desde luego que sí.

—Pero dijiste que fueron palizas.

—Así es.

—No cuadra con estrangular a alguien hasta la muerte.

—Chen conocía a Beas; quizá tenía una dosis extra de odio dentro de él.

—Supongo que podría ser.

—Ese tipo al que llamaste desde el número del teléfono desechable, ¿te devolvió la llamada?

—No. Lo llamé el sábado y dos veces ayer. Quizá usar la oficina de impuestos no fue una buena idea; probablemente piensa que estoy tratando de estafarlo.

—No importará. Le envié la orden judicial a Verizon en cuanto llegué.

—Espero que no se tarden mucho.

—No lo harán. Se la envié a esa mujer que nos ayudó con el Asesino de la Reserva.

—Estaría bien tener un contacto que nos ayude en el futuro.

—No lo necesitaremos después de que encontremos ya-sabes-qué.

—Si es que uno de nosotros no muere en el intento.

—No va a salir nada mal. Deja de preocuparte; lo tenemos controlado.

Me encogí de hombros.

—Jacksonville está a unas buenas cinco horas. Esperemos que Chen haya salido temprano para evitar el tráfico. No quiero estar esperando todo el día.

—Si salió a la carretera a las siete, Chen estará aquí a la hora del almuerzo.

—Remin quiere que lo ponga al día. Supongo que ahora es tan buen momento como cualquier otro.

———

DERRICK TENÍA los ojos pegados al monitor.

—¿Cómo te fue con el sheriff?

—No mal, la verdad. Debió de tener un buen fin de semana.

—Oí que él y su mujer estuvieron en Marco, en el Marriott, por su aniversario.

—Un buen lugar para celebrar. ¿Quieres un café?

—No, gracias —dijo, tomando el teléfono de su escritorio, que sonaba.

Me dirigí a la cafetería.

Bebiendo a sorbos de mi taza de café, volví a la oficina. Derrick se puso en pie.

—Acaba de llamar mi contacto en Verizon.

—¿Y?

Recogió un bloc de notas.

—El número pertenece a un tal Kenneth Freeland. La dirección asociada a la cuenta es 1009 Heron Point Court. Está en Pelican Colony, en Bonita. Aquí está la foto de su licencia.

Era un hombre de sesenta y cinco años con el pelo blanco y unos dientes de porcelana aún más blancos.

—¿Pelican Colony está como enfrente de Angelina's Restaurant?

—Exacto.

—Voy a dar una vuelta. ¿Quieres venir?

—No. Tengo esa clase de interacción con el público a las once.

—¿Otra?

—Me perdí la última. Tuvimos que ir a ver a los padres de Lynn.

—¿Cómo están?

—Envejeciendo más rápido de lo que deberían. Nunca debieron jubilarse. Se vinieron abajo muy rápido. Ninguno de los dos tiene aficiones.

—Es una lástima.

Mientras manejaba hacia el norte por la Ruta 41, pensé en mi vecino Tom. A él le sentó de maravilla jubilarse. Tenía sesenta y tres años, pero aparentaba cuarenta y tantos. En un semáforo, bajé el parasol y me miré en el espejo.

Cansado fue lo que me vino a la mente. Lo subí y me prometí empezar a usar la membresía del gimnasio que Mary Ann me regaló para mi cumpleaños. No fue un regalo, fue una indirecta. Y no fue nada sutil.

Ponerse en mejor forma era fácil de imaginar. Llenar un día estando jubilado, no lo era. Sentarme en la playa era algo que disfrutaba, pero no era una afición ni una pasión. Hacerlo todos los días no estaba en mis planes.

Aprender a jugar al golf no me interesaba. Pesqué de niño, pero más de una vez al mes era demasiado. El tipo que me entrenó en Nueva Jersey se dedicaba a la carpintería. Me asombraban las cosas que podía hacer. Como yo tenía dos manos izquierdas, me saqué la idea de la cabeza y entré en Pelican Colony.

Quienquiera que fuese este Ken, tenía dinero. Su enorme casa estaba recién pintada, y con un jardín que debía de haber sido perfilado con tijeras. Tenía que valer más de dos millones. ¿Habría pagado parte de ella con el dinero de los sobornos de Sánchez?

La aldaba con cabeza de león me recordó a algo de *Downton*

Abbey. Ken Freeland había perdido algo de pelo y acentuado su bronceado.

—¿Puedo ayudarle?

—¿Señor Freeland?

—Sí.

Metió la barbilla cuando le mostré mi placa.

—¿Ha habido un robo en alguna parte?

—No, señor. Estoy aquí por una llamada telefónica que recibió.

—¿Una llamada telefónica? Lo siento, no lo sigo.

No me había invitado a entrar.

—La noche del primero de octubre, usted recibió una llamada sobre las once de la noche.

—Eso es tarde para nosotros. Y Ginny acababa de salir del hospital. Tuvo una cirugía del manguito rotador el treinta de septiembre.

—¿Ginny es su esposa?

—Sí. Segundo matrimonio para ambos.

—¿Cuál era su apellido de soltera?

—Sánchez.

—¿Y su hijo es Will Sánchez?

—Sí. Ahora que lo pienso, él llamó para ver cómo estaba ella esa noche. Es un buen hijo para Ginny, siempre llama para ver cómo está.

—Me alegra oír eso.

—Lo es. Mis hijos solo llaman cuando necesitan algo.

—¿Se fijó en el número desde el que llamó Will esa noche?

—Pues sí. Aparecía como restringido, lo cual normalmente no contestaría, pero pensé que podría haber sido su cirujano o el hospital de NCH llamando. Ambos han sido excelentes en su seguimiento. Si alguna vez necesita un cirujano ortopédico...

—¿Su hijo vino a ver a su madre el primero de octubre?

—No, vino el día que le dieron el alta del hospital. Ellos dos son muy unidos, pero sigo sin entender por qué le interesaría la llamada.

—Bueno, estamos trabajando en un caso y le pedimos a la compañía telefónica algunos registros, pero los datos que proporcionaron estaban corruptos, y este es solo otro ejemplo de ello. Siento molestarlo y espero que su esposa se recupere pronto.

48

Me subí a la camioneta y llamé a Derrick.

—Oye, Frank, ¿cómo te fue?

—Sanchez hizo la llamada.

—¿Qué llamada?

—La llamada desde el teléfono desechable. Su madre tuvo una cirugía y llamó a Ken Freeland, su padrastro, para saber cómo estaba.

—Eso prueba que él era el que tenía el teléfono desechable y que también llamó a Beas la noche del asesinato.

Escuché sonar un teléfono de fondo. —Eso parece.

Derrick dijo: —Espera un segundo.

Tuvo una breve conversación y volvió a la llamada. —Era Mulligan; Chen acaba de llegar a su condominio.

—¿Aún vas a ir a esa clase?

—Tengo que ir.

—Está bien, yo iré a ver a Chen.

En lugar de encender las sirenas, me tomé mi tiempo para llegar a Mediterra y aproveché para pensar. ¿Qué probabilidades había de que Chen y Sanchez estuvieran metidos juntos en esto? No habíamos descubierto ninguna conexión, pero la posibilidad de que Sanchez le pagara a Chen para deshacerse de Beas ataba todos los cabos sueltos.

Para Sanchez, era la avaricia, mientras que a Chen lo motivaba el odio. ¿Un incentivo en efectivo había convertido a Chen de agresor de gais en asesino? El dinero era poderoso. Hacía que la gente hiciera cosas que normalmente no haría.

La imagen de Derrick y yo deambulando por los Everglades me vino a la mente mientras llegaba a la entrada de Mediterra.

Chen abrió la puerta. Sostenía una caja de cereal Life. Negó con la cabeza. —No tengo tiempo, detective. Acabo de volver y tengo que estar en el trabajo para las tres.

Le miré los pies. —¿Qué le parecen esas zapatillas?

—Son bonitas y ligeras como una pluma.

—Son Allbirds, ¿verdad?

—Sí.

—Tengo que echarles un vistazo.

—Debería.

—¿Qué tan bien conoce a Will Sanchez?

—¿Will Sanchez? Ehm, no estoy seguro de conocerlo. ¿De dónde lo conocería?

—Es dueño de una firma de diseño, lleva mucho tiempo en Naples.

—No me parece.

—¿Está seguro de eso?

—Sí. Mire, como le dije, acabo de volver y...

—¿Adónde fue?

—A ver a mi hermana.

—¿De verdad?

—No va a creer nada de lo que yo diga, ¿o sí?

—Eso es porque usted nunca ha dicho la verdad.

—Bien, no me crea. No me importa.

—¿Dónde estaba?

—En Jacksonville, visitando a mi hermana.

—Usted no tiene una hermana.

Negó con la cabeza. —¿Se trata de eso? No lo puedo creer.

—Usted no tiene hermanos.

—No de sangre, pero Trish es lo más cercano que se puede tener.

—¿Y quién es Trish?

—Mi hermana de acogida. Tenía nueve años cuando me enviaron a otra familia. Gracias a Dios que Trish estaba allí. Solo era un año mayor, pero intentaba protegerme de ese monstruo.

—¿Qué monstruo?

Chen agachó la cabeza. —El padre de acogida, Tim Gregg. Se divertía matándonos a golpes.

Me dije a mí mismo que Chen era un mentiroso magistral. —¿Es eso lo que usted alega como razón para atacar a los gais?

—Esas son estupideces.

—¿Tiene algún apodo?

—No.

—¿Cómo se le ocurrió DIYNOW como nombre de usuario?

Sus ojos se abrieron de par en par. —¿De qué está hablando?

—Usted es miembro de un grupo antigay en Facebook y usa DIYNOW para ocultar su nombre real.

—¿Y qué? No participo activamente; solo me meto de vez en cuando.

—Creo que a CVS le importaría si supiera que uno de sus farmacéuticos es un miembro activo.

—Ay, vamos. Me despedirían. Lo cual es una estupidez porque no es ilegal. Estoy protegido por la libertad de expresión.

—Soy un gran admirador de la Primera Enmienda, aunque cree problemas de vez en cuando.

—Yo también. Deberíamos ser libres de decir lo que queramos.

—Eso sí. Pero organizar una pandilla para cazar y golpear a alguien no es un derecho protegido. Es un acto criminal.

—¿Qué se supone que significa eso?

—Mire, la mayoría de la gente piensa que las fuerzas del orden están estancadas en los años sesenta, pero tenemos departamentos enteros dedicados a internet y a la red oscura. Usted dejó huellas digitales, y vamos a seguir cada una de ellas.

—Yo no hice nada.

—Va a tener una sola oportunidad de cooperar. Si lo confiesa todo, podemos ser indulgentes. Si espera, le caerá todo el peso de la ley.

—Pero yo no hice...

Levanté una mano. —No insulte mi inteligencia ni la evidencia que hemos reunido. Le estoy diciendo que lo piense muy bien antes de que sea demasiado tarde.

—Si quiere hablar conmigo, hágalo a través de mi abogado.

———

TARDÉ VEINTE MINUTOS en llegar a Magnet Design por Livingston Road, camino a Golden Gate. El Maserati azul de Sanchez estaba estacionado ocupando dos lugares.

Habían metido dos escritorios más en el área común. La recepcionista atendió tres llamadas antes de que pudiera pedirle que llamara a Sanchez.

—Dijo que puede pasar directo a su oficina. Usted ya sabe el camino.

—Gracias.

Sanchez estaba haciendo un boceto en una hoja de papel cebolla. Dejó el lápiz y me estrechó la mano. —Estoy hasta el cuello. Un cliente despidió a la competencia en medio de un proyecto y tengo que presentarle algunas ideas por la mañana.

Mis ojos se fijaron en una bolsita blanca en la esquina de su escritorio. Era una receta de algún tipo. Inclinándome hacia adelante, señalé el dibujo. —¿Qué está dibujando?

—Un espacio de trabajo compartido. Necesitan varias oficinas privadas y una sala de conferencias.

La etiqueta roja de la bolsa decía CVS. La tienda que figuraba era en la que trabajaba Chen. —¿Es usted muy creativo? Debe de ser un don.

—Gracias, pero no es un don; tuve que esforzarme.

—Mucha gente del mundo del arte usa zapatillas Allbirds. ¿Usted también?

—Cuando recién salieron, me compré un par, pero no eran cómodas y las tiré.

—Es hijo único, ¿no es así?

—Sí. ¿Por qué lo pregunta?

—Y es muy apegado a su madre.

—Es mi heroína; todas las madres lo son.

En una cosa estábamos de acuerdo. —La operaron hace poco.

Entrecerró los ojos. —¿Está espiando a mi madre?

—No. Lo único que me interesa es una llamada que ella recibió.

—¿De quién?

—De usted.

—Llamo a mi madre a diario. No tengo tiempo para jueguitos, detective.

—Usted llamó a su madre la noche que le dieron el alta del hospital.

—Probablemente sí. ¿Por qué le da tanta importancia?

—Porque esa llamada se hizo desde un celular descartable. El mismo celular que se activó cerca de su condominio y el que identificamos cerca del parque Lowdermilk la noche que el señor Beas fue asesinado.

—No sé nada sobre ese tipo de teléfonos y nunca usé uno.

—Con todo respeto, señor Sanchez, no le creo y voy a demostrarlo.

49

Mientras caminaba de regreso a mi auto, tuve la sensación de que las zapatillas iban a ser la clave del caso. Pero ¿cómo, si no se recuperó ADN de ellas?

Me senté en el auto, en la entrada, y llamé a Bilotti. —¿Hola, doctor? ¿Cómo está?

—Hola, Frank. Afortunadamente, todo está tranquilo por aquí.

—Esperemos que siga así.

—Así es. ¿Qué tiene en mente?

—El asesinato de Beas. Tenemos buenas pruebas circunstanciales, pero nada físico.

—No es una situación ideal.

—Ni me lo diga. Pero las dos personas de..., bueno, a estas alturas ya son sospechosas, estaban en la zona, tenían el motivo y nos mintieron repetidamente.

—Suena a que ambos son sospechosos creíbles.

—Y hay una buena posibilidad de que estuvieran confabulados.

—Interesante. ¿Cómo puedo ayudarlo?

—Si se le ocurre algo, le compraré una buena botella de vino.

—Es completamente innecesario. Solo la aceptaré si nos la bebemos juntos.

—Trato hecho.

Bilotti se rió. Le dije: —Recordará que recuperamos un par de zapatillas de Lowdermilk. Aunque no tenemos pruebas de cuándo las dejaron ahí, creemos que las usó el asesino.

—Parece probable, ya que nadie las reclamó y estuvieron ahí como dos días.

—Exacto. El problema es que, como llovió dos noches seguidas, los forenses no pudieron recolectar ADN de ellas.

—Eso es problemático.

—A mí me lo va a decir.

—Supongo que ambos sospechosos calzan el mismo número que el par de zapatillas abandonado.

—Sí, y no son un par cualquiera. Se llaman Allbirds.

—He oído de ellas. Creo que son una empresa canadiense y sus productos están hechos de materiales reciclados.

—Sí, se están montando en la ola de lo sustentable. ¿Hay algo fuera de lo común que podamos hacer para vincular el calzado a un sospechoso?

—Puede que haya algo. Leí un artículo interesante sobre un procedimiento analítico con similitudes. Déme una oportunidad para investigarlo.

———

DERRICK TODAVÍA ESTABA en una clase de capacitación cuando llegué a la oficina. ¿Se nos había pasado por alto una conexión entre Chen y Sanchez? Intenté despejar la mente en el trayecto, con la esperanza de que se me ocurriera algo.

No surgió nada.

Los hombres parecían demasiado diferentes para ser

amigos, pero un interés en común pudo haber dado origen a una conspiración para asesinar. Era hora de repasar las infinitas actividades y lugares donde podría haberse formado una relación.

El golf, el tenis y ahora el pickleball eran populares entre los floridanos. Si jugaba a algo, Sanchez me daba la impresión de ser un aficionado al tenis. Como farmacéutico, Chen entraba en contacto con muchos médicos, y a ellos les encantaba el golf.

Era una suposición, pero Chen probablemente no era socio del club de golf de Mediterra. Era demasiado caro para justificarlo, sobre todo trabajando a tiempo completo. Pero Sanchez era un fanfarrón; se estiraría para unirse a un club y codearse con la gente de dinero.

Estaba ampliando las posibilidades en lugar de acotarlas. Repasando imágenes mentales de la oficina de Sanchez, no pude recordar ni una sola foto o artículo relacionado con el deporte.

Derrick entró en la oficina con brío. —Uf, me alegro de que eso haya terminado. ¿De verdad creen que necesitamos oír esas tonterías tan fundamentales? —elevó el tono de su voz—. Al público se le debe tratar de usted.

—¿Qué? ¿Ninguno de los pronombres nuevos?

—No me hagas empezar. ¿Cómo te fue?

—Estoy empezando a pensar que Chen y Sanchez mataron a Beas juntos.

—¿Literalmente?

—No. Sanchez probablemente contrató a Chen para que lo hiciera.

—¿Qué te hace pensar eso?

—Chen se anduvo con rodeos cuando saqué el tema de Sanchez. Dijo que no le sonaba el nombre, pero creo que mentía. Y cuando fui a ver a Sanchez, ¿adivina qué había en su escritorio?

Derrick sonrió. Me arrepentí de usar su forma favorita de interrogar y añadí rápidamente: —Una receta de CVS, la farmacia donde trabaja Chen.

—Interesante.

—Me estoy devanando los sesos, intentando encontrar una conexión entre ellos.

—Chen no es del tipo que contrate una firma de diseño.

—¿Y si se conocieron jugando al golf o algo así?

—Es posible. Pero podría ser cualquier cosa; a lo mejor les gusta apostar.

—¿Apostar? ¿De dónde sacaste eso? No tenemos ninguna prueba.

—¿Cómo se te ocurrió lo del golf?

Era una comparación válida. —Solo estoy lanzando ideas a ver si alguna pega. ¿Y si Sanchez también odia en secreto a los gais?

—¿Y así fue como conoció a Chen?

—Chen se estaba comunicando por mensajes directos. ¿Y si uno de los nombres de usuario de ese grupo es de Sanchez?

—¡Mierda! No es tan descabellado como suena.

—¿Cuántos miembros tenía ese grupo de Facebook?

Derrick tecleó en su computadora. —Ciento sesenta y cuatro.

—Si descartamos a todos los que usan su nombre real, ¿qué nos queda?

—No sabríamos si es un nombre real o no. Podrías usar John Smith.

—Bueno, bueno. ¿Cuánto tiempo le tomaría a la unidad cibernética identificar a la gente del grupo?

—Es mucho trabajo. Si no están ocupados, quizá una semana o algo así.

—Yo digo que les pidamos que se pongan en marcha ya.

—Oye, esto podría no ser nada, pero hay alguien que usa ByDesign como nombre de usuario.

—¿Crees que usaría algo así? Parece demasiado simple.

—¿Olvidas que hasta la gente más inteligente usa ABCDEF como contraseña?

—Cierto, pero...

—Ah, aquí hay otro nombre de usuario que podría ser Sanchez: CREO.

Rodeé mi escritorio. —¿CREO? ¿Por qué?

—Es la palabra en latín para «crear».

—¿Presumiendo?

—Solo recuerdo unas pocas palabras del latín de la preparatoria.

—Yo todavía estoy aprendiendo inglés. ¿Alguna publicación que parezca sospechosa?

Señaló la pantalla. —Esta de aquí, de este personaje CREO: «Uno por uno, eliminamos y rejuvenecemos».

—Vamos a ver al equipo de cibernética. Necesitan ponerse a trabajar en esto, pero tenemos que explicarles la situación para que puedan darle prioridad.

50

MIENTRAS ME METÍA EL ÚLTIMO BOCADO DE UNA DONA DE CREMA a la boca, entré a mi oficina. La luz roja del teléfono de mi escritorio parpadeaba. Reproduje el mensaje. Era Bilotti. — Hola, Frank, espero que todo esté bien. Tengo algo que podría ayudar en el caso Beas, en relación con los tenis. Llámeme cuando pueda. Estoy en la oficina todo el día.

A punto de marcar su número, me limpié los dedos en los pantalones y agarré mi chaqueta. Mejor pasaría por la oficina de Bilotti. De regreso, me detendría en el restaurante mediterráneo Simit. A Mary Ann le encantaba el hummus de ese lugar turco, y la sorprendería con un pote.

El tráfico en Airport Pulling Road estaba lento. Giré hacia Domestic Avenue y estacioné en el estacionamiento del médico forense. El Lincoln de Bilotti estaba cerca de la entrada del bajo edificio amarillo.

Me abotoné el primer botón de la camisa y abrí la puerta. Había cuerpos en el edificio, pero estaban guardados en una sección refrigerada. Metí las manos en los bolsillos, preguntándome por qué ponían el aire acondicionado tan frío.

De la oficina del Dr. Bilotti salía música clásica. Estaba

leyendo un informe grueso. Toqué la puerta abierta. —Frank. No lo esperaba.

—Estaba por la zona y pensé en pasar.

—Tome asiento. ¿Quiere un café?

Me deslicé en una silla. —No, gracias. Dijo que podría tener algo sobre el caso Beas.

—Sí. Espero que le resulte útil.

—Soy todo oídos.

Extendió el brazo hacia atrás, tomó una carpeta del aparador y la puso sobre su escritorio. —Recordé haber leído sobre un caso hace un par de años y localicé el informe.

—Su memoria es mucho mejor que la mía después de la quimio.

—Usted es un caso atípico. La mayoría de los pacientes recuperan la memoria en un plazo de dieciocho meses. Solo entre un diez y un quince por ciento tiene problemas a largo plazo.

—Un club al que no me alegra pertenecer.

Bilotti bajó la barbilla. —Usted está bien; no he notado ninguna diferencia en su capacidad de retención.

Me había acostumbrado a disimular mi pérdida. —Gracias, pero ¿qué fue lo que encontró?

—Hubo un caso en Georgia. Encontraron un par de zapatos en un lago, cerca del cuerpo de una víctima. Fue un apuñalamiento, y se creía que los zapatos manchados de sangre pertenecían al asesino. No se recuperó ADN, pero pudieron vincular los zapatos con un sospechoso, utilizando patrones de sudor y de desgaste de la plantilla.

—¿Está diciendo que vincularon los zapatos con alguien por el sudor y las huellas del pie?

—Los pies son únicos, incluso los suyos son diferentes entre sí.

—Está bien, pero hábleme del sudor. Usted dijo que no obtuvieron ADN de los zapatos.

—No lo hicieron, pero cada uno de sus pies tiene doscientas cincuenta mil glándulas sudoríparas.

—Vamos, doctor. ¿Un cuarto de millón de glándulas?

—Es un hecho biológico. No es de extrañar que muchas personas se quejen de tener los pies sudorosos; cada uno de sus pies excreta casi medio litro de líquido al día.

—Eso es una locura.

—Pero es verdad, y ese sudor, incluso en quienes usan calcetines, se filtra y deja manchas.

—¿Y esa mancha se puede rastrear hasta el portador?

—No es una ciencia exacta, ya que los fluidos se expanden, pero existen patrones, y los datos, junto con los patrones de desgaste de la plantilla, pueden ser suficientes.

—¿Qué necesitaríamos para ver si es uno de los dos que creemos que lo hicieron?

—Idealmente—y no soy un experto—, impresiones de ambos pies. Hay escáneres para determinar las medidas exactas y las peculiaridades de cada pie; imagínese las herramientas que usan para ajustar las plantillas ortopédicas.

—No me imagino a ninguno de los dos ofreciéndose a hacer eso.

—Si saben que los tenis no son suyos, lo harían.

—Su reticencia enviaría un mensaje.

—Exacto. La otra forma sería examinar su calzado actual.

—De nuevo, no van a entregar nada. Puede que no sea fácil, pero podríamos obtener una orden judicial para ello.

—Si presenta un argumento lo suficientemente sólido, un juez lo aprobará.

—Esperemos que sí. Pero si los dos sospechosos estaban juntos en esto, apuntaría solo a uno de ellos.

—No puedo ofrecerle ninguna ayuda con eso.

—Lo sé. Ha sido de gran ayuda. Voy a hacer que analicen los tenis.

—Le enviaré al laboratorio los detalles descritos en el caso sobre el que leí.

Al salir al sol, supe que teníamos algo, pero ¿resultaría en un cargo de asesinato? Mientras entraba en calor, me di cuenta de que, si Chen y Sanchez habían conspirado para matar a Beas, uno de ellos tendría que delatar al otro.

Lo último que quería era tener que ofrecer un trato para que alguien hablara, pero si era necesario, lo haría. Como recompensa para hacer más llevadera la concesión, compraría un baklava de pistacho en el restaurante Simit, junto con el hummus.

———

Derrick estaba detrás de su escritorio cuando entré. Levanté el envase de poliestireno. —¿Quieres un poco de baklava?

—No. Acabo de cepillarme los dientes.

—¿Y?

—Después de cepillarme los dientes, nunca como nada hasta la siguiente comida. Me ayuda a no subir de peso.

Metí la panza. —Por un pedazo no te vas a morir.

—No, gracias.

Guardé el hummus en el refrigerador y corté una rebanada del pastelillo turco. —Te guardaré un pedazo para que te lo lleves a casa.

Con la miel pegándoseme a los dientes, dije: —Bilotti cree que podemos identificar las zapatillas usando el desgaste y las manchas de sudor.

—¿En serio? Entonces podríamos probar que uno de ellos estuvo allí.

—Lo sé, pero ¿y si están trabajando juntos?

Se encogió de hombros. —Dijiste que querías resolverlo antes de irnos: todo eso de cabalgar hacia el atardecer y que lo conseguirías.

Bajé la voz. —Mira, no me dejes tirado. Tenemos que hacerlo bien.

—No dejes que lo bueno sea enemigo de lo perfecto.

—¿Qué demonios significa eso? El condado nos paga para atrapar asesinos. Si cobras su cheque, tienes que hacer tu parte.

—¿Mi parte? Ya hice más que suficiente.

—¿Qué es más que suficiente?

Se bajó la camisa del hombro, revelando una gran cicatriz roja. —¿Recibir un balazo no es suficiente?

—Tranquilo. Lo único que digo es que quiero irme con el expediente limpio si encontramos el dinero.

—Y yo digo que no le debo nada a nadie. Y tú tampoco.

Me encogí de hombros. —Voy a bajar a evidencia para llevar las zapatillas al laboratorio.

¿Sería algo generacional? Derrick era una persona responsable, pero había una diferencia entre nosotros. ¿Estaba yo cargado de valores de la vieja escuela y él tenía la mente clara, poniéndose a sí mismo en primer lugar? La vida no era perfecta y no era larga, pero eso no significaba que debiéramos rendirnos al egoísmo.

51

Asomé la cabeza por la puerta corrediza. —Qué noche. Cero humedad.

Mary Ann estaba poniendo la mesa. —Fue un día hermoso.

¿Por qué me sentía tan mal? —Voy a buscar un poco de vino. ¿Quieres una copa?

—No.

—Oh, vamos. Tómate una copita.

—Está bien.

Saqué un Chianti del armario. No importaba si estaba listo para tomar o no. Necesitaba anestesiarme un poco.

Chocamos las copas. —Salud.

—¿Qué es esto? Está bueno.

—Un Chianti. Me gustan mucho. Son buenos para acompañar la comida y solo cuestan unos veinticinco dólares.

—Tienes que poner el calabacín en la parrilla.

—Primero pondré las hamburguesas.

Intentó levantarse.

—Siéntate. Yo me encargo.

—Está bien. Espero que lo que dijo el Dr. Bilotti sobre los tenis te funcione.

—Yo también. Déjame preguntarte algo.

—¿Qué?

—¿Crees que soy anticuado? Ya sabes, por mis valores.

—No. Los dos somos iguales.

—Exacto. Creo que es algo generacional con Derrick.

—¿De qué estás hablando?

—Derrick está actuando un poco... no sé... digamos que egoísta.

—¿No está siendo justo contigo?

—No, nada de eso. Es que... es difícil de explicar.

—Deja de andarte con rodeos y suéltalo de una vez, Frank.

Me cachó. —Deja que ponga esto primero.

Puse el calabacín y le di un sorbo al vino. Bajando la voz, dije: —Existe la posibilidad de que sepamos dónde está el dinero.

—¡Ay, Dios mío! ¿En serio?

Asentí. —No quise decírtelo porque, ya sabes, no quería ilusionarte.

—No tengo catorce años, Frank.

—Lo sé, pero tampoco quería preocuparte porque creemos que está en los Everglades.

—¿Los Everglades? Oh, espera, entonces así fue como mordieron a Derrick, ¿verdad?

Seguía siendo una detective. —Sí, ¿ves? No quería que te preocuparas.

—Bueno, no puedes ocultarme cosas como esta.

—Lo sé. Me molestaba. Por eso te lo estoy diciendo ahora.

—¿Cuándo van a ir por él?

—Derrick quiere que nos tomemos un día libre para ir, pero yo digo que el sábado.

—¿Por qué? Tienes mucho tiempo acumulado.

—Quiero cerrar el caso Beas.

—Y como Derrick no quiere, ¿crees que es egoísta?

—Olvídalo.

—No, está anteponiéndose al trabajo, algo que tú nunca haces.

—Quiero cumplir con mi obligación con el...

—¿Obligación? Has servido con honor. Siempre va a haber otro caso.

Mary Ann y yo estábamos de acuerdo en todo, excepto en mi obsesión. —Vivimos aquí. No quiero a un asesino suelto por ahí.

Ella puso los ojos en blanco. —Crees que eres el único que puede atraparlo, ¿no?

Le di la vuelta a las hamburguesas. —Por supuesto que no.

—Tienes derecho a disfrutar de la vida.

—Lo sé, y si encontramos el dinero, me retiro. Lo juro.

Se inclinó hacia mí. —¿Crees que lo van a encontrar?

Le expliqué la situación. —Pero no le digas a nadie. Derrick tampoco le dijo nada a Lynn.

—No lo haré. ¿Averiguaste algo más sobre cuánto hay?

—No, pero será más de lo que necesitamos.

—¿Cuánto crees? O sea, ¿seríamos realmente ricos?

—No sé, pero lo suficiente para hacer los viajes que querías y disfrutar de la vida, para variar.

—¡No puedo esperar! Podemos comprar una casa en la costa.

—¿Una casa nueva?

—¿Por qué no?

—Nos gusta esta. No quiero mudarme.

—Tendremos que remodelar. Necesitamos una cocina nueva.

—Claro.

—Y también tenemos que hacer los baños. Quizás arrancamos todo el azulejo y ponemos madera. Es lo que se usa ahora.

Yo solo quería seguridad e independencia, no una casa, un

bote o lo que fuera. —No empieces con todo esto; primero tenemos que encontrar el dinero.

—¿Puedo ayudar en algo?

—Sí, pero no te dejes llevar por esta conversación sobre el dinero.

—Pero ¿no estás emocionado? O sea, en lugar de andar contando centavos, podremos hacer lo que queramos.

—Oh, vamos, por favor. Gastar dos mil en tus inyecciones y pagar la matrícula de Princeton no nos convierte en tacaños.

—Entonces, ¿es mi culpa que el tratamiento para la esclerosis múltiple fuera tan caro?

—Eso no fue lo que dije. Lo único que digo...

Mary Ann se levantó y entró furiosa en la casa. No habíamos encontrado ni un centavo y ya teníamos nuestra primera pelea por dinero. ¿Cómo podían Derrick y Mary Ann sentir cosas tan diferentes sobre el dinero? ¿Era yo?

Mi teléfono sonó. Era un mensaje de texto de Derrick. —¿Quieres reportarte enfermo mañana e ir?

—No. Esperemos.

—¿Por qué?

Buena pregunta. Le contesté el mensaje: —Apégate al plan.

—¿Por qué?

No tenía una respuesta. —No estoy listo.

—Alguien lo va a encontrar.

—No lo harán. Tenemos que esperar.

No respondió. Levanté la mesa y fui a la cocina. Mientras cargaba el lavaplatos, llegó un mensaje de Derrick: —Mañana no voy a estar.

¿Iba a ir solo a los Everglades? Derrick había alquilado el depósito donde guardábamos el remolque del bote y el equipo. Él tenía las dos llaves.

Volví a salir y caminé de un lado a otro en la terraza. Mi socio y yo nos cuidábamos las espaldas, pero la lista de gente que hace a un lado la lealtad por dinero es interminable.

Derrick sabía mejor que yo lo arriesgado que era estar en los Everglades. Ir solo aumentaba el peligro. ¿Llevaría a alguien con él? No era lógico, pero la codicia te nubla el juicio.

Entré en el garaje y revolví en un gabinete. La cadena estaba oxidada, pero era gruesa. En un extremo estaba el candado. Agarré la llave que colgaba de él y la metí. Funcionó.

Asomé la cabeza dentro de la casa. —¡Mary Ann! Vuelvo en un rato.

52

MIENTRAS CAMINABA POR EL PASILLO HACIA MI OFICINA, AGUCÉ el oído. Nada. Al entrar en la oficina, mi mirada se posó en el escritorio de Derrick. Mis oídos no me habían fallado; no estaba.

Di media vuelta y me dirigí a la cafetería por un café. Era difícil no imaginar a mi compañero manejando por Alligator Alley. Agarré una taza de café y volví a mi oficina.

El sargento Gesso entró. —Buenos días, Frank. No parece un homicidio, pero un hombre de cincuenta y un años llamado Oliver Riboff fue encontrado muerto en su cama.

—¿Quién lo encontró?

—Su hija. Él le cuida al niño y, como no apareció, ella lo llamó y luego fue para allá.

Me entregó un trozo de papel. —Aquí tiene la dirección. Ya le avisamos al Dr. Bilotti.

———

HABÍA una patrulla estacionada frente al 1919 de Guava Drive. Me estacioné detrás y saludé al oficial que estaba parado frente a la casa amarilla de Riboff. Era una casa sencilla de bloques de hormigón con un techo de metal azul.

Una mujer que se secaba las lágrimas me recibió en la puerta. —Mary Riboff. Soy su hija.

—Detective Luca. —Le entregué una tarjeta.

—¿Homicidios?

—Es el protocolo estándar cuando fallece una persona relativamente joven, señora.

—No puedo creer que se haya ido.

—Cuénteme cómo lo encontró.

Después de que me lo explicó, le pregunté: —¿Tiene llave?

—Sí.

—¿Su padre consumía alguna sustancia?

—No, pero mencionó que tenía dolores en el pecho hace unas dos semanas. Le dije que fuera al médico, pero era terco. ¿Cree que fue un infarto?

Me puse unos guantes. —Lo averiguaremos. Muéstreme dónde está.

Boca arriba, los ojos de Riboff miraban fijamente un ventilador de techo que se movía lentamente. El rigor mortis se había instalado. Le quité las sábanas de su considerable estómago y examiné el cuerpo. Nada evidente.

—Fue un infarto, ¿verdad?

—Puede ser, pero el médico forense está en camino y él hará la determinación.

—Hola, Frank.

—Oh, doctor, ella es Mary Riboff. Es la hija.

Se dieron la mano y le dije que esperara en la cocina. Bilotti dijo: —¿Algo inusual?

—No. Podría ser un infarto.

—Tendré que hacer una autopsia para confirmar un paro cardíaco.

Sonó mi teléfono. Era Derrick. —Espere un momento,

doctor. Salí. —Lo siento, estoy en una llamada; un hombre de cincuenta y un años falleció...

—¿Un homicidio?

—No, parece que le falló el corazón.

—Ah. Oye, ¿le pusiste una cadena al depósito?

—Sí.

—¿Por qué?

—Quería asegurarme de que nadie entrara a robar.

—¡Puras pendejadas! No confías en mí. No puedo creerlo después de todo lo que hemos pasado.

¿Era eso una forma de desviar el tema? —¿Y qué haces ahí?

—Quería revisar para asegurarme de que tuviéramos todo lo necesario para el sábado.

—¿Por qué harías eso?

—Después de que me mordieron, nos fuimos apurados y no podía recordar qué carajos había pasado.

—Dimos la vuelta y fuimos al hospital.

—Estuve jugando con la unidad de la cámara y no recordaba si se me había caído o qué había pasado con ella.

—No se cayó nada al agua.

—No me pareció, pero luego pensé que tal vez nos robaron algo cuando nos estacionamos en el hospital.

—¿Planeabas buscarlo hoy?

—No puedo creer que siquiera lo preguntes. Esto es una pendejada.

La llamada se cortó. Nuestra relación estaba con respirador artificial. Pero ¿de quién era la culpa? ¿Había exagerado yo, o él había intentado actuar a mis espaldas?

———

MENOS MAL QUE Derrick se había tomado el día libre, o me habría inventado una dolencia como excusa para irme a casa.

Colgué mi chaqueta, preguntándome qué clase de relación teníamos si podía descarrilarse por dinero.

Mientras estaba sentado, la respuesta fue clara: la misma relación que tenía el 99 por ciento del mundo.

Aceptar ir tras el dinero de Cabrerra me había metido en problemas con mi esposa y mi compañero. La idea de tener suficiente para financiar una jubilación cómoda era, sin duda, importante. Pero el estrés provocaba que la esclerosis múltiple de Mary Ann se agravara, y ninguna cantidad de dinero podía arreglar eso.

Pero como todo, había que hacer concesiones. Si encontrábamos la lana, tendríamos que establecer reglas, o la vida cambiaría demasiado.

Sonó el teléfono de mi escritorio. —Homicidios, detective Luca.

—Frank, soy Sergio.

Era el segundo al mando en el laboratorio. —Oiga, Serge, ¿qué pasa?

—No son buenas noticias.

—No me sorprende. ¿Qué es esta vez?

—No podemos delinear los patrones de sudor en el calzado que trajo.

—¿Qué salió mal?

—Simplemente no es lo suficientemente claro.

—¿Me está bromeando?

—Ojalá. El calzado era nuevo, y lo que fuera que hubiera ahí se diluyó con la lluvia a la que estuvo expuesto.

—Maldición. Entonces, ¿no puede darme nada?

—No basándonos en el sudor, pero estamos tratando de reconstruir una huella viable de quien lo usaba.

—¿Pueden hacer eso?

—Eso esperamos. Los tenis eran nuevos y no hay nada evidente en cuanto a patrones de desgaste. El laboratorio estatal nos proporcionó un software para realizar escaneos que midan las compresiones en la suela interior. Con suerte, los datos proporcionarán un modelo para comparar.

—¿Qué tan precisos son?

—Uno de los técnicos dijo que algunos rasgos son fáciles, como el pie plano. Dijo que recientemente lo usaron para identificar a alguien con cojera.

—¿Cuánto va a tardar esto?

—Un par de horas, como máximo.

Revisé la hora. —¿Lo tendrán para las cuatro?

—Sin duda.

—Llámeme en cuanto lo tenga.

Llamé al teléfono de Derrick. Sonó seis veces antes de pasar al buzón de voz. Le escribí un mensaje de texto. «Necesito que vengas mañana por la mañana. El laboratorio va a tener algo. Tenemos que llamar a Chen y a Sánchez».

53

SE ME PUSIERON TENSOS LOS HOMBROS MIENTRAS ENTRABA DESDE el estacionamiento. Mi objetivo de llegar temprano se vio frustrado por la falta de sueño. No podía dejar de repasar posibles escenarios en mi cabeza. Quería evitar estar a la defensiva si Derrick ya había llegado.

Al ver la oficina vacía, me relajé por un momento. Eran las ocho y cuarto. Chen y Sánchez debían llegar a las diez.

Me quedé hasta tarde después de enterarme de que habían contratado abogados y redacté una orden para examinarles los pies. La duda era si la concederían y, de ser así, ¿cuándo?

Encendí mi computadora de escritorio y le dejé un mensaje a la secretaria del sheriff sobre las solicitudes de la orden judicial. Mientras revisaba mis correos electrónicos, entró Derrick.

No traía el café que normalmente me traía, pero dijo:

—Buenos días.

—Buenos días. Chen y Sánchez estarán aquí en una hora.

—Esto será interesante.

—Seguro que lo será. Me habría venido bien tu ayuda para redactar las solicitudes de la orden.

—¿No tengo derecho a un día libre?

El ambiente se heló.

—Claro que sí. Solo digo que te has vuelto muy bueno para justificarle a un juez el razonamiento.

—Me has hecho redactar todas en los últimos cinco años.

—Yo no te obligué a hacer nada. Te lo pedí. Si no querías hacer una, solo tenías que decirlo.

—Sí, claro.

Me puse de pie.

—Mira, tenemos un día importante por delante. Dejemos a un lado lo que sea que esté pasando entre nosotros, ¿de acuerdo?

—Lo que está pasando es que no confías en mí.

—No es eso.

Negó con la cabeza.

—Claro que sí lo es. Lo único que intentaba era asegurarme de que tuviéramos lo necesario para ir a buscarlo..., bueno, a *eso*. ¿De acuerdo?

—Está bien.

—Solo admite que pensaste que iría sin ti, ¿sí?

—¿Que si se me pasó por la cabeza después de que insististe en que no esperáramos hasta el sábado y te negaste a responder mis mensajes o llamadas? Sí, se me pasó por la cabeza.

—¿Ves? Eso demuestra mi punto.

—Estamos entrenados para considerar todas las posibilidades. Es automático...

—Puedes decir lo que quieras, pero tengo que decirte que me dolió saber que alguien por quien yo arriesgaría mi vida no siente lo mismo por mí.

—Eso no es cierto. Haría cualquier cosa por ti. Lo sabes —ronroneé—. El dinero hace que la gente haga locuras. Supongo que dejé que mi mente divagara a donde no debía. Lo siento.

—Sé a qué te refieres. No puedo dejar de pensar en tener más dinero del que podría imaginar.

Y así como si nada, demostró que mis temores de que fuera a actuar por su cuenta eran ciertos.

—Shhh. Tenemos que dejar esto a un lado por ahora. Van a llegar pronto.

—Tendrás el borrón y cuenta nueva que querías, y justo a tiempo —sonrió.

—Voy a subir rápido a ver en qué punto estamos con la orden.

———

ME ACERQUÉ a un hombre sentado en un nicho junto a las salas de interrogatorios.

—¿Dr. Scotto?

Se levantó.

—Sí. ¿Detective Luca?

Nos dimos la mano.

—Quiero agradecerle por venir tan rápido.

—Cada vez que el departamento llama, dejo lo que estoy haciendo.

—Gracias —señalé una caja en un carrito—. ¿Es ese el escáner?

—Sí. Tenemos los escaneos que nos envió el laboratorio y estamos listos para compararlos.

—Perfecto. Tome un café o algo de la cafetería. Lo llamaremos cuando sea el momento.

Will Sánchez, con un traje azul rey, sonreía. Mientras se daba un golpecito en la sien, su abogado, Phil Delco, soltó una carcajada. Parecían a punto de irse de vacaciones.

Derrick dijo:

—Ya le mostraremos qué tan gracioso es esto.

—No parecen preocupados.

—Está fingiendo.

Me alejé del monitor.

—Sánchez es de lo más astuto.

Al otro lado del pasillo, la transmisión de video mostraba a Chen hablando con su abogado, Brian Bartz. Las piernas desparramadas y la postura encorvada de Chen me hicieron decir:

—No puedo interpretar nada de Chen.

—O no tiene nada de qué preocuparse o se ha dado por vencido.

—Lo sé. Eso es lo confuso.

—Si están trabajando juntos, apuesto a que Sánchez y Chen tienen sus historias coordinadas.

—Probablemente, pero de cualquier manera, sus abogados deben de haberlos llenado de confianza. ¿Listo?

Asintió y yo toqué la puerta. Chen se enderezó de un salto y Bartz, un abogado caro con el que había trabajado en el pasado, se puso de pie. Extendió una mano.

—Detectives.

Chen esbozó una sonrisa, pero mantuvo la mirada fija en sus manos.

Derrick encendió la grabadora y recitó las formalidades. Yo dije:

—Abogado, espero que no le importe, pero voy a ir directo al grano.

—Estamos tan ansiosos como ustedes de limpiar el nombre del señor Chen.

—Bien. Abogado, no estoy seguro de lo que su cliente le dijo, pero el señor Chen tenía los medios, la motivación y la oportunidad para cometer el asesinato de David Beas la noche del primero de octubre.

Bartz resopló. —¿También va a sentenciarlo?

—Tenemos pruebas de que el señor Chen estuvo cerca de la escena del crimen y, después de negarlo, lo admitió. Su cliente tiene un historial de crímenes de odio contra homosexuales, como la víctima. En cuanto a los medios, el señor Chen tiene antecedentes por agresión con lesiones, además de un caso de atropello y fuga. Ambos casos involucraron a víctimas homosexuales.

—Mi cliente estaba en la zona, no para cometer un asesinato, como usted fantasea, sino para encontrarse con un amante. En lo que respecta a las transgresiones, fueron incidentes desafortunados por los que el señor Chen reconoció su culpabilidad. Asistió a las clases de manejo de la ira como se le requirió.

—Las clases le evitaron una condena de prisión, pero no fueron eficaces para frenar sus actividades antihomosexuales.

—Mi cliente refuta sus acusaciones.

—¿Va a hablar el señor Chen hoy?

—Si usted tiene una pregunta que cree que es mejor que él responda, él la responderá.

—Señor Chen, nos gustaría escanearle los pies.

Él se volvió hacia su abogado. —¿Escanearme?

Bartz le dio una palmada en el antebrazo a su cliente. —A menos que tengan una orden judicial, nadie va a vulnerar sus derechos.

Dije: —Es un simple escaneo, no es invasivo.

—Sin una orden judicial, no consentiremos que mi cliente se desvista.

—No se ponga dramático, abogado. Solo se le requeriría quitarse los zapatos y los calcetines y pararse en un escáner podológico. Es el mismo proceso que cuando le hacen una plantilla ortopédica.

—La respuesta es no. ¿Tienen alguna otra pregunta?

—Nos gustaría pausar este interrogatorio. ¿Está usted de acuerdo?

Con el reloj corriendo a una tarifa por hora de más de quinientos, sabía que Bartz aceptaría. —Les concederemos un receso, pero nos gustaría un poco de agua embotellada.

54

SALIMOS AL PASILLO Y DERRICK DIJO:

—Sabía que no lo harían voluntariamente.

—Teníamos que intentarlo.

—Sabes, nunca preguntó por qué queremos hacer el escaneo.

—Bartz sabe que los tenis están en evidencia.

—Pero si Chen no lo hizo, ¿por qué se opondrían?

—Los abogados están para proteger. Bartz no quiere abrir una puerta si no sabe qué hay detrás.

Derrick se volteó hacia la pantalla de video.

—Le está susurrando al oído a Chen.

—Quiere averiguar si hay una bomba de tiempo.

—Chen es un mentiroso; no le dirá la verdad a Bartz.

—La mayoría de los criminales no lo hacen.

—Quizá tengamos más suerte con Sanchez.

—Veamos —dije. Toqué la puerta y entramos.

Las sonrisas de Sanchez y Delco se esfumaron. Ambos se pusieron de pie y nos dimos la mano. Delco se había mudado a Naples desde Fort Lauderdale hacía un año. Desde su llegada, se había mantenido ocupado representando a narcotraficantes de nivel medio.

Nos sentamos y, después de que las formalidades quedaron registradas, Delco dijo:

—Quisiera recordarle a todo el mundo que el señor Sanchez vino voluntariamente y ha cooperado plenamente con el departamento del alguacil. Está tan ansioso como ustedes por encontrar a quien asesinó a su querido amigo y socio.

—Apreciamos su cooperación y estamos seguros de que continuará haciéndolo hasta que se resuelva el caso.

—El señor Sanchez tiene un negocio exitoso y las exigencias de su tiempo se ven afectadas por la pérdida del señor Beas. Pero a pesar de sus muchos compromisos, mi cliente cooperará en la medida de lo posible.

—Dado que el señor Sanchez está ocupado, haremos que esta entrevista sea breve.

—Perfecto.

—Bien. Tenemos a un podólogo esperando y nos gustaría que le hiciera un escaneo de los pies al señor Sanchez.

Delco frunció el ceño antes de decir:

—¿Un escaneo?

—Sí, solo tomará un minuto. Se pararía sobre un sensor y, uno, dos, tres, listo.

—Supongo que tienen una orden judicial.

—La tendremos en cualquier momento.

Negó con la cabeza.

—Por mucho que nos gustaría complacerlo, no puedo permitir que mi cliente sea sometido a pruebas innecesarias.

—No es innecesario. Es una parte importante de nuestra investigación.

Delco le dio un golpecito a Sanchez.

—Lo siento. La respuesta es no. Terminamos aquí.

Se dirigieron a la puerta. Yo dije:

—Está perdiendo el tiempo. Vamos a conseguir una orden judicial y volverá.

—Adiós, detective.

Los seguimos afuera.

—Derrick, hazme un favor y dile a Bartz que él y Chen pueden irse. Voy a subir a ver cómo va la orden.

Subí las escaleras de dos en dos. Al doblar en el rellano, choqué con una mujer.

—¡Oh! Lo siento, Shirley. Justo venía a verlos.

—No pasa nada —dijo y me entregó un sobre—. El juez Wilkerson firmó la orden.

—Eres mi salvación. Nos vemos.

Bajé corriendo y entré de golpe por la puerta.

—¡Derrick!

—¿Qué pasa?

—¿Dónde están?

—¿Quiénes?

—¡Chen y Sanchez!

—Se fueron...

—¡Ven conmigo! —Corrí hacia la entrada principal. Al salir de golpe por las puertas delanteras, el sargento del mostrador gritó: —¿Qué está pasando aquí?

Vi un par de luces de freno en el borde del estacionamiento. Era el Maserati azul de Sanchez. Estaba saliendo en reversa de un espacio.

—Detenlo, Derrick.

Derrick salió disparado mientras yo escaneaba el estacionamiento. Chen y Bartz se daban la mano entre dos autos.

—¡Oiga, abogado!

Miraron en mi dirección. Chen intentó abrir la puerta de su auto.

—¡Alto!

Se quedaron helados. Tomé aire mientras corría hacia ellos. Con las piernas ardiéndome, anuncié:

—Volvemos adentro, señores —agité el sobre—. Aquí está la orden que querían.

Bartz protestó.

—Pero...

—Sin peros, muévanse.

—Cálmese, detective. Estoy muy ocupado. Si desea hacer una cita...

—Podemos hacer esto por la fuerza o puede cooperar.

—Esto es muy irregular. Aceptaremos, pero debe constar en el acta que...

Señalé hacia la entrada.

—Muévanse.

Derrick estaba de pie con Delco y Sanchez justo afuera de las puertas. Mientras subíamos las escaleras, Delco dijo:

—¿A qué se debe toda esta conmoción innecesaria?

Le entregué el sobre y le dije:

—Su cliente va a tener que cooperar, le guste o no.

Los escoltamos de vuelta a las salas donde habíamos empezado. Corrí a la fotocopiadora e hice copias de la orden para cada abogado.

—Derrick, dales una copia. Iré a buscar al Dr. Scotto.

El podólogo estaba leyendo en su teléfono.

—Gracias por esperar, doctor. Estamos listos para empezar, si usted lo está.

Se puso de pie.

—Hagámoslo.

—Déjeme preguntarle algo.

—Claro.

—¿Hay alguna manera de que pueda saber, después de hacer el escaneo, si hay una coincidencia?

—Si hay una deformidad o una condición podológica, quizá podamos hacerla coincidir con el escaneo que realizó el laboratorio.

55

Le sostuve la puerta al Dr. Scotto. Él entró con su máquina.

—Señores, les presento al Dr. Scotto. Va a escanearle los pies al señor Chen.

Chen se removió incómodo en su silla. Bartz dijo:

—Tenemos derecho a recibir copias de lo que tomen y, si es necesario, haremos que nuestros propios expertos calificados realicen un escaneo.

—Les entregaremos cualquier evidencia que tengamos. Y están en su derecho de realizar sus propias pruebas.

—Quiero que esta farsa quede grabada.

—Todo quedará documentado.

Encendí las grabadoras y enuncié la hora, la fecha y los presentes.

—Dr. Scotto, ¿está listo?

—Sí.

—Señor Chen, el doctor va a escanearle los pies. Por favor, siga sus instrucciones.

—Quítese los zapatos y los calcetines, señor, y pise la máquina.

Ya descalzo, Chen puso el pie derecho sobre la pantalla de cristal de la máquina.

Scotto dijo:

—Mantenga el peso equilibrado, señor. Esto solo tomará un minuto.

El escáner zumbó. Un rayo de luz roja se movió lentamente bajo el pie de Chen. Scotto mantuvo los ojos pegados a la pantalla de la máquina.

—Así está bien. Ya puede cambiar de pie.

En menos de cinco minutos, Chen se puso los calcetines.

Le pregunté a Scotto:

—¿Tiene lo que necesita?

—Creo que sí. Cuando terminemos, transferiré los archivos al laboratorio y realizaremos un análisis.

—Señor Bartz, su cliente puede irse, pero debe permanecer en el condado de Collier hasta que le avisemos lo contrario.

—Bien. Ahora, no olvide enviarme este escaneo, así como cualquiera con el que lo esté comparando.

Scotto llevó el escáner a la habitación donde esperaban Sanchez y su abogado. Repitió el proceso.

Ahora nos tocaba esperar pacientemente hasta que llegaran los resultados.

Derrick y yo nos retiramos a nuestra oficina. Me desplomé en una silla.

—Espero que esto no tarde demasiado.

—No lo hará. Scotto dijo que se iba a poner a ello de inmediato.

—Sabes, ojalá pudiera recuperar todas las horas que he pasado esperando en este trabajo.

—La tecnología ha sido increíble, pero la desventaja parece ser que siempre estamos esperando al laboratorio.

—Aprovechemos el tiempo. Quizá deberíamos echarle un vistazo a ese caso sin resolver que mencionó Gesso. Estaría bien cerrar uno antiguo.

Derrick bufó y rodó su silla hacia mí.

—Deberíamos ir por el dinero.

—Pero él dijo que ese caso...

—¿Sabes cuál es tu problema?

¿Solo tenía uno?

—Vamos...

—Lo digo en serio, amigo. Nunca vas a renunciar y a disfrutar de la vida porque te sigues diciendo a ti mismo que hay otro caso que te necesita.

—Eso no es cierto.

—Entonces, vámonos.

—¿A dónde?

—A los Everglades.

—No podemos. Estamos esperando...

—Ves, eso me da la razón. Pones el trabajo por delante de ti y de tu familia.

—Irnos sería una irresponsabilidad. Si no lo crees, hay algo que no anda bien en tu forma de pensar.

Se impulsó contra el escritorio y rodó hacia el suyo.

—Le he dado los últimos siete años a este lugar y casi perdí la vida en el proceso. Así que no me vengas con esa mierda de la responsabilidad.

La cabeza empezó a martillarme. Pellizcándome el puente de la nariz, me pregunté si se habría dado cuenta de que el tiroteo fue culpa mía. El nudo en mi estómago se apretó.

—No quise decir eso. Tuviste mala suerte; ahora entiendo lo que dices. No me di cuenta de cómo te afectó. Siempre dices que estás bien.

—Estoy bien y quiero seguir así. No voy a arriesgar más el pellejo.

—Todo va a estar bien, con o sin el dinero.

Derrick tomó el teléfono de escritorio que sonaba.

—Homicidios, detective Dickson.

¿Acaso mi madre movió los hilos desde el cielo? Fue una

distracción bienvenida. Me levanté para servirme un café mientras Derrick colgaba.

—Era del laboratorio. Están seguros de que tenemos una coincidencia.

56

DERRICK Y YO ESTÁBAMOS AFUERA DE LA SALA DE
interrogatorios uno. Dije:

—Nos costó más de lo que pensaba, pero lo tenemos.

—Claro que sí.

—¿Listo?

Levantó el puño; se lo choqué y abrí la puerta.

—Señores —dijo Delco mientras tomábamos asiento—, no
me hace ninguna gracia tener que venir hasta aquí dos días
seguidos.

Acomodé sobre la mesa el expediente que había traído.

—Haremos que valga la pena su tiempo. Detective Dickson,
por favor, empiece a grabar.

Una vez terminadas las formalidades, dije:

—Abogado, le enviamos los escaneos a su oficina anoche.

—Los recibimos, pero no he tenido la oportunidad de que
nuestros expertos los revisen.

Abrí el expediente y deslicé dos imágenes sobre la mesa.
Toqué la de la izquierda y dije:

—Esta se tomó de la plantilla de la zapatilla izquierda que se
encontró en la playa.

Mientras Delco la examinaba, dije:

—Y este es el escaneo que el Dr. Scotto le hizo ayer al pie izquierdo del señor Sanchez.

Sanchez se inclinó hacia adelante.

—Le dije que las zapatillas no eran mías; esto no prueba nada.

Derrick dijo:

—Al contrario.

Me quedé mirándolo mientras señalaba con el dedo cada uno de los meñiques.

—Coinciden a la perfección, incluido su meñique.

Delco dijo:

—No estamos en condiciones de comentar o interpretar estas imágenes.

Dije:

—Es muy simple, abogado. Las áreas rojas son las que estuvieron en contacto con la plantilla y el escáner. Las imágenes se superponen con exactitud, lo que me han dicho que es inusual.

—Haremos que nuestros expertos las examinen, pero si están de acuerdo con su suposición, ¿qué importancia tiene?

—Que el señor Sanchez no solo estuvo en Lowdermilk Park, sino que estuvo en la playa, a pocos pasos de donde David Beas fue estrangulado.

—Alguien pudo haber dejado las zapatillas allí antes del asesinato. Mi cliente cree que las extravió en algún momento de julio.

—Un teléfono descartable, activado por su cliente, estuvo allí el primero de octubre.

Sanchez negó con la cabeza.

—Esto es una locura. David y yo éramos amigos y socios. Decir que tuve algo que ver con su muerte es absurdo.

Derrick dijo:

—Lo que es absurdo es que usted creyera que podía salirse con la suya.

Delco dijo:

—Detectives, todo lo que han presentado son pruebas circunstanciales.

—Su cliente tenía el motivo; con el señor Beas fuera de juego, no solo se convertía en el único propietario, sino que tampoco tenía que pagar por la participación de su socio. Estuvo en la escena del crimen, lo que le dio la oportunidad. Y el señor Sanchez tiene un historial de amenazas físicas y verbales contra el señor Beas.

—Circunstancial.

—Llámelo como quiera, pero los fiscales coinciden en que las pruebas son abrumadoras.

—No estoy de acuerdo.

—Creen que tenemos suficiente.

—¿Están considerando presentar cargos?

Me volví hacia Derrick.

—¿Cuánto iba a tardar la emisión de la orden de arresto?

Miró su reloj.

—Debería estar lista ya.

Delco dijo:

—Si llega, ya nos encargaremos.

—Va a llegar, abogado. No es un alarde. Pero me han autorizado a presentarle una oferta.

—¿Qué tipo de oferta?

—Si el señor Sanchez no confiesa, lo acusaremos de asesinato en primer grado, lo que conlleva una pena mínima de cadena perpetua, si no la pena de muerte.

—¿Primer grado?

—Fue premeditado, abogado.

—Yo no maté a David. Lo juro. No fui yo.

—Creemos que un jurado no le creerá su negación. Coopere y reduciremos los cargos a asesinato en segundo grado. Los lineamientos de la sentencia son un mínimo de diecisiete años a cadena perpetua, pero creemos que se puede llegar a un acuerdo por veinte años.

Sanchez articuló sin voz:

—Veinte años.

—Abogado, vamos a ir por la orden de arresto. Yo usaría este tiempo para discutir la oferta con el señor Sanchez.

—Yo no maté a David. Nunca aceptaré nada.

57

Pasamos por el carril de peaje de SunPass y el tráfico se hizo más lento al incorporarnos a Alligator Alley.

—Después de que te fuiste anoche, Wilkerson firmó la orden para los registros financieros de Sanchez.

—¿Incluyendo el negocio?

—No. Dijo que no teníamos motivos para creer que el negocio fuera un factor.

—Eso es una locura. Sanchez y Beas eran socios.

—Lo sé, pero tomemos lo que podamos conseguir. Si hace falta, veremos qué más podemos desarrollar para hacer cambiar de opinión al juez.

—¿Qué pasa con tanto tráfico? —dijo Derrick.

—Hay un incendio cerca del límite con Miami-Dade.

—¿Es grave?

—Por el momento no.

—Qué suerte la nuestra.

¿Estábamos a punto de encontrar millones de dólares y se quejaba de nuestra suerte? —No es nada si lo miras en perspectiva.

—No hemos pasado de sesenta desde que cruzamos el peaje.

Tardamos el doble en llegar. Derrick bajó la velocidad y entró en el estacionamiento.

—Estaciónate en la esquina más lejana y... no, espera... hay un vehículo allá atrás —dije.

—Es un buen día para salir al agua.

—Quizás al mar abierto, no a este pantano.

Derrick frenó hasta detenerse. —¿Por qué no la botamos de una vez? Ya sabemos a dónde vamos.

Con los ojos puestos en el vehículo de la esquina, agarré la manija de la puerta. —Está bien, ponla de reversa por la rampa.

Agitando las manos, guié a Derrick mientras bajaba lentamente por la pendiente de concreto. La parte trasera de la lancha se hundió en el agua. Esperé diez segundos antes de golpear el costado de la camioneta. —Ahí está bien.

Al soltar el cable del remolque, la lancha se deslizó en el agua oscura. Subí a bordo y el fondo raspó la rampa. —Ve a estacionarte.

Mantuve la vista en el estacionamiento y, más allá, en la interestatal. El ruido de la carretera era considerablemente menor con el tráfico moviéndose a menos de cincuenta kilómetros por hora.

Derrick encendió el motor y nos alejamos. A una distancia equivalente al largo de un par de autobuses escolares de la orilla, pregunté: —¿Hueles a cigarrillo?

Olfateó. —No huelo nada más que el olor a humedad que sale de este lugar.

—Gira a la izquierda, bordeando ese grupo de manglares.

Mientras doblábamos la esquina, dije: —Oye, mira esa telaraña. Debió tardar toda la noche en hacerla.

—Una de ese tamaño puede atrapar lo suficiente para alimentar a una familia de cuatro.

—Las arañas tienen una vista pésima. Usan las vibraciones para encontrar lo que queda atrapado en su telaraña.

—¿Y tú qué eres, un entomólogo?

Me reí. —No sé qué significa eso, pero Jessie hizo un reporte sobre ellas cuando era niña.

—Es raro cómo se te quedan grabados ciertos datos, ¿no?

Revisé el GPS. —Toma ese canal de más adelante.

Avanzamos por un largo pasaje, hacia una oscura poza de aguas abiertas. Dije: —Mantente a la derecha, donde se estrecha.

Derrick maniobró la lancha. —¿Cuánto falta?

—Un par de cuadras.

—No puedo creerlo.

Bajando la voz, busqué la unidad de la cámara. —Más despacio.

Desenrollé la extensión, le entregué la pantalla a Derrick y verifiqué las coordenadas. —Bueno, apaga el motor.

Una onda se expandió mientras sumergía la cámara en el agua. Tomando el lector de topografía, dije: —No le quites los ojos de encima a la pantalla.

Derrick cambió de peso y el dispositivo de sondeo del fondo se zarandeó. —Intenta no moverte; podríamos obtener una mala lectura.

—No veo nada. ¿Y tú?

—Parece que hay algo a la derecha, a un largo de lancha de aquí.

—Esta cosa no es fácil de mover. Sigo girándola, pero...

Señalé. —Rema hacia allá. Tienes que estar justo encima del punto para tener una buena imagen.

Derrick dio una remada y algo se deslizó en el agua. —¿Eso fue un caimán?

Puse la mano sobre mi pistola. —No lo sé, pero no podemos arriesgarnos.

—Se supone que no atacan a los humanos a menos que los provoquen.

—No voy a poner a prueba esa teoría. Un punto parpadeó en el lector. —Acaba de largarse.

—Los caimanes nadan más rápido que los delfines.

—Justo lo que quería oír.

—No veo nada. Se levantó un montón de sedimento.

—No remes más. Ya casi estamos encima.

—No puedo ver.

—Hay algo aquí. Tenemos que esperar a que el sedimento se asiente.

Derrick levantó un dispositivo de garra. —¿Crees que sea eso?

—Es demasiado cuadrado para ser natural. Tiene que serlo.

—¡Carajo! Vamos a ser ricos.

—Shhh. Baja la voz.

—Tranquilo, estamos en medio de la nada.

—Puedes meterte en problemas en cualquier lugar.

Derrick se puso de pie y la lancha se meció. —Creo que veo algo.

—Déjame ver.

—Son maletas.

—¿Cuántas?

—Es difícil saberlo; están cubiertas de tierra y algas.

Derrick miró la pantalla y tomó la herramienta de agarre.

—Espera. No quiero remover el fondo. Necesitamos estar justo encima.

—Bueno, bueno.

Las ramas de los mangles rasparon el bote mientras nos desviábamos hacia la orilla. —Aquí está bien.

—Pásame la pantalla.

Le pasé el dispositivo. —Intenta poner la pinza alrededor del asa.

Él bajó la herramienta al agua. —Guíame.

—A la izquierda, bien, hacia la orilla. Para. Eso es. Baja más. Más.

—Le di.

—Estás a una pulgada del asa. Un poquito a la derecha.

Abrió la pinza. —¿Así está bien?

—Sí, ciérrala despacio.

—Creo que la agarré.

—La agarraste. Levántala, pero despacio.

El corazón me latía con fuerza.

—Mierda. Debió haberse soltado.

El sedimento se levantó, enturbiando el agua.

—No pasa nada. Solo espera un minuto.

—Estamos tan cerca que casi puedo saborearlo.

—Todo se está asentando. Bájala.

—En eso estoy. ¿Qué tan cerca estoy?

—Un pelo a la derecha. Sí, eso es, la pinza está junto al asa. Súbela una pulgada y ábrela. Bien, bien. Dale.

La pinza se cerró alrededor del asa. —¿La tengo?

—Sí. Súbela despacio.

El sedimento se desprendía del maletín a medida que subía. Las manos de Derrick se deslizaron por la vara. —Pesa más de lo que pensaba.

¿Estaría llena de agua?

—¿Necesitas ayuda?

—Estoy bien.

—Con calma y sin prisa. —El bote se inclinó—. No te asomes. Súbela como si estuvieras pescando.

—¿Cuánto falta?

—Como dos pies.

Dejé la pantalla y me arrastré hacia él. Al asomarme por el borde, lo vi. Miré a mi alrededor y metí la mano. Mis dedos se cerraron sobre el asa. —Suelta la pinza. La tengo.

El metal me pellizcó la piel cuando Derrick soltó la herramienta. Hice fuerza para evitar que me arrastrara al agua. —Pesa como un demonio.

Tiró el dispositivo de agarre al bote. —¡Sujétala, viejo! —Se arrodilló a mi lado.

Dije: —Agárrala por debajo. Necesito ayuda.

Derrick metió los brazos por debajo. —La tengo.

—Bueno, subamos a esta nena a bordo.

El agua se derramó del maletín mientras lo levantábamos por encima de la superficie y lo metíamos en el bote. El agua brillaba sobre el plástico retráctil que cubría el maletín. De un color plateado, el maletín era del tamaño de un equipaje de mano.

Nos quedamos mirándolo. Derrick se persignó. —Oh, gracias, Dios mío.

Abrí mi navaja y empecé a cortar. —Debe de tener una docena de capas de plástico.

Derrick cortaba con su cuchillo por el lado opuesto. Quitamos el plástico retráctil.

—Está completamente seco.

Había dos cierres. Dije: —¿Listo?

—Hagámoslo.

Dos clics después, lo abrí de golpe como un libro. Filas y filas de billetes de cien dólares llenaban ambos lados.

—¡Mierda santa! ¡Lo hicimos! ¡Lo hicimos!

Nos abrazamos y el bote se tambaleó. Dijo: —¿Cuánto crees que hay?

En un maletín normal cabe un millón. Este contenía mucho más. Tomé un fajo y conté. —Diez mil cada uno.

Derrick hizo los cálculos. —Están apilados de a tres. Cada lado tiene ochenta y cuatro fajos, apilados de a tres. —Sacó su teléfono—. Eso son doscientos cincuenta y dos por dos. Cinco millones cuarenta mil.

Me quedé mirando el dinero.

Derrick me sacudió por el hombro. —Vamos. Subamos el resto.

58

Subimos una quinta caja al bote y la embarcación se hundió un poco más. Dije:

—Volvamos, metamos esto en el auto y regresemos.

—Subamos una más.

—Estamos muy hundidos. Si pasa un bote cerca, su estela nos va a hundir.

—Cabe una más...

—No hay por qué arriesgarse. Volvamos, descarguemos y regresemos.

Derrick sacó su teléfono.

—¿Vas a tomar una foto?

—Por si no podemos encontrar este lugar.

—Tenemos las coordenadas.

—Solo para estar más seguro.

—Vámonos. Conduce despacio.

Derrick encendió el motor y puso el bote en reversa. Navegamos de regreso. Dije:

—Esa última caja está hecha un asco por el moho. Espero que las demás estén bien.

—Podemos llevar los billetes y conseguir dinero nuevo.

—Siempre y cuando se vea más de la mitad del billete.

—No, lo revisé y puede ser menos de la mitad si tienes el resto del billete. Vamos a estar bien.

—Con tal de que no se desintegren.

—¿Cuántas cajas más crees que haya?

—Diez, quince.

—Eso es solo de cincuenta a setenta millones.

—¿Solo?

—No es lo que dijo Coburn.

—Lo averiguaremos muy pronto.

Tardamos el doble en volver. Cuando la rampa se hizo visible, Derrick dijo:

—La subiré un poco por la rampa e iré por el auto.

—Me parece bien.

El bote raspó el fondo. Derrick saltó fuera, salpicando agua.

—Ya vuelvo.

Abrió la compuerta trasera y subimos las cajas. Derrick la cerró de un portazo.

—Voy a estacionar justo ahí —señaló un lugar junto a la rampa.

—Bien.

Estiré la espalda mientras él estacionaba. El tráfico se había reducido a paso de tortuga. Miré hacia el este. La nube de humo oscuro tapaba gran parte del cielo oriental. Volvimos a subir al bote y nos dirigimos a buscar otras cinco cajas.

Al dar la vuelta y perder de vista la rampa, oí un estruendo.

—¿Oíste eso?

—¿Qué fue eso?

—Sonó como si se rompiera un vidrio.

—Sí, así sonó. Probablemente un accidente, alguien con su teléfono...

—¡Da la vuelta, da la vuelta!

—¿Qué?

—Alguien debe habernos visto.

—No puede ser.

—¡Regresa! ¡Rápido!

El bote coleó y aceleramos de vuelta. Nos detuvimos con un chirrido. Saltando por la borda, dije:

—¡Mierda!

El pavimento junto a la parte trasera de nuestra camioneta estaba cubierto de vidrios.

Derrick dijo:

—Tenemos que alcanzarlos.

—No pueden llegar muy lejos con el tráfico.

—Nos robaron el dinero.

Derrick desenganchó el remolque.

—Vamos.

Saltamos al vehículo y Derrick pisó el acelerador a fondo, quemando llanta mientras nos lanzábamos hacia la salida.

Metí la mano en la guantera y saqué la luz estroboscópica.

—Usa el acotamiento —puse la luz en el techo y dije—: Van en un sedán gris. Americano, quizás un Ford o un Chevy.

Él redujo la velocidad y se metió al acotamiento, diciendo:

—No deberíamos haber dejado el dinero sin vigilancia; deberíamos habernos ido a casa.

—¿A casa? Tú querías traer más.

—No, yo quería subir una más al bote...

Señalé.

—Creo que son ellos.

Derrick puso la mano en su pistola y el pie en el pedal.

—Hijos de puta.

—Tómatelo con calma. Si esto se sale de control, lo vamos a arruinar.

Mientras nos acercábamos a ellos, murmuró:

—Voy a atrapar a esos malnacidos. ¿Creen que pueden robarnos? Les voy a enseñar...

—Los atraparemos —puse mi mano en su brazo—. Solo vamos a recuperar el dinero.

Se quitó mi mano del brazo y empezó a tocar la bocina. El sedán gris aceleró. Me caí contra la puerta cuando Derrick se desvió hacia el césped. La camioneta se adelantó y Derrick sacó su pistola.

—¡Oye!

La apuntó al sedán gris y se apoyó en la bocina. Solo había un hombre en el auto. Él redujo la velocidad. Derrick se le cruzó por delante, frenando hasta detenerse.

Pistola en mano, Derrick abrió la puerta de golpe. Dije:

—Espera. No podemos permitir que esto se nos vaya de las manos.

—Lo sé, lo sé.

Empuñé mi Glock.

—Tenemos que tener cuidado. Este tipo podría estar armado —abrí mi puerta—. Uno, dos, tres.

Apuntamos nuestras armas al conductor con cola de caballo. Levantó las manos. Nos acercamos.

—Mantenga las manos donde podamos verlas.

Derrick fue al lado del conductor y yo abrí la puerta del pasajero.

—¡Pásese para acá!

Mi compañero dio la vuelta.

—De rodillas.

El conductor me miró.

—No quise...

—Cállese.

Derrick sacó dos maletas del asiento trasero y las llevó a la camioneta. Dije:

—Tiene suerte de que estemos de servicio.

—¿Qué hay en el...?

—Cállese. Somos agentes de la DEA y se metió con nuestra operación.

—Lo siento, amigo.

—Tiene suerte de que no tengamos tiempo para llevarlo

preso o se enfrentaría a diez años por interferir con agentes federales.

—No lo sabía. No voy a...

—Cállese y deme su licencia.

Sam Whitehouse parecía mayor de treinta y un años. Lancé la licencia al césped.

—Mantenga la boca cerrada sobre esto o vendré a buscarlo. ¿Me oye, Sam?

—Sí, sí. Lo prometo.

Derrick agarró dos maletas más, y yo saqué la última. —Sam, ¡suba al auto de una vez y lárguese de aquí!

Mientras él recogía su licencia, le dije: —Apúrese.

Pusimos las maletas en nuestro auto y cerramos la compuerta trasera. Sam tenía la direccional puesta y estaba entrando a Alligator Alley. Dije: —Tenemos compañía.

Con las luces a todo dar, un patrullero estatal venía a toda velocidad hacia nosotros. —¡Mierda! ¿Y ahora qué vamos a decir?

No sabía. —Siéntate en el auto. Ya se me ocurrirá algo.

59

Me alejé unos dos autos de nuestro vehículo. La patrulla de dos tonos, negro y ocre, se detuvo. Sosteniendo mi placa en alto, esperé a que el oficial se acercara. Era alto y el uniforme le quedaba pintado. —¿Qué está pasando aquí?

—Detective Luca, de la Oficina del Sheriff de Collier, señor.

Tomó mis credenciales, las examinó y me las devolvió. Miró por encima de mi hombro. —¿Todo en orden?

—Sí, vimos un auto que zigzagueaba; parecía que el conductor iba ebrio. Lo detuvimos, le hicimos las pruebas de sobriedad y las pasó. Dijo que se le había caído el teléfono.

—Seguro iba mensajeando, como la mitad de la gente en la carretera.

Sonreí lo más que pude. —Puede que se esté quedando corto.

Asintió. —¿Qué le pasó a su ventanilla?

—Ah, tuvimos un percance mientras cargábamos gasolina. Un tipo nos chocó en reversa con un montón de madera que sobresalía de su camioneta.

—¿Hacia dónde se dirigen?

—A encontrarnos con un amigo. Tiene un bote y siempre viene por aquí.

—Tengan cuidado.

—Lo tendremos. Que tenga un buen día.

Me di la vuelta hacia nuestra camioneta y él dijo: —Será mejor que asegure ese enganche.

El enchufe del remolque del bote estaba colgando sobre la carretera. —Gracias, debió de abrirse de alguna manera.

Aseguré el enganche y subí al asiento del copiloto. —Creo que se lo tragó.

—¿Qué dijiste?

Se lo conté a Derrick y él dijo: —Si hubiera llegado cinco minutos antes, habríamos tenido un problema.

—Y eso es quedarse corto. Vámonos.

Derrick se incorporó al tráfico. Le hice un gesto con la mano al oficial, que aceleró por el acotamiento. —Más le vale que no detenga a ese desgraciado.

—Tenemos que dar una vuelta en U.

—Espera a que se pierda de vista.

Derrick se metió en el carril izquierdo. —Tenemos que largarnos de aquí lo más rápido posible.

—Dale un minuto más.

Redujo la velocidad y se estacionó sobre el pasto. —Nunca nos verá.

—Ya tuvimos suficientes emociones por un día.

—Tenemos que poner este dinero en un lugar seguro.

—Es muy tarde para los bancos. La mitad de ellos están cerrados los sábados.

—Te dije que deberíamos habernos tomado un día libre.

—Ya, está bien. Baja un poco la velocidad. Nos estamos acercando a donde dejamos el remolque.

—Al diablo. Compraremos otro equipo.

—Eso es ridículo. No podemos dejarlo así. Llamará la atención.

Se burló. —Nadie viene por aquí.

—¿Ah, sí? ¿Y qué hay del tipo que intentó robarnos? Podría ser del Departamento de Estado o del cartel.

—Ni de broma. Regresemos por otro cargamento del bote.

—¿Y dejar el dinero sin protección?

—Tú quédate con él. Yo voy.

—No. Es un trabajo de dos personas. No podrás navegar hasta allá y, si lo logras, no podrás levantarlo tú solo.

—Puedo hacerlo.

Le dije: —De ninguna manera.

—Entonces volveremos mañana.

—Tenemos que arreglar la ventanilla.

—No, no tenemos que hacerlo.

—Si hay más de cinco cajas, ¿entonces qué?

—Hacemos dos viajes.

—Tal vez pueda pedirle a Mary Ann que venga con nosotros. Ella puede vigilar lo que traigamos.

Derrick dijo: —Buena idea.

—No, olvídalo.

—¿Por qué?

Señalé con el pulgar el asiento trasero. —¿Quién va a vigilar eso?

—Llévalo a mi casa.

—No. Lynn no tiene un arma de fuego.

—Le dejaré una de las mías. Sabe cómo disparar un arma.

—No lo sé.

—Podemos llamar a Mahoney. Siempre está haciendo trabajos extra.

—¿Y qué le vamos a decir?

—La verdad.

—No quiero que nadie sepa de nuestros asuntos, y no voy a confiarle a nadie esta cantidad de plata.

—¿Qué te preocupa? No tenemos que rendirle cuentas a nadie. Podemos decir lo que queramos...

—No te confíes.

—No lo hago, solo estás en negación, viejo.

Lo fusilé con la mirada. —Deja de decir estupideces y concéntrate.

—Podemos llevarnos el dinero.

—No. Si pasa algo, podríamos perderlo todo.

—Algo puede pasar si lo dejamos ahí.

Tenía razón. —Con este tráfico, si intentamos volver hoy, se hará de noche.

—Si apagan el incendio cerca de Miami-Dade, estaremos bien.

Miré por el espejo retrovisor. —Está creciendo. Echa un vistazo.

Derrick se dio la vuelta. —Mierda.

—Puede que suene loco, pero ¿y si vamos por el bote y simplemente nos quedamos ahí? Vigilamos todo durante un par de horas.

—Mmm. Suena como un plan. Pero ¿qué vamos a hacer mañana?

—Tenemos un par de horas para armar un plan.

60

Mientras manejaba por la calle de Derrick, le dije:

—Entra de reversa a tu cochera.

Maniobró el remolque enganchado a mi camioneta hasta dejarlo junto a su garaje. Nos bajamos y desenganchamos el remolque.

Le dije:

—Muy bien. Guárdate un par de cajas esta noche.

—¿Cuántas me llevo? ¿Dos o tres?

— Las que quieras. Pero no las dejes en el garaje.

Abrió la puerta trasera y dijo:

—Me quedaré con tres.

Asentí a regañadientes.

—Sobra decirte que esto tiene que mantenerse en secreto.

—Van a mi cuarto; tendré que decírselo a Lynn.

—Está bien, pero no puede decírselo a nadie.

—Lo sé. Las meteré en el estudio y esperaré a la hora de dormir.

—¿Quién va a poder dormir esta noche?

Sonrió.

—Nos vemos a las cinco y media.

Volví a subirme al auto y le dije:

—Nos vemos.

—Espera.

—¿Qué?

—No vas a decírselo a Davis, ¿verdad?

—No. Esperaremos hasta que lo tengamos todo y nuestra parte esté en el banco.

———

MARY ANN ESTABA VIENDO la tele en la terraza. Cargando las cajas, me deslicé hasta el dormitorio principal y las puse en mi clóset. En el estante de arriba había una caja de zapatos con una Beretta 92 que conseguí después de graduarme de la academia. La tomé, junto con la Smith and Wesson que guardaba en mi mesita de noche, y las llevé a la sala familiar.

Esta noche no solo iba a quedarme armado. Metí la pistola italiana debajo del cojín del sofá y escondí la otra en la despensa.

Salí a la terraza. Mary Ann dejó una revista a un lado.

—Todavía tienes la funda puesta.

—Ven adentro.

—¿Qué pasa?

—Nada. Quiero mostrarte algo.

—¿Qué está pasando, Frank?

Sonreí.

—No vas a creértelo.

Se quedó boquiabierta.

—¿Lo encontraste?

Me puse un dedo en los labios y entré mientras Mary Ann saltaba del sillón. Entró a la cocina y cerró la puerta corrediza. Tecleé el código de la alarma y esta empezó a pitar la cuenta regresiva.

—¿Por qué pones la alarma?

Me dirigí al dormitorio.

—Ven.

—¿Encontraste el dinero?

Puse una caja en el suelo de mi clóset y solté el cierre.

—¿Lista?

La abrí de golpe.

—¡Dios mío!

—Una locura, ¿no?

Se arrodilló y tomó un fajo.

—¿Cuánto hay aquí?

—Cinco millones.

Olió el fajo de billetes.

—No puedo creerlo.

—Pues créelo.

Se llevó las manos a la cabeza.

—¿Esto es un sueño?

—Es tan real como la vida misma.

Me abrazó. Su cuerpo se sacudió.

—¿Por qué lloras?

—No lo sé.

————

A LAS CINCO y cuarto de la mañana, desperté a Mary Ann.

—Tenemos que irnos.

Deslizó las piernas fuera de la cama.

—Toma tu Glock.

Subí las cajas a la camioneta y Mary Ann dijo:

—¿Qué le pasó al auto?

Ya le contaría los detalles en otro momento.

—Le dimos a un árbol en reversa.

Manejamos a casa de Derrick. Enganché el remolque mientras Derrick metía sus cajas en nuestra camioneta. Se subió a su Jeep y partimos hacia los Everglades.

———

CINCO HORAS DESPUÉS, entré a mi cochera. Derrick venía detrás de mí. Mary Ann y yo nos bajamos de un salto. Inspeccioné la zona.

—Vamos a meterlas.

Mary Ann montó guardia mientras Derrick y yo acarreábamos las cajas a la casa. Apreté el control remoto y la puerta del garaje bajó.

Derrick levantó una mano para chocar los cinco.

—¡Lo logramos!

—Es increíble.

Mary Ann nos rodeó a cada uno con un brazo.

—Ustedes dos son los mejores.

Dije:

—Oye, yo estoy por encima de él, ¿o no?

Me dio un piquito en la mejilla.

—Claro que sí. Espera a que Jessica se entere.

—No digas nada hasta que yo te diga. Quiero tenerlo en el banco antes de contarle a nadie. ¿Entendido?

Ella asintió. —Me muero de hambre.

—Todos lo estamos.

—Descongelaré un poco de salsa y pondré la olla al fuego.

—Suena bien. Mary Ann fue a la cocina. Le dije: —Derrick, llama a Lynn y dile que venga.

—Susie está enferma. La llamé de camino para decirle que me quedaba a dormir.

—Mañana a primera hora, llevamos nuestra parte al banco.

Bajó la voz. —Deberíamos quedarnos con más de lo que dijimos.

—No, un trato es un trato.

—Davis nunca se enterará. No tiene ni idea de lo que encontramos.

—Yo lo sabría, y con eso me basta.

—Trató de jodernos por todos lados, ¿y quieres ser justo con él?

Tenía razón en eso. —No está bien.

—¿Qué no está bien? Nosotros hicimos todo el trabajo y casi nos matan. Davis no hizo una mierda, ¿y el imbécil del Departamento de Estado se lleva cien millones?

—Doce millones para cada uno no es para quejarse.

—No es justo. Y no vamos a regalar nada.

—Hicimos una promesa.

—Coburn está muerto.

Tenía razón, pero un detective de homicidios habla por los muertos. —Eso no importa.

—Esto es una locura. No me gusta. Está mal, viejo.

—Tienes que poder vivir contigo mismo.

—No tengo ningún problema en quedarme con más. No es justo que alguien como Davis nos joda.

—Lo sé, pero...

—Piénsalo, ¿quieres? Es todo lo que te pido.

—Claro. Documentemos el hallazgo y vamos a asearnos para comer.

Le sacamos un montón de fotos al dinero. Agarré una cuerda que colgaba del techo del clóset y desplegué las escaleras del ático. —Guardémoslo ahí arriba.

Derrick se agarró de la barandilla. —Empieza a pasármelos.

Dejé subir la cuerda lentamente. Derrick me dio una palmada en el hombro. —Lo logramos, viejo. Somos ricos.

—Difícil de creer, ¿no?

—Nunca se ha dicho algo más cierto.

—Tengo dos botellas que me dio Bilotti y que he estado guardando para una ocasión especial, y no hay ocasión más especial que esta.

Saqué el corcho del Palazzo Brunello 2015 y tomé un sorbo. —Néctar de los dioses.

Después de servir tres copas, Derrick levantó la suya. —Por la jubilación.

Chocamos las copas y dije: —No veo la hora de llamar mañana para renunciar. Deberíamos hacerlo juntos.

—No voy a jubilarme, al menos no todavía.

—¿Qué, estás loco? Mary Ann, hazlo entrar en razón.

Ella sonrió. —Llevo más de una década intentándolo. Tiene sus propias ideas.

Dije: —Me retiraré después del caso Beas.

—¿Por qué harías eso?

—Alguien tiene que defender a los muertos.

—¿Defender a los muertos? No necesitan que los defiendan: están muertos.

—Alguien tiene que hablar por ellos, conseguirles justicia.

Derrick apuró su copa. —Estás loco, viejo. Si quieres romperte el lomo, adelante. Yo estaré en la playa.

61

Gesso llamó a la puerta de mi oficina. —¿Qué hace aquí?

El sonido de sus nudillos retumbó en mi cabeza. —¿Olvida que trabajo aquí, sargento?

—Pensé que ustedes dos ya lo habían dejado por hoy.

—Puede que Derrick sí, pero yo tengo un trabajo que hacer.

—Me alegro de que esté aquí, pero si fuera yo, me habría tomado más de un día libre.

—Créame, no estaba en condiciones de venir.

—¿Celebrando?

Asentí. —Le digo que, un día después, todavía sigo con resaca.

Se rió entre dientes. —Oiga, ¿cuánto encontraron ustedes?

—Un par de millones.

—Oí que fue muchísimo más que eso.

—No podíamos quedárnoslo todo.

—Habría estado bien que les dieran una parte a los muchachos de la estación.

—No sabíamos con qué estábamos lidiando. Vamos a hacer algo en cuanto finalicemos los números.

—Caray, con tres hijos en la universidad, sí que me vendría bien.

El teléfono de mi escritorio sonó. —Ya veremos. Hablo con usted más tarde.

—Homicidios, detective Luca.

—Frank, soy Benny. ¿Cómo está?

—Eh... bien. ¿Usted cómo ha estado?

—Ya sabe, más o menos, ahí la llevo.

—¿Qué pasa?

—Nada. Solo llamaba para saber cómo estaban usted y su familia.

Era un civil que había trabajado en un puesto de oficina para el departamento hacía cinco años. No habíamos hablado en dos años. —Estamos todos bien. Mire, ¿puedo llamarlo después? Tengo una reunión con el sheriff.

—Claro. Probablemente quiera saber cuándo va a presentar su renuncia.

—Tengo que irme, Benny. Lo llamo más tarde.

Me llegaron dos mensajes de texto. Ambos de personas con las que no había hablado en meses. Decían que solo querían «saber cómo estaba». Se parecía más a hacer fila para pedir limosna. Habíamos conseguido más dinero del que jamás esperé tener, pero no era suficiente para cubrir las necesidades de todo el mundo.

Me eché hacia atrás en la silla. ¿Era avaro? Solo habían pasado dos días. Necesitábamos tiempo para adaptarnos. ¿Por qué la gente no podía darme un respiro? Yo no iba a cambiar. O al menos no tanto ni tan rápido.

Sonó mi celular. Era Derrick. Antes de que pudiera decir hola, dijo: —¿Viste lo que hizo ese desgraciado de Davis?

—¿De qué hablas?

—Acaban de dar una rueda de prensa y dijo que solo encontraron ochenta millones. El desgraciado se robó veinte millones.

Negué con la cabeza. —¿Qué?

—Davis solo reportó que encontramos cien en total. El desgraciado se robó veinte. Te dije que deberíamos haber tomado más.

—No es más que un ladrón.

—Ese dinero debería ser nuestro. Se está saliendo con la suya y no podemos hacer nada.

Mi corazón empezó a acelerarse. Respiré hondo como me había dicho el Dr. Bruno para calmarme.

—¿Frank? ¿Estás bien?

—Me está martillando la cabeza.

—Lárgate de ahí antes de que el trabajo te mate.

—Guárdame una silla de playa, amigo. En cuanto resuelva el caso de Beas, a poner los pies en la arena.

—Lo creeré cuando lo vea.

—Lo verás. ¿Sigue en pie la cena de esta noche?

—Claro que sí.

—No creo que aguante mucho más vino esta noche.

Se rió. —Cambiaremos a champaña.

—No sé si pueda con eso.

—Te veo en la noche.

Me recliné, intentando procesar lo que Davis había hecho. Tamborilée sobre el teclado, busqué en Google «Davis» y «dinero del narcotráfico» y obtuve un montón de resultados. Ahí estaba Davis, sonriendo detrás de una mesa llena de fajos de dinero. Al leer que el hallazgo era de ochenta millones, cerré la pestaña. Me quedé mirando la pantalla, dándole vueltas a la jugada de Davis.

Mi mirada se posó en el tercer correo electrónico de mi bandeja de entrada. Era de JP Morgan Chase. Fueron los primeros en responder. Preguntándome cuándo accedería American Express, hice clic en él y descargué los registros bancarios y el historial de la tarjeta de crédito de Sanchez.

El alcance de nuestra orden judicial se limitaba a las

transacciones de un año. Los registros bancarios de Sanchez ocupaban diez páginas. Saqué las notas que había tomado cuando Jessie me enseñó a ordenar una hoja de cálculo.

Si había dinero relacionado con el asesinato, era probable que fuera de diez mil o más. Lo organicé de mayor a menor y lo imprimí.

La primera transacción era una transferencia de veinticinco mil. Fue enviada a un tal Robert White. Lo subrayé con mi resaltador amarillo. No habíamos oído ese nombre antes. Recorrí la lista con la mirada y había una segunda transferencia al señor White, por dieciocho mil, y una tercera por nueve mil. Le había pagado a White cuarenta y dos mil. ¿Fue por el asesinato?

Después de resaltar las otras dos, las encerré en un círculo y seguí adelante. Otra cosa me llamó la atención: un depósito de doscientos cincuenta mil dólares. Era una suma considerable para recibir, pero lo que destacaba era la fecha: tres de octubre, dos días después del asesinato de Beas.

Otra señal de alerta era el remitente: The Cayman Group. ¿Era una empresa offshore ubicada en las Islas Caimán? Dadas las leyes de privacidad de esa nación, no sería fácil averiguar quién estaba detrás de esa compañía o para qué eran los fondos.

Un enjambre de mariposas comenzó a revolotear en mi estómago mientras resaltaba el depósito. Me estaba acercando. Sonó mi celular. Era Derrick.

—Frank, acabo de hablar con mi sobrina. Trabaja en Morgan Stanley. Sabe lo que hace, y necesitamos asesoramiento para invertir el dinero.

Era cierto. —Necesitamos entrevistar a un par de asesores.

—Es una planificadora financiera certificada, no solo una asesora. Deberíamos reunirnos con ella.

—De acuerdo, organízalo.

Al colgar, hice clic en el documento que detallaba la actividad de la tarjeta de crédito Chase de Sanchez, y se me cayeron los hombros.

La extensión de la hoja de cálculo era un testimonio del declive del uso del efectivo. Revisé las notas y la ordené por valor. Las primeras seis filas eran compras por menos de veinte dólares. La organicé de menor a mayor.

Al desplazarme hasta el final, la transacción más grande era de un poco más de tres mil trescientos dólares pagados al Marco Island Marriott. A punto de pasar a la siguiente línea, me detuve. ¿Era una escapada o una forma de pagarle discretamente a alguien por un trabajo? La subrayé y seguí adelante.

Sánchez gastaba más en ropa cada mes que la cuota de mi hipoteca. ¿Cuánto ganaba al año?

Después de revisar por encima un par de estadías en hoteles en Orlando, Tampa y Sarasota en los primeros seis meses del año, me puse tenso al ver una línea que mostraba un artículo de ciento ocho dólares.

62

SONRIENDO, MIRÉ LA TRANSMISIÓN DE VIDEO DE LA SALA DE interrogatorios. Días como este valían más que todo el dinero del mundo.

Trabajar en homicidios era duro y deprimente, pero momentos como este eran divertidos. La caza de un asesino era mi deporte favorito. Y Sanchez era un oponente digno.

Entré en la sala y Delco y su cliente se pusieron de pie. Había otra competencia en marcha: la del mejor vestido. Sanchez llevaba una camisa blanca almidonada y pantalones grises planchados bajo un saco sport azul claro. Pero a pesar de su aspecto, rematado con mocasines de gamuza, Sanchez tenía principios de ojeras.

Su abogado vestía un traje de seda que valía más que los cuatro trajes que yo tenía. Ahora podía permitirme comprar mi ropa en Waterside Shops. Mary Ann insistiría, pero yo haría todo lo posible por resistirme.

Me deslicé en una silla y puse una carpeta sobre la mesa. —Señores, gracias por venir.

Delco dijo: —Francamente, me sorprende que no se haya jubilado, detective.

—Ya veremos.

—No podía creerlo cuando escuché la noticia. Es una historia increíble.

—Solo crea la mitad de lo que oiga, abogado.

—Bueno, me alegro por usted.

Sanchez intervino: —Yo también. Me alegro por usted.

—Gracias. Ahora bien, surgieron varias preguntas al examinar los registros financieros del señor Sanchez. Me gustaría escuchar lo que tiene que decir al respecto.

—Haremos todo lo posible por cooperar, siempre y cuando no se infrinjan los derechos de mi cliente.

Reprimiendo una risita, abrí la carpeta. —Señor Sanchez, usted envió una serie de transferencias bancarias por un total de cuarenta y dos mil dólares.

—¿Hay alguna pregunta en eso?

—Fueron enviadas tanto antes como después de la muerte del señor Beas a un tal señor Robert White. ¿Quién es él y para qué eran los pagos?

—Es un contratista que me está haciendo una remodelación.

—¿Por qué pagó desde su cuenta personal?

Él sonrió con aire de suficiencia. —Compré una casa en la playa en Bonita para mí.

—Eso lo explica.

Sanchez sonrió. —Ahora puede comprarse la suya. Le recomiendo mucho a Bob; hace un gran trabajo.

—Entonces, ¿no fue un asesinato por encargo? —dije con una risita.

—No sé cuántas veces tengo que decirlo; no tuve nada que ver con lo que le pasó a David.

Delco dijo: —¿Eso es todo?

—Tengo algunas preguntas más. El tres de octubre, usted recibió un depósito por un valor de doscientos cincuenta mil dólares. El dinero llegó justo dos días después de que el señor

Beas fuera asesinado. El remitente era una empresa de fuera de los Estados Unidos llamada Cayman Group.

Sanchez se reclinó en su asiento. —Y usted quiere saber por qué.

—Esa es mi pregunta.

—Fue un depósito para un proyecto de hotel que están construyendo en Miami.

—¿Por qué le pagaron a usted en lugar de a su empresa, Magnet Design?

—Yo les dije que lo hicieran. No sabía qué hacer desde que David falleció, y tenía miedo de que las cuentas bancarias pudieran ser congeladas debido a la sucesión o alguna otra regla.

—¿Por qué no esperar hasta que la situación se aclarara?

—Porque no nos íbamos a quedar con el monto total. La mayor parte iba destinada a los contratistas.

—¿Y usted les pagó a los contratistas?

—Por supuesto.

—No veo ningún registro de eso.

Dijo en voz baja: —Se les pagó desde Magnet. Con todo lo que estaba pasando, no llegué a reembolsarles.

—No se preocupe. No voy a denunciarlo al fisco.

—No hay nada que denunciar. Fue un simple descuido y todavía estamos en el mismo año fiscal.

—No se preocupe, abogado. Esa frase se me escapó de nuevo.

—¿Eso es todo?

—Una cosa más, señor Sanchez. ¿Le gusta Marco Island?

—Sí. Es un mundo diferente allá abajo.

—Usted le pagó al Marriott tres mil trescientos dólares, pero no hay registro de que se haya alojado en el hotel.

—Caray, era el quincuagésimo aniversario de mis padres. Les pagué una semana.

—Qué amable de su parte.

Él sonrió. —Gracias.

—Una cosa más que aclarar, y podrá seguir su camino.

—Claro, lo que sea que podamos hacer.

—Hay una transacción... es pequeña, solo ciento ocho dólares.

Delco puso los ojos en blanco. —Adelante.

—Y el cargo se hizo el primero de octubre, el día del asesinato.

A Sanchez se le fue el color de la cara.

—Señor Sanchez, ¿puede decirme por qué alquiló un Ford Taurus en Hertz?

—¿Ah, eso? Era para un miembro del personal. Necesitaban un auto.

—¿Por qué no les dio simplemente el dinero?

—Era por negocios.

—¿Ese negocio se llevó a cabo por la noche?

—¿Quién se acuerda?

Deslicé una foto del reverso del expediente sobre la mesa. —Aquí están usted y el señor Beas saliendo de Mediterra a las 9:08 p. m. del primero de octubre.

Delco tomó la foto. —Tendremos que verificar la autenticidad de esta imagen, pero de cualquier manera, eso no significa que mi cliente sea responsable de la muerte del señor Beas.

—Tiene razón. Nos reunimos para discutir un asunto de negocios.

—¿Y alquiló un auto para eso?

—Mi auto estaba fallando.

—Por favor, señor Sanchez. Se está poniendo en ridículo. La grabación del portón de su comunidad lo muestra manejando su Maserati, dos horas antes de que recogiera al señor Beas.

Su voz se fue apagando. —Empezó a hacer un ruido...

—Usted llevó al señor Beas a Lowdermilk Park—

—No, no. Puede que estuviéramos en la zona—

—Sus negativas son refutadas por la evidencia. Además de la evidencia de la geocerca y el hecho de que sus tenis quedaron allí esa noche, Hertz rastrea el paradero de todos sus vehículos de alquiler con GPS. Usted y él estuvieron allí. La única pregunta es si la discusión se acaloró y usted lo estranguló.

Delco dijo: —Eso está sujeto a interpretación. Pero, uh, ¿puedo hablar un momento con mi cliente?

—Por supuesto. Le insto a que lo convenza de confesar. De lo contrario, es asesinato premeditado en primer grado. Le darán cadena perpetua, sin libertad condicional... si no es que le imponen la pena de muerte.

63

MARY ANN Y YO VOLVIMOS CAMINANDO A CASA. ELLA DIJO:

—Es agradable dar un paseo, ¿no crees?

—Es un día precioso.

—Voy a sentarme un rato antes de hacer mis largos.

—Quizá yo también me meta a la piscina.

—Bueno. No te olvides de que el contratista de la cocina viene esta tarde.

—¿Tan pronto?

—Dijiste que empezara a pedir cotizaciones.

—Lo sé. No hay problema —me sonó el celular. Era el sheriff Remin—. Hola, señor.

—Hola, Frank. ¿Tiene un minuto?

—Claro.

—Quería darle una actualización sobre el acuerdo de culpabilidad de Sánchez.

—Gracias.

—Hemos finalizado el acuerdo y, gracias a su incansable búsqueda de justicia, Sánchez aceptó la acusación por homicidio en segundo grado. Tendrá que cumplir al menos veinte años de una sentencia de veinticinco antes de poder solicitar la libertad condicional.

—Se merece más, pero está bien.

—Si no fuera por usted, se habría salido con la suya.

—No estoy tan seguro de eso.

—Pues yo sí.

—Gracias, señor. Disfruté trabajando bajo su mando.

—¿Así que ya está? ¿Lo deja?

—Sí, señor.

—Al departamento le gustaría que considerara volver. Por supuesto, puede tomarse todo el tiempo que necesite y, cuando esté listo...

—No lo creo.

—Entiendo que su situación personal ha cambiado, pero el departamento lo necesita.

—Si algo cambia, se lo haré saber.

—La puerta siempre está abierta.

—Gracias.

—Antes de que se vaya, quería agradecerle la generosa donación para beneficiar a sus compañeros. No la olvidaremos.

Me despedí antes de que la culpa tuviera la oportunidad de echar raíces.

———

Después de bajarme de la camioneta, me miré de perfil en la ventanilla del vehículo. Apenas dos noches comiendo y bebiendo en restaurantes y ya se me había hinchado la panza. Tendría que esperar un par de noches antes de controlar las calorías.

Mientras caminaba hacia la puerta, me sonó el celular. Era del código de área 202, Washington. Rechacé la llamada.

Al entrar al Café Normandie, vi a Bilotti sentado en una

mesa junto a la pared. Me saludó con la mano y una gran sonrisa. Puse una botella sobre la mesa. Nos abrazamos.

—Qué bueno verte, Frank.

Le di una palmada en la espalda.

—Igualmente, doctor.

Nos sentamos y me dijo:

—No sabía que venías aquí.

—Vinimos dos veces y nos gustó mucho.

—Es un lugar excelente. Los dueños son una pareja de esposos de Francia.

—Había oído.

Tomó la botella que yo había traído.

—Qué bien. Un Roger Sabon Châteauneuf-du-Pape.

—Espero que vaya bien con la comida.

—Seguro que sí.

Un mesero abrió la botella y yo le cedí el honor a Bilotti. Él la aprobó y nos sirvieron dos copas. Antes de que el mesero se fuera, Bilotti pidió de la pizarra del día una entrada de alcachofas.

Levantó su copa.

—Por ti, por tu jubilación y por un futuro disfrutando de la vida.

Chocamos las copas.

—Gracias, doctor. Pero debo admitir que ya estoy dudando de haberlo dejado.

—Es normal. Lo has hecho durante tanto tiempo...

—Es todo lo que he hecho en mi vida. Me temo que me voy a aburrir.

—Estarás bien. Será extraño al principio, pero aprenderás a relajarte...

—No lo sé. Tú al menos juegas al golf. Yo no tengo nada que me mantenga ocupado.

—Yo me retiro en un año y, si jugar al golf no es suficiente para mí, quizá empecemos un negocio de consultoría para salir de casa.

Alcé mi copa.

—Eso suena divertido.

—Podría serlo, pero tienes que enfocarte en las oportunidades para ti y tu familia. Ahora tienen los recursos para viajar. Disfrútalo. Has estado trabajando en un puesto estresante durante muchos años. Necesitas un descanso.

—Lo sé, pero...

—Nada de peros. Ten en cuenta que Mary Ann tiene una enfermedad crónica. Está bajo control y puede que siga así o no, así que disfruta de la vida mientras puedas.

—Supongo que tengo que aprender a relajarme.

—Ve a algunos de los viñedos que dijiste que querías visitar.

—Eso es lo que dijo Mary Ann que deberíamos hacer. Tenemos que decidir a dónde ir.

—Empieza por Italia. Ve a la Toscana. No te la compliques. Te garantizo que la pasarás genial.

—Quizá deberíamos ir juntos.

—Esta vez no. Me encantaría hacer un viaje contigo, pero ahora mismo, esto es para ti y tu familia. Confía en mí, no querrás que estemos estorbando.

—Tienes razón, doctor. Siempre quise conocer la Toscana, y mi bisabuelo era de un pueblo no muy lejos de Chianti.

Nos rellenó las copas.

—Perfecto.

—Después de la, eh, fiesta de jubilación de mañana, voy a reservarlo.

—Maravilloso. Y no escatimes en gastos. Alójense en los mejores sitios, elijan lo mejor de lo mejor.

———

Rumbo al sur por la Ruta 41, pasamos Neapolitan Way. Dije:

—¿No podemos simplemente comer en Mr. Big Fish?

Jessie dijo:

—Vamos, papá. La fiesta es para ti.

—No sé por qué Derrick tuvo que elegir un lugar tan caro.

Mary Ann dijo:

—Lo vamos a dividir. The London Room no es tan caro. Además, te lo mereces.

—Mamá tiene razón. ¿Cuántos asesinatos resolviste?

—Unos treinta desde que llegué aquí.

—Guau, papá. Eso es increíble.

Me encogí de hombros.

—El sheriff debería pagar la cuenta.

Mary Ann dijo:

—Ah, se me olvidó decirte. Mi amiga Theresa me dio dos hoteles, uno en Montalcino y el otro en Florencia. Dijo que nunca quisieron irse de allí.

Le tomé la mano.

—Lo vamos a pasar genial. ¿Estás emocionada, Jessie?

—No puedo esperar a volver. Hay un Four Seasons en el que deberíamos quedarnos. El lugar es increíble.

—Es caro, ¿no?

—No puedo esperar a mostrarte Florencia. Es una ciudad genial cuando los turistas se van.

Mary Ann se dio la vuelta.

—Eso sería muy divertido. Tanta gente de la historia vivió en Florencia.

—Hay una iglesia diminuta y genial a la que iba Dante.

—¿Dante? Eso suena increíble.

—Papá, este va a ser el mejor viaje de todos.

Una sensación cálida me invadió. Era agradable tener a Jessie en casa y verlas a ambas emocionadas.

Al entrar en el camino de entrada de The London Room, dudé antes de manejar bajo el pórtico. Jessie dijo:

—Vaya, papá. Esta es la primera vez que usas el servicio de valet.

Mary Ann sonrió mientras yo entregaba las llaves.

———

LAS CHICAS se reían en la cocina. Levanté la cabeza y miré el reloj. Eran las diez de la mañana. Me levanté de un salto antes de darme cuenta de que me había jubilado.

El olor a café me llegó al salir del dormitorio.

—Buenos días, papá. ¿Estás bien?

—Sí. Solo que me quedé dormido.

—Fue una noche larga, Frank.

Puse una cápsula en la cafetera.

—Debo decir que fue mejor de lo que esperaba.

—¿Ves? Te dije que te divertirías.

Tenían puestas sus salidas de baño.

—¿Van a la playa?

—Dijiste que iríamos todos, papá.

Me dirigí a la puerta principal.

—Claro. Déjame tomarme el café primero.

—Traje el periódico.

—Gracias, Jessie. El *Naples Daily News* estaba sobre la mesa. Al abrirlo, mi mirada se posó en un titular: «Funcionario del Departamento de Estado acusado de malversación». La foto de Davis estaba en el faldón de la página. Lo levanté. —¿Vieron esto?

Mary Ann dijo:

—Sí. Supongo que eres la fuente anónima.

Sonreí y empecé a leer el artículo. Continuaba en la página once. Al pasar las páginas, vi un titular más pequeño frente al artículo: «Youth Haven se beneficia de un donante anónimo». Todo estaba saliendo bien.

—Papá, la mamá de Cynthia es agente de viajes en

American Express. Le conté que queríamos ir y preparó un itinerario.

—Espera a que lo veas, Frank. Es todo lo que queríamos hacer.

—¿Puedes imprimirlo para que hablemos de ello con los pies en la arena?

—Ya lo hice.

—Eres la mejor, Jessie.

Me sonó el celular. Era de nuevo ese número con código de área 202: Washington D. C. Rechacé la llamada y me terminé la taza de un trago.

—Voy a ponerme el traje de baño. Que alguien me prepare un café para llevar.

64

Mary Ann me apretó la mano. —No puedo creer que de verdad vayamos a Italia.

Me tragué el costo del viaje y dije: —Lo sé. Y Jessie también viene.

Mary Ann bajó la voz. —Estar en el salón de primera clase es lo mejor, ¿no?

—Es toda una experiencia. Viajar al frente del avión no es barato.

Jessie estaba tecleando en su teléfono. Le di un codazo. —Pero estamos ahorrando dinero con Jessie como nuestra guía turística en Florencia.

—No solo Florencia; he estado por toda la Toscana.

Sonó mi celular. Ese número con código de área 202. De nuevo. Alguien del Departamento del Tesoro había dejado un mensaje confuso. Me levanté. —Ya vuelvo.

Apartándome a un rincón del salón Sky Club de Delta, dije: —Habla Frank Luca.

—Hola, Sr. Luca. George Pembroke, del Departamento del Tesoro de EE. UU.

—¿Qué puedo hacer por usted?

—Nos informaron del hallazgo que hizo y, francamente, fue impresionante. Bien hecho.

—Gracias.

—Usted ha tenido una carrera igualmente impresionante.

—Ha sido un buen camino, pero es hora de seguir adelante. Le agradezco la llamada.

—Estoy en medio de la creación de un grupo de trabajo especial, uno con amplia autoridad cuyo propósito es atacar las ganancias ilegales no solo del narcotráfico, sino también de los delitos financieros.

—Eso suena como un esfuerzo que vale la pena. Me sorprende que no exista ya uno.

—Ha habido varios intentos bajo diversas administraciones, pero todos los esfuerzos anteriores han fracasado.

No era de extrañar, dado que el gobierno estaba lleno de gente como Davis. —Le deseo mucha suerte.

—Esperaba algo más que sus buenos deseos.

—No entiendo.

—Creemos que el éxito de una operación así depende de quiénes formen parte del grupo de trabajo. En particular, necesita ser impulsada por un tipo especial de persona. Alguien con un amplio conjunto de habilidades...

—Si esto es una oferta de trabajo, ya me retiré.

—Me doy cuenta de eso, y espero que no le moleste que lo haya averiguado, pero no tiene muchos otros intereses, y la gente con la que hablamos dijo que usted es...

—Lo siento, no estoy interesado.

—Podría dedicarle tanto o tan poco tiempo como quisiera. Incluso podría elegir las tareas que le gustaría investigar, y no se limita a los activos financieros: podría perseguir arte o antigüedades robadas, e incluso proponer...

Mary Ann se acercó. —Frank, están abordando en primera clase; tenemos que irnos.

—Tengo que irme. Vamos camino a Italia. Y están abordando nuestro vuelo.

—Disfrute.

—Gracias. Que le vaya...

—Una última cosa: podría optar por buscarlo personalmente o dirigir a los miembros del equipo. De cualquier manera, estamos preparados para compensarlo con un porcentaje de los fondos o bienes recuperados.

—No necesito el dinero.

—Podría dirigirlo a una organización benéfica. Somos flexibles con eso y con la misión.

—Lo siento, no lo creo.

—No tendría que lidiar con nada de la burocracia.

—No estoy seguro de que eso se pueda evitar. Me tengo que ir.

—¿Lo pensará?

—Claro. Adiós.

Rodé nuestro equipaje de mano por la pasarela de embarque. Mary Ann tomó mi mano libre. —No puedo creerlo. Dime que esto no es un sueño.

—Italia, ¡allá vamos!

Notas del autor

La historia sobre la búsqueda de dinero escondido por un narcotraficante se basa en hechos reales.

En la década de 1980, el negocio de las drogas florecía en el sur de Florida. Sumas de dinero inimaginables fluían a manos de traficantes organizados. Estas redes se volvieron cada vez más violentas y fueron responsables de miles de muertes, manteniendo a raya a sus «socios».

A menudo, un traficante quería salirse, lo cual era difícil, si no imposible. Un agente real de la DEA se ganó la confianza de uno de esos traficantes y este le informó que estaba guardando decenas de millones al mes para financiar una nueva vida.

Al agente se le dijo el paradero del escondite con instrucciones de entregárselo a la esposa del traficante si algo le sucedía. El traficante no pudo escapar, ya que él y su familia fueron brutalmente ejecutados.

Antes de que pudiera hacer algo, el agente de la DEA, que era alcohólico, se suicidó en el baño de un aeropuerto porque no podía encontrar su auto, que tenía la cajuela llena de materiales secretos.

Después de que se suicidó, el compañero del agente descubrió la información. Se cree que iba a buscar el dinero, pero sufrió un infarto fulminante y murió en un campo de golf de Naples.

Es difícil creer que ninguno de los agentes fallecidos le hubiera contado a nadie más. Aunque se desconoce si el dinero fue recuperado o si sigue escondido, esto brindó la oportunidad de ficcionalizar un final.

———

PATRICK KEARNEY, el asesino en serie mencionado en la historia, desafortunadamente, también es real. Patrick Wayne Kearney es uno de los asesinos en serie más prolíficos de la historia de Estados Unidos.

Con solo un metro sesenta y cinco de estatura, Kearney mató a su primera víctima en 1962 y continuó acechando a hombres jóvenes hasta su captura el 1 de julio de 1977.

Kearney, quien asesinó al menos a cuarenta y tres hombres, está encarcelado en la Prisión Estatal de Mule Creek, en California, no en la Prisión Estatal de Georgia, que cerró en 2022.

———

Mi INTENCIÓN original era que Luca se despidiera cabalgando hacia el atardecer, convirtiéndolo en el último libro de la serie de misterio de Luca. Escribir al personaje de Luca fue un placer, y barajé algunas ideas, como una serie derivada con Derrick y Bilotti o con Luca como asesor.

Decidí que era hora de un cambio y empecé a escribir el perfil de un personaje y escenas para una nueva serie que venía sopesando.

Es un camino emocionante por recorrer, pero el problema es que Luca me está susurrando. Y cada vez lo hace más fuerte...

————

Espero que hayas disfrutado de leer ***Asesinato, dinero y caos*** tanto como yo disfruté escribirlo. Si fue así, te agradecería que escribieras una reseña rápida en Amazon o en tu sitio de libros favorito. Las reseñas son el mejor amigo de un autor e incluso un par de líneas son de gran ayuda. Gracias, Dan

Puedes mantenerte al tanto de mis escritos y tener acceso a libros sin descuento uniéndote a mi boletín. Normalmente se publica una vez al mes y también contiene notas sobre autoestima, artículos motivadores y artículos sobre vinos. Es gratis. Ver abajo de mi sitio web: www.danpetrosini.com

SOBRE EL AUTOR

Dan es uno de los autores más vendidos de USA Today y Amazon, escribió su primer cuento a los diez años y lo mismo disfruta contando una historia o un chiste.

Obtiene sus ideas explorando la pregunta: ¿Qué pasaría si...? En casi todas las situaciones en las que se encuentra, Dan explora qué pasaría si ocurriera esto o aquello. ¿Qué pasaría si esta persona muriera o hiciera algo inusual o ilegal?

La incesante creatividad de Dan le genera abundante material para tejer interesantes historias.

Fan de libros y películas con giros inesperados y difíciles de predecir, Dan elabora sus historias de manera que busca impedir que los lectores adivinen el desenlace. Escribe todos los días, forzando las palabras cuando es necesario y hasta la fecha ha escrito más de veinticinco novelas.

No es cuestión de querer escribir, Dan simplemente tiene que hacerlo.

Él cree fervientemente que la gente puede hacer realidad sus sueños si se concentra y actúa, y eso es precisamente lo que él fomenta.

Su dicho favorito es: "El precio de la disciplina es siempre menor que el costo del arrepentimiento".

Dan recuerda a la gente que debe eliminar la negatividad de su vida. Cree que es contagiosa y aconseja alejarse de las personas negativas. Él sabe que tener una mentalidad auténtica y positiva te hace sentir como si la vida estuviera manipulada a tu favor. Cuando se despista, se dice a sí mismo: "No puedes tener un buen día con una mala actitud".

Está casado, tiene dos hijas y un consentido maltés; Dan vive en el suroeste de Florida. Nativo de Nueva York, ha enseñado en universidades locales, escribe novelas y toca el saxofón tenor en varias bandas de jazz. También bebe demasiado vino y nunca se toma a sí mismo demasiado en serio.

Publica dos veces al mes un boletín con artículos, textos suyos y ofertas especiales.

Inscríbase en www.danpetrosini.com